兒童文學叢刊

# 戰後台灣文學女作家書寫兒童文學作品研究

黃愛真 著

# 台灣女性文學與兒童文學交會之學術星圖

　　步入千禧世紀的第一個二十五年，黃愛真博士的《戰後台灣文學女作家書寫兒童文學作品研究》即將問世，本書將台灣女作家的研究由台灣文學界，擴大結合至兒童文學領域，在此兩大領域的交會上，本書具有相當代表性。《戰後台灣文學女作家書寫兒童文學作品研究》收錄七章，從一九五〇、六〇年代由中國大陸來台女作家大量參與兒童文學之書寫，至一九七〇至八〇年代現代與鄉土女作家的兒童文學，一路談到一九九〇年代至二十一世紀女作家兒童文學之文化生產議題，並在參考文獻後有「少女」與「少女」文本之初探，以回溯日治時期延伸到當代之「少女」作品，其中揭示出黃愛真博士研究成果與新的研究展望，逐步勾勒出戰後台灣文學女作家書寫兒童文學作品學術星圖，並且具備從兒童文學的視角來對於戰後台灣女性文學史有較為系統性之觀照，也能和台灣文學史論述產生某種參照對照。

　　黃愛真博士好學深思，勤於著述，她的論述由兒童文學書寫著手，旨歸宏大，傾注了她對於時代兒童觀、地方認同書寫、文類轉型和文化生產之關注，透過細緻論證，以提煉

出關鍵性之議題，諸如第三章〈女作家兒童文學作品與時代兒童觀〉，其中寄託出女作家在家國大敘事中為形塑國家新兒童內涵所扮演的特定角色；第四章〈五〇、六〇年代女作家兒童文學「台灣／大陸」兩地認同書寫〉則深具反思地指出台灣代表性之女作家林海音、潘人木、謝冰瑩兒童文學書寫中台灣與中國之空間書寫形成某種對照關係，也間接觸及女作家如何在台灣現實中定義與形塑自身認同；第五章〈一九七〇～八〇年代現代與鄉土女作家的兒童文學書寫〉是在台灣兒童文學歷史發展之七、八〇年代中，從文化研究之視角所激發的觀看角度，去探討鄉土文學階段和資本主義發展中女作家作品之兒童觀；第六章〈一九九〇年代至二十一世紀通俗文學與「女作家之名」的文化生產概念〉，則是從文化生產和大眾媒體之角度，鎖定女作家品牌商業機制和兒童讀物出版之結合，探討出一九九〇年代女作家品牌王國之特殊現象。本書展現黃愛真博士研究方法之新穎深刻，在此系統性地從時代性與兒童觀、地誌書寫、文學體制和文化形構等論述位置切入，深入一九五〇至二十一世紀初女作家兒童文學現象，具有文學史全觀的視野。

在此從兩個角度總結此書的貢獻，一為突出女作家和國家、族群等議題之交織性或交錯性（intersectionality）視野；二為和台灣女性文學史之對照。在現今性別研究重要的概念為著眼為性別和多重因素之交織與互動，以強調性別和階級、種族、族群等多重權力關係之交會，本書透過交織性之視角，可以補足我們對於此一歷史進程中女作家論述位置

之認識，並藉此發掘台灣文學史和兒童文學史與女作家的交織性，其中辯證性地指出從兒童作品觀察，將以往研究中對於一九五〇至六〇年代女作家和主導文化的關係，提出多重反思與迴旋，展現其服膺主流文化之一面；而七〇至八〇年代女作家作品在台灣社會對於民族和鄉土階級兒童觀之分歧中，其中女作家如何自我定位，也展現出從兒童文學視角來凸顯女作家位置的另類風貌，此一交織性理論之概念，也再一次與台灣目前女性文學脈絡進行對話，呈現出從兒童文學視角影響台灣女性文學的重要特質，以及對於台灣女性文學史重新觀看之可能性。台灣女性文學與兒童文學交會所展現的寬闊多彩，正是本書所帶領出重要面向，值得讀者細細品味和深入閱讀。

王鈺婷

清華大學台灣文學所教授暨所長

# 自序

　　將台灣文學與兒童文學並聯閱讀，來自於二〇〇四年藝術研究所研修時期。當時藝術所學生得天獨厚，成大文學院和建築學院分別和藝術所合開課程，筆者得以接受台文所教授啟蒙，閱讀台灣文學史及女作家作品。二〇〇七年完成台灣留法女畫家徐素霞《媽媽，外面有陽光》圖畫書研究，初次將成人藝術家畫作和兒童文學插畫，擁有兩個專業領域的女作家作品，深入探析。及至進入兒童文學寶庫：台東大學兒童文學所，大量閱讀台灣兒童文學女性創作者作品，或者於成大台文所研讀「兒童學」與「少年小說」時，追溯兒文女作家延伸台灣文學創作的成就、清華台文所「二戰後女作家作品研究」課程裡，找尋女作家成人作品之外，延伸創作的兒童文學。逐漸掌握女作家在台灣文學、兒童文學跨界經營心得。

　　此外，「台灣」二戰後從未脫離戰爭。金門二戰後不時處在實體、資訊戰爭狀態，直到二〇〇〇年初解除戰地任務；此外，一九九〇年代及之前，台灣仍不時派遣軍人在滇緬泰金三角區域作戰。直至今日生化戰、資訊戰、情報戰、太空通訊佈局戰、軍武穿越中線恫嚇、外交、體育、經濟上的國際角力等等，戰爭並未於二戰國民政府接收台澎金馬後

結束,只是轉換成各種不同於傳統戰爭形勢出現。兩岸交流在二〇二〇年 Covid 疫情前相當熱絡,至少在兒童文學閱讀、教育現場,每年兩岸相互邀請舉辦研討會、觀課示範活動,展現台灣兒童文學、教育的創發能力,與對岸中華人民共和國深入札根教育下一代的企圖心。既展示雙方教育與兒童藝術文化發展,也不時見到大人為教育下一代的角力。唯一不同在於兒童的笑臉,兩岸示範教學的兒童,總是充滿對對岸教師天真好奇的「好客」,讓人暖心。

因為多數居住在台灣島民的我們安居樂業,享有全球資本主義食衣住行帶來的便利與快樂,一種世紀末的華麗與頹廢,以「台灣」／「台灣人」為思考中心,無意中排除「非台灣」的金門、澎湖、馬祖,台灣的風尚將「戰地」推得更遠,埋藏得更深且無感。二〇二三年金三角國軍移靈回到台北忠烈祠,再次凸顯台灣實體戰爭牽涉範圍廣泛。筆者沿著女作家作品脈絡,接觸二戰及延續戰爭主題與控訴作品,同時思考國民政府來台,面對台灣島上的四群人:認同日本的台灣人、認同「中國」的台灣人、國民政府來台移民及其他等等不同家庭與兒童,女作家如何透過書寫、傳達什麼意涵,爭取紛雜背景的兒童認同?

筆者在原博士論文外,開始查找閱讀日治與戰爭文獻,包括日治台灣及日本戰時殖民地兒童的動員教育,嘗試回溯日治台灣兒童形貌,和國民政府來台女作家爬梳的兒少文學作為對話。也更為了解台灣兒童在日治戰爭後期皇民化教育下,在二戰後國家認同丕變、經濟衰退等情境下,女作家作

品兒童觀走向。

　　同時，在日本教育相關文獻交會點中發現「少女」角色：小學以上，未婚待嫁，接受教育的知識力並具有經濟力，因為媒體與消費而集結成為新的群體。「少女」身分本就處在成人與兒童之間，成為成人文學和兒童文學重複書寫卻歧異模糊的對象，「少女」語意隨時代變化，或作為象徵或者寫實少女，女性或者男性作家書寫「少女」文學[1]，援引意義頗具差異。筆者在本書將另文初探「少女」角色與「少女」文學。作為女作家書寫對象，具有女性研究可探討之議題。

　　以下簡述二戰後台灣女作家書寫兒童文學作品的發現與相關思考。

## 一九五〇、六〇年代女作家創作兒童文學作品的家國敘事

　　本書內容大致爬梳二戰後到二十一世紀初期間，台灣文學代表性女作家，同時創作兒童文學者的兒童文學作品研究。二戰後，一九五〇、六〇年代，許多知識女青年隨著國民政府來台，如林海音、潘人木、謝冰瑩等，這些女作家因成人文學奠定女作家地位，也立志為兒童書寫或者對兒童文學有代表性貢獻。這些女作家同時書寫「中國」[2]與「台灣」，然而兩地書寫在文學空間與時間既混融又架空現實，

---

1　聯合國兒童國際公約定義「兒童」為十八歲以下人士。
2　二戰及二戰前的中華民國統稱。

就前者而言是現實已不存在，以記憶方式書寫留存；台灣的「在地書寫」則參雜許多兒時「不在台灣」的外地生活經驗。書寫主體的混融與搖擺，猶如斯洛維尼亞思想家 Slavoj Žižek 筆下「分裂的主體」。

此時期女作家作品，在政府接受美援，以及接受西方現代化兒童文學創作者啟發，創作了現代小開本、硬紙封面封底裝禎、大量留白型式的圖畫書，代表作品為中華兒童叢書系列。

兒童觀的體現上，戰後初期國家政治經濟動盪，女作家們卻普遍創作兒童文學「純真童年」敘事，建立「好孩子」等倫理書寫：一方面國家戰爭仍未停止（金門及滇緬戰區）。國家統一戰爭期間的兒童書寫，如義大利 Edmondo De Amicis 的《愛的教育》、法國 Alphonse Daudet《最後一課》，對於國家認同、愛國護家、行為端正等倫理書寫，提供兒童國民行為典範。日本文學評論家吉田司雄，也提出日本現代兒童文學的出現，在於日清戰爭前期，爭取民族國家的認同與支持。[3]另一方面，六〇年代蔣中正頒布「革新教育注意事項」教育與文化復興政策，提出國家認同與新兒童國民內涵，亦即「倫理、民主、科學」精神與復興「傳統文化」。國家以上述內涵同時擁抱美援、科技，但又抵抗全盤西化，並與中華人民共和國「文化大革命」區別開來。也就

---

[3] 吉田司雄：〈起始〉（"はじめに"），飯田祐子、島村輝、高橋修、中山昭彥編著：《少女少年的政治性》（『少女少年のポリティクス』）（東京都：青弓社，2009年2月），頁13。

是說，對於台灣文學女作家研究史家而言，一般定位五〇、六〇年代女作家書寫身邊瑣事等「家庭」、「閨秀」敘事，在兒童文學作品研究發現大相逕庭：女作家創作與家國大敘事連結在於為第二代書寫的「再生產」：以教育性質介入國家敘事，形塑下一代國家期許的新兒童國民形象。

### 七〇、八〇年代女作家的鄉土與校園兒童文學作品

就台灣文學史而言，七〇年代的鄉土文學、八〇年代解嚴前的資本主義經濟等文學創作，如何呈現在女作家兒童文學作品？

筆者以此時期「成名作家應為兒童創作」概念，編輯下的兩套代表性合輯，如苦苓選文的「學生之愛」系列、洪建全文教基金會邀約一百二十位作家創作套書《兒童文學之旅》等，以文化研究，探看成人女作家作品與兒童觀。

中學教師苦苓，為反映八〇年代各級學校問題，選編六八年到八二年報章雜誌發表過的文學作品，編輯《學生之愛》系列（皆晨星出版）。作品反應六八年國民教育由六年延長至九年後，中小學校園狀態。苦苓認為「向來還沒有這類題材的文學選輯」，出版後「反應極為熱烈」。

如小學篇，羅佳莉的〈獎狀〉，描述資本主義下的家庭樣貌，父母對孩子升學功利的期待，以致孩子的樣貌也因此模糊而挫敗；李藍的〈誰敢惹那個傢伙〉，描述小學班級孩子的霸權生態，以及權力配置系統建構與解構，同時兒童生態隱約暗示成人間省籍族群權力與腐敗的樣貌。中學篇，李

昂的〈花季〉呈現青春期少女情慾幻想，猶如超現實主義風景畫作的荒原景象，為現代主義文學作品；陳幸蕙的〈青果〉表現十四歲情竇初開少女，對愛慕教師形成的一層層偶像製造儀式，而終於幻滅，「初戀是生命中的青果」來形塑中學少女。

集結一百二十位作家創作的《兒童文學之旅》系列（洪建全教育基金會），女作家張曉風新詩〈小河也有媽媽〉描述媽媽與孩子間溫暖的關係，創作兒童文學作品時期同為作家七〇、八〇年代散文成就高峰。季季〈木瓜樹〉以台灣常見強韌生命力的木瓜樹，隱喻台灣一般家庭關係的平凡與強韌生命力，為典型鄉土作品。集結女作家作品多元，也不乏精彩作品，然而並不是成人作家都能寫出兒童適讀的兒童文學作品：兒童閱讀理解能力的高估或低估，想像的兒童或者真實的兒童觀落差等等。「兒童」似乎成為女作家異於成人書寫的待理解對象。

七〇、八〇年代女作家創作反映台灣社會對於民族與鄉土階級兒童觀的分歧，以及進入現代化後的兒童少年，從苦兒到中產階級的升學與家庭關係變化、國家社會經濟環境急速轉型期的舊社會兒童到現代兒童差異，同時也牽引出九〇年代後，文學與市場文創連結，嘗試找回升學利基的東方文化兒童。

## 八〇、九〇年代女作家品牌的兒童文學作品

台灣社會經歷七〇、八〇年代退出聯合國、美日等一連

串外交失利,及由此產生知識分子對國家前途的焦慮,與異議分子遭受迫害等混亂;七七、七八年的鄉土文學論戰,八〇年代末解嚴、開放報禁、恢復與中華人民共和國交流等等社會變革。

另一方面,台灣教育制度改革形成升學亂象。學者羊憶蓉表示,一九六八年國民教育由六年延長至九年,原為配合經濟成長,接應中長期就業人力技職市場需求,然而傳統升學觀念影響,國中與職校生多數走向升學路線,不一定直接就業,導致國中畢業人數激增,一齊擠進有限的國立高中,未來進入大學,形成八〇年代升學問題。

三者,女作家品牌的商業機制與兒童讀物出版結合,女作家挾其排行榜大眾文學的知名度與指名度,在兒童教育改革不斷變動的升學壓力等社會環境下,嘗試協助兒童少年從快樂與遊戲性閱讀出發,建立女作家之名的品牌王國。形成九〇年代後的特殊現象。

社會與國際環境、教育制度、文創機制等落實在兒童文學的表現,以代表性女作家作品為例,簡述如後。

一九七九年暢銷書《水手之妻》(九歌)作家楊小雲,將台灣八〇至九〇年代複雜多變的教育、國際外交、解嚴與經濟起飛社會下的兒少樣貌,藉由生活書寫呈現。八三年至九三年出版六本少年小說(皆九歌出版),反映十歲上下兒童的家庭生活以及從生活隱射的家國敘事。

《小勇的故事》延續二戰後遷台女作家,書寫社經環境弱勢下,悲情兒童書寫,但也逐漸見到城鄉發展,出現城市

中產階級鑰匙兒。故事中失去父親的小勇,以任職警察的舅舅,扮演兒童與社會連結的法治與正義啟蒙角色。《豆豆的世界》豆豆為中產階級兒童,姑婆從美國來台,帶來流行文化的相機與家家酒玩具給豆豆和妹妹,並邀約豆豆移居美國。其中台灣出走或留學美國,反映了當時台灣與美國的政治經濟變化與美國崇拜。成人文化縮小版的玩具,則如法國思想家羅蘭·巴特所言,反映兒童對成人世界的模仿,與期待兒童未來成為小大人的刻板期待。豆豆對律師父親的崇拜展現在律師、法官、警察的語言或劇場模仿遊戲。在此,法律取代社會政治監控的縫隙,成為中產階級不受侵犯的保障與政治自由化的憧憬。

　　口吃、瘦小,又常被取笑的早產兒丁小丙,卻有個高大威武的軍醫父親,在金門的醫院任職,三個月回家一次,總會用溫暖的大手抱起十歲的小丙。《我愛丁小丙》出版次年,楊小雲描寫台灣退出聯合國,台海緊張的成人文學作品《她的成長》(九歌)發表。瘦小無力的丁小丙與金門工作的高大軍人父親,似乎對應國際局勢,及台灣軍人捍衛國家的安全可靠,溫暖與信心。

　　這幾本男孩為主角的書,分別呈現女主內,男主外的性別分工,並以父親角色暗示無父的黯淡到國家處境,借兒童角色反映家國與社會的動盪,並藉由男性大人的警察、律師、軍醫等角色,表達捍衛國家的信心。

　　八九至九三年出版的《嘉嘉流浪記》、《小瑩和她的朋友》、《胖胖這一家》,分別描述三種不同經濟狀態女孩的成

長。經濟富有的八歲嘉嘉，在家庭位置從失能者到流浪後的能力者；住在眷村的二年級瑩瑩，家裡孩子多，不受到注意，從城市到鄉下外公外婆家過暑假，找到自己的快樂童年；四年級的胖胖家庭經濟小康，描述出國旅遊、治安與守望相助等台灣整體經濟富裕，母親也能靠自己努力兼顧家庭與事業。這些以女性兒童為主角的故事，則多在解嚴後，經濟快速成長，城市與升學生活下，心靈匱乏，兒童從離家與返家間找到成長契機。

另一方面，九〇年代之後，張曼娟與黃秋芳以大眾排行榜暢銷作家，創作不輟，持續經營成人讀者與兒童讀者，提出閱讀教養方法並實踐於體制外私塾教育，滿足新一代親子互動模式，反映出知名女作家透過書寫與大眾媒體，建立成人品牌來拉抬兒童教育產業品牌。同時期在大學任教的張曼娟，帶著新一代擁有閱讀能力的粉絲父母，成為女作家創作兒童文學與教育理念的購買者。女作家教育觀與兒童文學書寫，回應與形構二十世紀末與二十一世紀初台灣兒童樣貌。

綜觀戰後五〇年代到九〇年代女作家兒童文學作品研究發現，台灣女作家的兒童文學書寫，既是個人的，也映照出社會的與家國的意識。所謂「鄉土」創作，女作家們很早即意識到自身所在的土地，貼近台灣兒童生活描摹書寫兒童文學，創作從未脫離台灣「鄉土」，只是對於鄉土想像，各時期有所差異。

## 二○二○年後續研究與「少女」的跨域思考

　　本論文以二○二○年筆者於台東大學兒童文學研究所發表的《台灣文學女作家書寫兒童文學作品研究》為基礎，隨後於二○二一年開始，逐步刪修發表於「現代性、記憶與亞洲童年」（台灣兒童文學研究學會與國立成功大學合辦）、「2022兒童發展與家庭研究國際學術研討會」、「2023兒童發展與家庭研究國際學術研討會」（以上兩者主辦單位：國立臺灣師範大學人類發展與家庭學系）等。

　　另一方面，兒童文學中的「兒童」，聯合國界定年齡在十八歲以下。台灣在二○一八年修正通過「兒童及少年福利與權益保障法」，界定「兒童」為未滿十二歲的人；少年為十二歲未滿十八歲之人。學者林文寶就台灣一般人所稱兒童，細分為三～十二歲（入幼兒園到小學畢業）、延長到國中畢業則到十五歲。因此兒童文學可以細分為：幼兒文學（三～八歲）、兒童文學（六～十二歲）、少年文學（十～十五歲）、青少年文學（十五～十八歲）。其中部份年齡層因為孩子閱讀能力，而有重疊。筆者論文中，指涉對象以兒童少年為主要對象，也就是三到十五歲，同時接近「兒童視角與編輯守門」設定，來呼應女作家作品基於市場需求而產生轉換大小讀者的可能性。

　　誠如前面所提兒童讀者觀察，台灣青少年文學市場十五～十八歲是個尷尬的年紀。這個年齡的中學孩子，閱讀能力可閱讀兒童文學作品，而生活方式處在預備成年時期，生

活與閱讀喜好介於成人書籍與兒童讀物間。若以國家圖書館的台灣碩博士論文網查詢，台灣文學與兒童文學「少女」研究，年齡橫跨十～十五歲少年、十五～十八歲青少年，這二個年齡帶也因此成為成人與兒童文學研究對象間重疊、再次跨域，或者待定義的年齡階段。

　　二〇二四年三月國科會藝術學門講座，美國亞美利堅大學藝術系副教授彭盈真提出，女性邊緣族群研究中，還有一種「少女」族群。彭盈真認為「少女」的產生，來自於日本。大約於日本明治維新時期出現的高校女學生，或者女學生因為戰爭而成為女工，這些擁有識字、經濟能力，也樂意吸收時代新知的群體，經媒體刊物凸顯而形成。年齡大約在十六歲上下。（彭盈真，「國科會藝術學學門前瞻／跨領域系列講座」，2024年3月26日）

　　日本學者吉田司雄在《少女少年のポリティクス》（青弓社）指出，一八八七年日本中等學校令施行後，約於一九九〇年學校場域中兒童男女性別進一步分化。在此之前，日本有「少年」稱呼，沒有相對應的女童稱呼。同時期創刊的雜誌「少年園」進一步描寫了男女兒童不同性別的樣貌，「少年」開始有意識的隱含了男女童兩種性別。也就是說，在此之前，沒有「少女」稱呼，甚至於無性別的「少年」稱呼，暗示了某個年齡層女性兒童曾經不存在。

　　久米依子在專著《少女的生成》（東京都青弓社）進一步說明，出現於約一九九〇年前後的「少女小說」（雜誌「少年世界」（博文館）中的「少女」專欄連載小說）為近

代日本獨有文化，未見於歐美諸國。「少女小說」、「少女文化」乃至於「少女」出現，有賴於媒體讀者共同體。久米提出，大約一八九九年高等女校令公布，女學生人數急遽增加，到一九〇五年，少女雜誌創刊。媒體凝聚的「少女」，初期相當廣泛，包括高校女學生、年輕女性、戀愛或者有結婚對象的妙齡女性，後來透過日本媒體有意識的教育設定，將「少女」低齡化，為十五歲左右。「日本文部科學省學制百年史」資料顯示，自一八九〇年代教育法規總則、中學校令、高等女校令，將男學生與女學生學習區分，如女學生教學以家庭教育為主，男學生以升學為主等等。少年少女的樣貌，在教育制度下，更為清晰。

久米指出，一般現代稱呼的「少女」大約誕生於日本一八九五年（明治二〇年代末，台灣日治時期開始），日本明治維新時期歐化教育逐漸開展，高等女校設立，高中女學生人數急速增加。此時，開明的女子教育風氣出現，舊有儒家教育秩序與倫理觀搖搖欲墜，女子也可以擔任富國強兵任務的西方教育思想觀念提升。雖然如此，「少女」的位階仍然有別於成年男性、成年女性、少年之後。「少女」成為日本現實生活中的族群，也成為象徵指涉的族群：「無垢的天使」、「賢妻良母」、「友愛少女」、「家族神話」、「男性作家的幻想」範疇。

真實「少女」的「不存在」，到象徵「少女」的出現，「少女」從一種無性、沒有慾望的物種設定，突然有了和成人／成人文學更緊密連結的可能。

「少女」族群與兒童文學的「無垢」、成人文學「性別幻想」的關係，似乎有了更清楚的輪廓與矛盾的交集。台灣女作家從日治時期「少女」黃鳳姿，到當代郝譽翔書寫的叛逆「少女」《初戀安妮》（聯合文學），林奕含《房思琪的初戀樂園》（游擊文化）等等，十～十八歲的「少女」書寫或者書寫「少女」作品，在台灣經歷過日治時期，「少女」隱約成形的兒童文學中，似乎有了可以安置的位置。而這種安置，仍滑移在九〇年代後台灣文學與兒童文學相互跨界間，增加了對話的可能。

# 目次

台灣女性文學與兒童文學交會之學術星圖 ……… 王鈺婷 1
自序 ………………………………………………… 黃愛真 1

## 第一章　緒論 ………………………………………… 1

第一節　兒童文學與成人文學對話 ………………… 1
第二節　台灣當代女作家書寫對兒童文學的影響 …… 5
第三節　幾個研究分析方向 ………………………… 8
第四節　研究限制 …………………………………… 11
第五節　名詞解釋與概念釐清 ……………………… 12

## 第二章　研究分期
　　　　──從五〇年代到二十一世紀 ………… 19

第一節　五〇、六〇年代二戰後來台女作家大量參與
　　　　兒童文學書寫 ……………………………… 19
第二節　七〇、八〇年代現代與鄉土創作女作家書寫兒
　　　　童文學作品 ………………………………… 31
第三節　九〇年代到二十一世紀女作家兒童文學浪漫
　　　　化與品牌化 ………………………………… 33
第四節　小結 ………………………………………… 41

## 第三章　女作家兒童文學作品與時代兒童觀……47

第一節　五〇～六〇年代台灣女作家兒童文學作品兒童觀
　　　　——形構戰後中華民國／台灣兒童國民形象………47
第二節　六〇～八〇年代現代與鄉土創作女作家兒童文學
　　　　作品兒童觀——台灣族群間的認同追尋與對話……62
第三節　九〇年代後女作家兒童文學作品兒童觀
　　　　——兒童成為國家教育發展擠壓下的迂迴產出……66
第四節　小結……………………………………………………73

## 第四章　五〇、六〇年代女作家兒童文學「台灣／大陸」兩地認同書寫……83

第一節　台灣／北京書寫的猶疑與斷裂
　　　　——林海音兒童文學作品《蔡家老屋》……………86
第二節　左手編輯，右手文學：潘人木從「兩地」
　　　　流動認同到何處是家？………………………………105
第三節　傳記與日記之間的紀實文學
　　　　——謝冰瑩的台灣兒童書寫…………………………118
第四節　小結……………………………………………………125

## 第五章　一九七〇～八〇年代現代與鄉土女作家的兒童文學書寫——台灣兒童生活轉型的在地書寫……127

第一節　兒童文學合輯作品……………………………………131
第二節　中華兒童叢書…………………………………………141

第三節　單本出版作品：以楊小雲少年小說創作為例 ...... 159
第四節　小結 ...................................................... 180

# 第六章　一九九〇年代到二十一世紀通俗文學與「女作家之名」的文化生產概念 .. 183

第一節　九〇年代之後童年的重構與升學教育 ............ 186
第二節　張曼娟與張曼娟小學堂 ............................... 193
第三節　黃秋芳與黃秋芳創作坊 ............................... 210
第四節　小結 ...................................................... 218

# 第七章　結論 ..................................................... 223

第一節　女作家創作兒童文學的社會脈絡與兒童觀 ...... 227
第二節　研究發現：兒童為「富國強兵」的抽象存在 ... 234
第三節　兒童文學研究對兒童文學及台灣女作家研究
　　　　的貢獻 .................................................. 235
第四節　對於台灣兒童文學專業書寫者的一些建議 ...... 237

# 後記 ................................................................ 241

# 參考文獻 .......................................................... 243

# 附錄　少女與少女小說 ...................................... 271

# 第一章
# 緒論

## 第一節　兒童文學與成人文學對話

　　台灣北有鍾肇政文學紀念園區、中部苗栗吳濁流藝文館，彰化賴和紀念館、雲林鄭豐喜紀念圖書館，南部台南柏楊文物館、台南楊逵文學紀念館、台南葉石濤文學紀念館、高雄鍾理和文學紀念館，東部宜蘭李榮春文學館等等，[1]台灣女性作家[2]則多依附在大學研究中心，如，琦君史料位於中央大學[3]、蘇雪林文化資產蒐於成功大學蘇雪林文化資產研究室等等，著作等身並有重大文學影響女作家的文物似乎是依附機構的研究單位。或許，從另一個方向來看，女作家

---

1　台灣文學網，網址：https://tln.nmtl.gOv.tw/ch/M12/nmtl_w1_m12_s4_1_1.aspx；「與文學家相遇，9個文青必訪展館」，網址：http://www.taiwan2gO.cOm/Article/D_LPChQEgJxHJRXBNuThDOLepLYNsaBRQzU，閱覽日期：2020年2月28日。
2　三毛在新竹有一間「三毛夢屋」，依「台灣文學網」介紹，並無三毛文物陳列展示或者蒐藏，僅為二手資料置放，應該不屬於兼負典藏、展示、教育等文學館或紀念館功能。
3　琦君在大陸故鄉浙江永嘉，有一座「琦君文學館」保存部分琦君散文英譯稿手稿。但也為文學館不顧及版權而選文出版，頗有微詞。李瑞騰、莊宜文主編：《琦君書信集》（台南市：國立台灣文學館，2007年8月），頁216。

多擔任大學任教工作，文獻資料捐贈原大學機會相對較高。再來檢視兒童文學創作者，台灣戰後第一代本土作家林鍾隆，曾以做中國的安徒生自詡，對兒童文學著力甚深，師範學校畢業，亦曾在各級學校任教。林鍾隆紀念館原依附於桃園縣大溪仁和國小圖書館，二〇一五年三月遷出學校，紀念館工作人員轉而成立林鍾隆兒童文學推廣工作室，以小王子書房方式辦理閱讀推廣活動。[4]在台灣，女性文學家研究中心與兒童文學創作大家紀念物依附在機構，兒童文學創作者過世後，沒有社會單位出錢出力成立獨立紀念館或者文學館。若以文學館作為一種權威與權力，代表作家身後在台灣社會力量的延伸，兒童文學與女性文學，相對上在台灣仍是弱勢的。

　　後現代的契機，就是在二十世紀後半葉以來，眾聲喧嘩影響下的「去中心」，讓「邊緣」有機會被看見。台灣文學女作家與兒童文學雙重弱勢，需要有更多的研究產出，才可能以不同的視角，重新地被看見。

　　另一方面，從「兒少閱讀書籍」與「為兒少出版的書籍」，成人文學和兒童文學間的界線正在模糊，疆界的釐清／理論與現實上是否能釐清，及成人作家專為兒童書寫的作品系譜研究，雖然同為台灣在地兒童文學的一個系統，卻少有研究者涉獵。這些牽涉到幾個問題，一為兒少閱讀現象與出版銷售狀態，二為成人文學作家為何，與如何跨界到兒少讀

---

[4] 資料來源：「林鍾隆兒童文學推廣工作室」臉書，網址：https://www.facebook.com/LinZhongLongMemorial/，閱覽日期：2024年6月14日。

物書寫領域,三為跨界書寫後,文本樣貌的呈現,及此文本樣貌呈現了什麼樣的作者觀點、社會意識及對當時代兒童的想像、期許?與社會主流呈現的意識關係?

成人文學創作者挾廣大的文學市場優勢與知名度,創作的兒童文學作品,對於兒童少年讀物背後的書籍購買者、內容的守門人、跨界選擇兒少讀物仍需要知識能力的家長,以及各界掌有由上而下建設兒童文化軟硬體決策權力行政首長(如,台灣各縣市圖書館的兒童館建置多由文化局與圖書館館長主導)等成人影響力,讓知名成人文學作家相對專業兒童文學作家似乎仍具有優勢。

然而,既然成人作家創作兒童文學作品擁有某方面的影響力,為何鎖定女性?女作家作品研究,以及女作家系譜或脈絡性研究?

從台灣文學史研究來看,陳芳明書寫的《台灣新文學史》上下冊[5]、楊照的《霧與畫——戰後台灣文學史散論》[6]、女性作家作品研究者范銘如《眾裡尋她——台灣女性小說縱論》[7]、梅家玲《性別,還是家國?——五〇與八、九〇年代台灣小說論》[8]、女性散文研究學者張瑞芬《台灣當代女

---

5 陳芳明:《台灣新文學史》(台北市:聯經出版事業公司,2011年10月),上下冊。
6 楊照:《霧與畫——戰後台灣文學史散論》(台北市:麥田出版社,2010年8月)。
7 范銘如:《眾裡尋她——台灣女性小說縱論》(台北市:麥田出版社,2008年9月二版)。
8 梅家玲:《性別,還是家國?——五〇與八、九〇年代台灣小說論》(台北市:麥田出版社,2004年9月)。

性散文史論》[9]、《五十年來台灣女性散文》[10]、女性小說研究學者陳建忠等《台灣小說史論》[11]，大抵提到男性作家與女性作家在大敘事與家庭故事、複雜的社會情感與身邊事物平凡人物的抒情敘事，男女作家對於不同時代主導文化模式的差異，女作家有一種特別的美學特點。然而女作家對於各時代作品反應，或許如張頌聖在《文學場域的變遷》提出，女作家在當代台灣文化生產場域中的位置與文學生態角色分析，她們對主導文化認可的創作素材、表達模式，有十分顯著的反應，不論是經由正面或者負面途徑表述，這些反應態度包括了支持與妥協、擁抱與反省、抗拒和有創意的轉化，和男作家有類型和程度的差別。[12]其中的既支持又抵抗、既擁抱又反省、既抗拒又轉化的表述，有一種特殊的知識型式。例如，二戰後來台女作家書寫憶兒時故事來懷鄉，和台灣女作家因為台灣社會現代化轉型書寫小時候台灣兒童故事而懷鄉，以及抒情調性，既溫和接受主導文化，也轉換了女作家表述家國觀念的敘述方式。這些型式是否表現女作家透過不同時代「懷鄉」書寫轉移至兒童文學創作後的一脈相承？哪些移轉而哪些又被捨棄？這些又顯示了哪些文學對話？兒童想像如何涉入對主流文化的繼承與抵抗？在兒童文

---

9　張瑞芬：《台灣當代女性散文史論》（台北市：麥田出版社，2007年4月）。
10　張瑞芬：《五十年來台灣女性散文》（台北市：麥田出版社，2006年2月）。
11　陳建忠、應鳳凰、邱貴芬、張頌聖、劉亮雅等著：《台灣小說史論》（台北市：麥田出版社，2007年3月）。
12　張頌聖：〈台灣女作家與當代主導文化〉，《文學場域的變遷》（台北市：聯合文學出版社，2001年6月），頁113-133。

學史的斷代或縱貫性面向，又產生什麼樣的影響？

　　成人女作家書寫兒童文學作品深入鑽研，大約散見於各女作家作品研究，將台灣成人女作家的兒文創作脈絡梳理，讓台灣文學與兒童文學領域對話，為筆者希冀處理的一環。

## 第二節　台灣當代女作家書寫對兒童文學的影響

　　台灣現當代女作家創作兒童文學作品，依女作家在台灣文學史創作的時間點，同時也創作兒少文學或以單篇文章編選方式進入兒童文學領域，對台灣兒童文學的內容、形式、教育或者市場產生結構性相互影響。例如一九五〇年代戰後第一代女作家，林海音與潘人木創作並編輯中華兒童叢書，依循中央教育政策「倫理、民主、科學」精神，同時培養大量台灣本土兒童文學人才與創作，並將課外讀物送入國小校園；又如，戰後一九九〇年代作家張曼娟經營「張曼娟小學堂」、黃秋芳的「黃秋芳創作坊」以作文教學作為起點，將閱讀與社會重視作文書寫教育「拚教養」[13]風氣結合。其中女作家創作的兒童文學作品部份銜接了作家原來的寫作風格，擴大兒童文學文本研究視野。如，琦君成人與兒童文學作品兼具樸實敦厚的散文風格、林海音成人與兒童文學作品充滿俐落與衝突轉折的動態感；部份則大異其趣，如謝冰瑩

---

13　「拚教養」概念來自於社會學者藍佩嘉。見藍佩嘉：《拚教養：全球化、親職焦慮與不平等童年》（台北市：春山出版公司，2019年6月）。

作品抗爭傳統父權社會對女性婚姻掌控，並轉而從事當時以男性為主的軍人職業，創作大時代寫實的《女兵日記》，兒童文學仍以父系承繼的《太子歷險記》寓言書寫、佛教故事書寫等中國儒釋道父系正統。然而，不論兒童文學作品研究如何補充或者延伸了女作家作品研究的某些面向，或者提供兒童文學作品研究的素材，對於兒童文學與成人文學之間最大差異的兒童想像，可能就時代性而言，兒童文學作品仍然影射了台灣社會文化與台灣文學象徵意涵的延續。也就是說，兒童文學研究可能開展了看待台灣文學女性作家作品的另一個面向，女性作家作品研究可能也賦予她們創作的兒童文學一個介入台灣社會議題大敘事的可能。

另一方面，女作家如何在成人創作中越過兒童文學讀者門檻，將兩者書寫內容巧妙轉換？

七〇～八〇年代，許多現代主義或鄉土女作家，在成名之後為孩子創作。在學校教育或者社會教育人士，認為台灣文學成人作家應該為兒童寫作的信念風潮，部份基金會或者教育系統作家號召下，廣泛邀請作家參與，作家作品編選成為合輯。女作家如李昂、廖輝英、朱天文、朱天心等等都曾經受邀為兒童寫作。部份女作家擷取以往的童年故事，部份女作家重新為孩子寫作。然而這些一次性或者偶爾為孩子寫作的作品，以及原非為孩子創作而擷取的作品，文字或者內容如何和孩子閱讀的頻率接軌？這些兒童文學書寫特色為何？在這種偶然性的創作中，又呈現哪些社會文化與對兒童的想像？

一九九〇年代之後，台灣解嚴，媒體在社會開放與言論自由下大幅增加並擴大編制，連鎖書店與暢銷書排行榜，擴大了市場量，台灣自戰後逐步累積的大眾文學脈絡，逐漸成形。另一方面，國際資本主義全球化，台灣中產階級教育觀念也在於兒童教育的西方化。在文學與社會環境交錯，女作家創作兒童文學作品，如張曉風[14]出自給孩子說故事的經驗而寫故事，周芬伶出自於自傳色彩，為兒少書寫的小說《醜醜》、《藍裙子上的星星》，到主角設定脫離自己色彩，真實地鑽進想像兒童讀者世界的《小華麗在華麗小鎮》。[15]張曼娟期許為中國古典文學的擺渡者，為兒童改寫《封神演義》李哪吒家庭故事《我家有個風火輪》，並為「張曼娟小學堂」策劃一系列唐詩、成語、小說等作文與閱讀相關的教育理念兒童讀物來支撐小學堂辦學與教育政策。黃秋芳為兒童作文教室「黃秋芳創作坊」，充實兒童文學專業，寫作論述書籍《兒童文學的遊戲性》、創作少年小說「光之三部曲」，並以兒童作文指導著作闡述創作坊精神。這些女作家因為育兒經驗、書寫自我的轉向、教育工作者而紛紛轉向兒童文學的書寫。兒童文學原為大眾文學的分眾市場，知名女作家在書市與教育發展環境下，如何挾知名度作為品牌個體戶，佔有一席之地，成為一種兒童文學史上百花齊放的特殊現象？

---

14 張曉風文，貝果圖：〈作者序〉，《張曉風為孩子說故事——抽屜裡的秘密》（台北市：國語日報，2011年10月），此序文版次2017年10月，第一版七刷。
15 周芬伶：《小說與故事課》（台北市：九歌出版社，2019年7月），頁208。

九〇年代之後,邊緣族群也出現兒童文學書寫,展現在二十一世紀,以身為台灣在地原住民各族群傳遞族群聲音,透過蒐集族群傳說或者耆老長輩口語言傳故事,作為書寫內容。作品中如何傳遞純粹的該族群兒童風貌?或者在漢人創作原住民兒童文學比例較高的作品上,如何區辨市場中混融的漢人與原民作品裡原住民兒童的想像?面對異邦漢人兒童,想要傳遞的民族觀點又是什麼?

筆者希望透過本著作,一一探悉以上不同年代女作家,創作兒童文學與童年關係的橫向時代性與時間軸縱向的脈絡性提問。

進一步的相關台灣女作家創作與兒童文學交會的爬梳,將於第貳章陳述。

## 第三節　幾個研究分析方向

筆者將各時代台灣代表女作家依其在台灣文學史的時代習性歸類,爬梳與分析女作家兒童文學代表作品。同時依台灣文學史、台灣兒童學／教養標的事件、國家社會重大事件等和作家代表性兒童文學作品對話,找出作品觀點與對兒童的想像。每一個階段小結,歸納女作家創作兒童文學作品的異同處或者脈絡。需要特別說明的是,女作家文學創作年代在台灣文學史的分類,和其創作兒童文學作品年代不一定一致,筆者仍以台灣文學史家分類作為基礎,再微調並註明創作兒童文學時間,以彰顯台灣兒童文學作為台灣文學系統的

筆者立場,與配合大眾閱讀理解的慣性。

因此,筆者將從以下幾個方向著手,

## 一　台灣文學史

以代表性台灣文學治史學者如陳芳明《新台灣文學史》上下冊(聯經)、張頌聖論述、台灣通俗文學史學者如楊照史論作品、台灣女作家文學史學者如范銘如、王鈺婷等史料作品、台灣文學館「台灣現當代作家研究資料彙編」選列女作家等資料,以整體台灣文學史、女性文學史、中央機構出版蒐集的代表性正典作家史料等,作為台灣文學重要社會事件與代表女作家參考資料,作為研究對象與內容。

## 二　台灣兒童教育政策與教養觀

從兒童觀為中心的兒童文學史與社會事件來和創作者或讀者作連結,嘗試重新看待國民政府來台後的教育、文化政策與成人因應的教養觀、創作觀,如何在文學中展現兒童,回應社會?文本中的兒童又如何回應社會改變,及成人的策略?從政府政策或社會教養觀念下,對兒童在國家政治、經濟需求下的影響。這些非關教育學與兒童學,對於非兒童文學專業創作者,如台灣文學女作家書寫兒童文學,可能較具時代意義,並能從女作家創作中發掘時代產物下的兒童,同時交叉比對台灣女作家蹤影,分析雙重書寫的女作家及其作

品。嘗試能找出一種兒童文學女作家創作面向系譜，及其對兒童文學的貢獻或意義。

## 三　作品文本分析

若作品作為一種難以擺脫時代影響下的創作，在文藝社會學的脈絡下，也就是台灣文學／兒童文學事件及歷史縱軸面向，與作者論交互影響下，呈現什麼樣的創作內容？創作內容背後與社會、歷史事件的呼應或指涉為何？其中呈現什麼樣的兒童想像與觀點？

## 四　作品兒童觀分析

二戰後教育體制，以政府政令方式，從六年國教到十二年國教，在自然中生活的兒童成為圈圍在校園裡的兒童。識字率的提高，增加文字閱讀機會及主導兒童大部分時間的規劃；教科書與課外讀物的意識形態與國族意識，隨著社會的變化，從接受到逐漸成為民粹主義下批判的一環。作為未來國力及國家認同基礎的「兒童」，成為政治角力既須爭取同時又被不同意識型態拉扯或者汙名化的「未來存有」。兒童樣貌隨著教育、社會產生變化，回返成為引導創作者對當代兒童的不同想像，影響兒童文學的創作。在此教育政策也會成為筆者關注的一環。

## 第四節　研究限制

　　本論文非以兒童文學治史為出發點,主要研究目的在於找出成人文學與兒童文學交會時的兒童文學樣貌與意義,並加上女性作家作品研究的參數。因此以達到此目標為研究方向,並非、可能也無法全面蒐集成人女作家創作兒童文學的所有人名與作品。

　　其次,以台灣文學對於作家的年代斷代分類方式,在作品分析面向,也可能產生誤差。以作家琦君為例,琦君為戰後五〇年代第一批女作家,但她的作品,一般學者認為六〇～七〇年代較為成熟,散文、小說代表作家年代應歸類為後者。就兒童文學而言,時間面向拉得更長,從一九六〇年代《賣牛記》[16]到八〇年代《琦君寄小讀者》[17],二〇〇〇年後,格林出版社將琦君成人散文加上插畫,重新以兒童橋樑書型式包裝出版《桂花雨》、《玳瑁髮夾》[18]等,成人作家作品隨時可以「增生」成為兒童文學作品[19],雖然跟市場機制

---

16 琦君:《賣牛記》(台北市:台灣省教育廳,1966年9月)。
17 琦君:《琦君寄小讀者》(台北市:純文學出版社,1985年6月)。
18 琦君:《桂花雨》(2002年7月)、《玳瑁髮夾》(2004年8月),皆格林出版社出版。
19 市場現況,在此羅列與說明。筆者認為,出版社挾知名作家的廣大消費者知名度與銷售量,嘗試以兒童讀物購買者「成人」作為一種銷售對象,讓從小閱讀這些作品長大的成人有能力選擇或者購買提供兒童讀者閱讀。作品雖具有「兒童視角」演繹,然而,因為這些增生文本原為成人讀者創作,加上選文可能無限「增生」,因此加上兒童文學編輯的守門角色,作為筆者研究文本範疇。

有關，但也造成年代分類上的研究風險，尤其文學作品在社會脈絡下的累積、讀者對象的轉移，可能造成分析成果的不確定、多樣性或者誤讀。

　　再者，囿限於筆者專長與兒童文學論文研究目的，台灣文學資料多引用既有大家論述，不作深入論辯。此亦為筆者日後接續學習之方向。然而台灣文學引用資料，仍然緊密扣合即將呈現的女作家兒童文學作品研究，呈現女作家兒童文學作品的多音複調：「一致性、並行、斷裂、相反或延伸補充。」仍有與台灣文學對話意義。

## 第五節　名詞解釋與概念釐清

　　本論文書寫中，需要先釐清兩個前提：「兒童文學」、「成人文學」的界線與分野，以及「兒童文學」與「兒少文學」的名詞使用。兩者在今日的兒童文學領域上，皆有模糊化或界限曖昧的現象。欲討論兩範疇的分野，筆者先從「兒童」年齡的分層界定開始釐清。

　　其次，將說明筆者研究的「台灣文學女性作家」指涉範圍。

### 一　台灣兒童文學／成人文學的界線與分野

　　就書商、聯合國、台灣法令、台灣學界等，對於十八歲以下的人，有不同的想像與定義。兒童文學的「兒童」，聯

合國界定年齡在十八歲以下。台灣在二〇一八年四月二十四日修正通過「兒童及少年福利與權益保障法」,界定「兒童」為未滿十二歲的人;「少年」為十二歲以上未滿十八歲之人。[20]

學者林文寶就台灣一般人所稱兒童,細分為三～十二歲（入幼兒園到小學畢業）、延長到國中畢業則到十五歲。因此兒童文學可以細分為:幼兒文學（三～八歲）、兒童文學（六～十二歲）、少年文學（十一～十五歲）、青少年文學（十五～十八歲）。[21]其中部份年齡層因為孩子閱讀能力,而有重疊現象出現。筆者論文中,指涉對象將以兒童少年為主要對象,也就是三到十五歲,以及兒童視角書寫加上編輯把關界定的文本。「兒童視角與編輯守門」的併行設定,來自於呼應女作家作品基於市場需求而產生轉換讀者的特性。若以林海音作品為例,《城南舊事》原為成人文學作品,二〇〇〇年格林出版社加上關維興插畫版本,模糊成人與兒童讀者界線,二〇一〇年格林出版社將單篇抽出,編輯成為橋樑書開本並加上注音,成為兒童讀物。女作家作品的延展性,超越單純為兒童創作的文本範圍。

此外,名詞使用,對於較細部文本指涉,會以「兒少文學」指稱目標年齡層讀者（三～十五歲）閱讀的書籍;整體

---

20 兒童及少年福利與權益保障法,見「全國法規資料庫」網站,網址：https://law.mOj.gOv.tw/LawClass/LawAll.aspx?PCOde=D0050001,閱覽日期：2019年12月11日。

21 林文寶：《兒童文學與閱讀》（台北市：萬卷樓圖書公司,2011年11月）,頁110-112。

觀察或者學術上的文學研究統稱,則使用「兒童文學」。

## 二 成人文學與兒童文學疆界:兒童讀者

如同兒童年齡層與閱讀兒童讀物關係需要釐清,學者林文寶與杜明城也分別指出兒童文學／成人文學／通俗文學疆界的模糊不清。[22]

成人書寫的兒童文學作品包括童年敘事及為兒童創作的文學。學者譚鳳霞認為「童年」概念含括兒童及成人曾經經歷的兒童時期,因此成人文學中的童年書寫橫跨成人文學與兒童文學。成人書寫的童年敘事為成人探索生命困境的根源、成人文學範疇中,關於人類原初或個體生命過往童年真實或虛構情態的追懷。[23]筆者認為,成人書寫的童年敘事,如琦君《桂花雨》與林海音《城南舊事》,透過兒童眼光觀看家庭生活、童年生活,帶有成人與兒童讀者閱讀的趣味,但也出現如鍾肇政《魯冰花》(遠景),以兒童眼光描寫成人社會利害鬥爭之實,純真兒童視角成為一種對立成人功利社會的反差,一種犧牲的對象,並非以兒童為對象訴求的文學作品,而是成人文學藉由意有別指的童年敘事。就筆者分析後立場,為引致兒少文學疆界混淆的例子。由於成人書寫的

---

22 林文寶:《兒童文學與閱讀》,頁108-112;杜明城:《兒童文學的邊陲、版圖與疆界——社會學與大眾文化觀點的探究》(台北市:書林出版公司,2017年3月),頁1-17。

23 譚鳳霞:《邊緣的詩性追尋——中國現代童年書寫現象研究》(北京市:人民出版社,2013年10月),頁1-11。

兒童文學，多少難以擺脫成人對兒時回憶的影響，筆者對於成人書寫的童年紀事，除了關注兒童視角呈現，同時也以兒童刊物出版社選書的編輯把關，作為是否成為兒童文學的參照依據。

另一方面，成人文學的通俗化，如武俠小說，也能吸引兒少讀者閱讀，兒少讀者生活中可以閱讀的輕文學、情意文學等通俗文學何其多，通俗文學作為成人寫作的通俗化、大眾化，使得成人書寫易於接軌兒童閱讀的「淺語」而跨越至兒童文學，文學品質的差別仍在於兒童本位或者兒童特質的掌握。日本思想家柄谷行人在《日本近代文學的起源》，探討了日本「近代」兒童文學與兒童的關係。柄谷認為日本的近代文學時間約在日本取得甲午戰爭勝利之後，對西方的學習與反叛，其中影響也包含甲午戰爭之後與日本相關的台灣、韓國等統治地區文學的發展。對於兒童文學，柄谷提出豬熊葉子的觀點而分為兩種：一為「童心文學」的出現，將「兒童文學視作成人文學者的詩、夢、倒退的空想」，此中的兒童為「大人所想像中的兒童，還不是『真正的孩子』。」；另一為站在大人的立場教育、提示孩子在現實生活中的行為。豬熊認為這兩者皆非「以孩童的眼睛看社會」。[24]而柄谷提

---

24 豬熊葉子認為，「童心文學」為文學者新浪漫主義的逃避，西歐世紀末文學的影響；代表性創作者小川未明為了表現自己的內部，童話的空想世界是必要的，「創作空想」的兒童時期的批判；同時，當小川面對現實兒童的創作時，未明創作給予孩子忠告，成為「說教的童話時期」，因此兩者皆是成人本位而實際「兒童缺席」的文學。柄谷行人則以此為出發點，提出兒童為一客觀的存在，但也有其遮蔽性。其遮蔽的是明治

出不同的兒童建構觀,認為近代日本「兒童」的出現,是以被珍視的、國家分層分級教育制度下,達到富國強兵的目的而存在,[25]因此兒童雖然為一客觀事實的存有,兒童文學或者兒童論述中,兒童一直存在於成人抽象的概念中,成為「抽象」的存在。因此柄谷提出,若面對真實的兒童創作,大概也只能以寫實主義極點如卡夫卡式的創作方式再現。[26]或者為被遮蔽的兒童。[27]

擺盪在市場反應跨域的兒童文學寬廣界定與柄谷提醒的極端狹義性兒童文學創作之間,市場與思想界的反差指出了兒童文學因兒童位置難以定位的搖擺性格。因此本論文勢必提出兒童文學界定,筆者採用林文寶教授提出,在台灣漸趨成熟、漸具規模的兒童文學狀態下,以「為兒童讀者創作的文學作品」,[28]以及「女作家作品延展性與編輯編選」,作為主要研究考量,排除其他「運用兒童主角」技巧書寫[29],實

---

時期日本將兒童放置於兒童教育的同齡分層分級制度中,與當時的軍隊分層分級等同,目的指向富國強兵的一致性。其推論過程見柄谷行人:《日本近代文學的起源》(台北市:麥田出版社,2017年12月),頁159-187。

25 「兒童力即國力」概念,也發生在台灣兒童現況。二〇一九年政府公布最新國中PISA測驗結果及相關數據分析,即為一例。

26 柄谷行人:《日本近代文學的起源》,頁175-177。但柄谷也同時提到,極端狹隘的童話、具結構性的民間故事與神話,可能以文學的或者人類社會的「故鄉」對既有文學中人的自我毀壞性的殘餘與渾沌,成為文學創作得以持續的新契機。

27 柄谷行人:《日本近代文學的起源》,頁213-252。

28 林文寶:《兒童文學與閱讀》,頁110-112。

29 雖然可能仍隱含筆者的主觀性。

為呈現成人紛雜世界等成人文學作品可能存在於兒童文學辨識的「雜訊」，並同時將柄谷提出在寫實主義極點之外，文學書寫裡的兒童作為一種方法的概念，兒童才可能成為觀察的對象，[30]筆者以此概念提取與分析文本中「兒童」，做為女性作家書寫兒童文學作品，在台灣兒童文學展現的可能。

## 三　「台灣文學女性作家」指涉範圍

「台灣文學女作家」一方面牽涉到女作家發表的地理範圍，一方面在性別多元的現代台灣政策下，稍作釐清。說明如後。

筆者以前文提到之台灣文學史正典讀本羅列女作家為探討對象，同時這些女作家在台灣地理範圍內曾經發表／出版／編選兒童文學單篇或系列作品，即使創作兒童文學作品，仍持續出版成人文學創作。若以作家潘人木為例，既創作台灣文學史紀錄下的代表性作品，同時在兒童文學領域也著作等身，辭去中華兒童叢書總編輯之後，一九八七年投入《馬蘭的故事》修改[31]。又如黃秋芳，一九九四年之後，兒童文學創作與台灣文學人物創作、民族誌、旅遊文學等純文學仍

---

30 柄谷行人：《日本近代文學的起源》，頁175-177。
31 應鳳凰、鄭秀婷：〈會寫書的姥姥與歷久彌新的作家——潘人木〉，網站：五〇年代文藝雜誌及作家影像資料庫，網址：http://tlm50.twl.ncku.edu.tw/wwprm1.html，閱覽日期：2020年7月24日。

交互創作。[32]這些台灣文學女作家的兒童文學作品仍在筆者界定研究範圍之內，依時代特性選文與做為討論內容。

　　另一方面，英美學者在女性主義研究政治藍圖中區辨生理女性（sex）與性別（gender）的不同在於，前者為天生的生物範疇（by nature），後者指涉後天的（by nurture）社會文化建構。[33]筆者研究對象界定在生理女性的台灣女作家。對於多重性別創作者創作的具有兒童或者女性人物生活文本，還需要確認創作者或文本對閹割焦慮是否已經克服，為女性文本或者實為厭女書寫，已經是另一個尚待研究的議題。也就是說，本文計畫處理的是生理女性的台灣女作家兒童文學文本研究，並不探索多元的性別政治議題。

---

32 黃秋芳作品，台灣文學網，網址：https://tln.nmtl.gov.tw/ch/m2/nmtl_w1_m2_1_3.aspx?p=3&id=L45044&book_id=，閱覽日期：2020年7月24日。

33 周倩漪：〈解讀流行音樂性別政治〉，《中外文學》第25卷第2期（1996年7月），頁33-34。

# 第二章
# 研究分期
## ——從五〇年代到二十一世紀

　　本章筆者爬梳戰後創作兒童文學女作家台灣文學創作脈絡為經，女作家書寫兒童文學作品為緯，思考如何斷代與脈絡爬梳。作為戰後至二十一世紀女作家兒童文學作品後續章節分析參照與對話基礎。筆者以女作家在台灣文學史及為兒童創作年代，以一九五〇～六〇年代戰後第一批女作家、一九七〇～八〇年代現代與鄉土創作女作家創作兩種形式：合輯與系列為孩子創作、九〇年代後跨越二〇〇〇年通俗與大眾文學興起，再次出現有自覺地為兒童書寫女作家等，概分三大類，爬梳女作家文學分類及書寫兒童文學作品脈絡與特色。

## 第一節　五〇、六〇年代二戰後來台女作家大量參與兒童文學書寫

　　一九五〇年代，由於政治動盪，產生大批女作家境外移入，進入台灣文學書寫領域。[1]一九五五年成立的「台灣省

---

1　資深文學工作者封德屏認為台灣的女性書寫，一九四九年是一個分界。胡忠信、封德屏對談，林佩蓉整理：〈知識女性的一片天〉，《從閨秀到

婦女寫作協會」到一九六五年間，協會會員人數超過三百人。也開啟了女作家在台灣成為不可忽視的一群文壇力量。她們不同於當時政治主流的男作家書寫戰鬥文藝，而同在離家、返家的書寫意識中，開始放入台灣背景與思量在台灣重建家園的方法。[2]家鄉觀念的改變，從當時男性評論家，提出女作家並不重視當時主流文學作為反共思想作戰及革命功能的戰鬥性文學，她們的寫作特點在於「感情豐富、思想細緻，描寫心情和事物，都能入情入裡，……他們所寫的差不多是身邊瑣事。讀他們的作品，彷彿不知道是在這樣驚心動魄的大時代裡。」[3]另一方面，兒童文學創作而言，這批女作家透過文友圈集結，大約於五、六〇年代開始參與寫作，產生了相當大的貢獻。如同張秀亞提出，寫作取材可大可小，從小處著手，大處著眼，自生活的細微處反映顛撲不破的真理。[4]潘人木則從兒童讀物編輯與創作經驗，具體指出，從兒童熟悉的生活事物與周遭經驗出發，符合兒童興趣與需要。[5]

---

摩登——台灣女性書寫》（台南市：國立台灣文學館，2012年9月），頁56-57。

2　范銘如：〈台灣新故鄉——五〇年代女性小說〉，收於梅家玲編：《性別論述與台灣小說》（台北市：麥田出版社，2000年9月），頁35-65。李瑞騰、莊宜文主編：《琦君書信集》（台南市：國立台灣文學館，2007年8月），頁311、399。

3　轉引自范銘如：〈台灣新故鄉——五〇年代女性小說〉，頁35-65。

4　應鳳凰：〈張秀亞——在文字草原裡尋夢的牧羊女〉，《文學風華——戰後初期13著名女作家》（台北市：秀威資訊科技公司，2007年5月），頁6。

5　嚴淑女：〈論潘人木先生的編輯理念對台灣兒童文學發展的影響〉。收錄

從這些女作家創作、翻譯作品來看，戰後第一代台灣女作家創作兒童讀物，和女作家作品風格類似之處在於從兒童／女性生活處著眼，以通俗文字書寫女性／孩子生活事件所反映出來的社會經濟、歷史現象。差異可能在於：一、作品中形構的兒童觀與社會圖像：以倫理、民主、科學國家教育方針[6]，形塑重品格、聽話、勤勉學習的好孩子；二、既是「大陸」[7]，也有台灣在地生活的「兩地」空間書寫形貌；三、以女作家書寫行動，透過孩子作為未來國家再生產的對象，呈現個人的即家國的敘事。

部份女作家同時創作、編輯、翻譯兒少文學作品，其中代表性作家包括林海音[8]、潘人木[9]、張秀亞[10]、琦君[11]、艾

---

國立台灣文學館編：《臺灣現當代作家研究資料彙編：潘人木》（台南市：國立台灣文學館，2012年3月），頁338。

6 將於後文「兒童觀」形塑一節中深入說明。

7 一九九〇年代女作家時代的語言、文字表現。本文二〇二四年刪修時，文學環境受台海立場不同而用詞差異，筆者以引號標註。其後文字亦同。

8 一九五〇年代開始兒童文學的書寫工作，出版如圖畫書《蔡家老屋》、一九六〇年代邀請十位女作家翻譯《動物故事》、一九七〇年代純文學出版社出版兒童文學作品、編寫小學課本等。

9 一九六五年開始任職台灣省教育廳兒童讀物小組編輯、創作兒童讀物十七年，一九八一年後擔任台英社編輯親子叢書，並翻譯境外兒童文學作品。

10 翻譯《狐狸與金嗓子》（台北市：國語日報，1972年）。

11 翻譯圖畫書《傻鵝皮杜尼》（台北市：國語日報，1965年）；創作小說《賣牛記》（台灣省教育廳出版，1966年）；創作小說《老鞋匠和狗》（台灣省教育廳，1969年）；翻譯小說《涼風山莊》（台北市：純文學出版社，1988年）；翻譯「菲利」小說系列，如《愛吃糖的菲利》、《小偵探菲利》、《菲力的幸運符咒》（台北市：九歌出版社，1992-2009年）；

雯[12]、謝冰瑩[13]、孟瑤[14]、鍾梅音[15]、徐鍾珮[16]、畢璞[17]等等。

他們的書寫同時以台灣與大陸為參照點，展現了一種面對台灣孩子創作，書寫生活瑣事所可能產生的空間流動性，巧妙的將「大陸」／台灣的大時代空間轉移動盪，置入兒童文學創作。例如曾經環遊世界的鍾梅音《泰國見聞》，描寫泰國的氣候、歷史、信仰、禮儀、飲食、祭儀等等文化，提到泰國的氣候，「和台灣一樣，泰國也有雨季。」[18]寫到

---

　　翻譯《比伯的手風琴》（台北市：漢藝社研文化事業公司，1989年）；翻譯圖畫書《好一個餿主意》（台北市：遠流出版事業公司，1992年）。

12　艾雯：《森林裡的秘密》（台北市：台灣兒童，1962年）。

13　謝冰瑩，創作小說《太子歷險記》、《動物的故事》、《愛的故事》（台北市：正中書局，1955年）；創作《南京與北平》（台北市：華國出版社，1964年）；創作《林琳》（台北市：台北市教育廳，1966年）；創作《小冬流浪記》（台北市：國語日報，1966年）；創作《舊金山的四寶》（台北市：國語日報，1981年）；創作《小讀者與我》（香港：文化互助社，1984年）；推論佛教故事創作《仁慈的鹿王》、《善光公主》（前者為台中市：慈明月刊出版，1963年；後者台北市：慈航雜誌社，1969年）。

14　孟瑤，童話《荊棘》、《忘恩負義的狼》（連載台北市：國語日報，1967年）。

15　鍾梅音，創作《到巴黎去玩兒》、《燈》、《不知名的鳥兒》（台北市：台灣省教育廳，1969-1971年）。

16　徐鍾珮，創作歷史故事〈德京殘影〉，收入中華兒童叢書《花環集》（1988年4月五版）。

17　畢璞，翻譯國語日報圖畫書《讓路給小鴨子》（2012年12月）、中華兒童叢書小說《難忘的假期》、《一個真的娃娃》（皆1983年）、台英社《四海一家》（1992年）、釀出版改版青少年小說《十六歲》（2015年6月），等等。

18　鍾梅音文，郭玉吉圖：《泰國見聞》（台中市：台灣省政府教育廳，1971年10月，1986年5月三版），頁7。

泰國的兒童教育:

> 泰國人最叫人羨慕的,是他們已有好幾代人不曾受過流離失所的苦痛,不像我們中國人,有許多人早已不記得他們小時候念書的地方了。……聽他們用一種作夢似的,充滿感情的聲音述說他小時候唸書的地方,一邊用手指向河邊那金碧輝煌的寺廟,那份依戀和得意,真令人聽了忍不住要流淚。[19]

鍾梅音的「兩地」與旅遊國對照書寫,讓台灣孩子透過熟悉的台灣生活進入泰國世界,再由泰國時而台灣、時而憶兒時「大陸」的書寫。林海音的鬼故事《蔡家老屋》[20],也展現了從台灣孩子熟悉的道家民間祭儀燒紙錢,到「大陸」省城回來的求學孩子,以科學方推論「抓鬼」等「兩地」混融風貌。

琦君為台灣孩子創作書籍展則展現了「大陸」／台灣在地兩種風情。《賣牛記》一開始言明,故事發生在「大陸」江南的春天,細細描繪景物與事件的兒童故事。[21]同時琦君也創作台灣在地景物與孩子的寫實生活故事,《老鞋匠和狗》出現的城市地景,如一排公寓房子後門巷口灰白水泥

---

19 鍾梅音文,郭玉吉圖:《泰國見聞》,頁11-13。
20 林海音:《蔡家老屋》。
21 潘琦君文,林顯宗圖:《賣牛記》(台中市:台灣省教育廳,1974年2月再版,1986年5月三版)。

牆，兩鞋匠撐起竹竿，掛上油布，搭起四方棚架，老鞋匠在棚架下修理皮鞋、雨傘，油布隨風飄阿飄，像一面大招牌。在這地方之前，老鞋匠在騎樓下人行道擺攤，因為警察追逐而移動。[22]琦君帶出了老鞋匠在台灣都市的熟悉地景與早期警察追著攤子跑的台灣經濟生活記錄。後來鞋匠收留一隻黃色土狗，也義務幫一位撿拾廢棄物的孩子「多多」維修撿到的皮鞋，為了希望多多能去就學，和收養多多的養父見面。多多的養父在公寓擔任工友，得以在公寓地下室有一個棲身的地方，最後三人及狗狗同住地下室，互相協助。琦君的《鞋子告狀：琦君寄小讀者》[23]，在美國書寫「書簡體」散文，回應小讀者來信。內容重複提及琦君人在異鄉，對家鄉台灣備感思念。

謝冰瑩在《小冬流浪記》小說書寫一九五〇年代前後台灣孩子寫實故事，主要描述在台北、新竹兩地，流浪、獨立但聰明的「好孩子」故事。序文與尾聲提到約一九五一年秋天，女兒蓉兒發現了一個被後媽打出門的七歲流浪小孩汪小冬（化名），流浪到師大宿舍附近，曾被騙到新竹人口販子處，流浪到師大任教的言太太[24]家後，輾轉住在台北市北投薇閣育幼院，再回家的故事。小冬後來考入建國中學，因為

---

22 潘琦君文，周春江圖：《老鞋匠和狗》（台中市：台灣省教育廳，1988年3月再版）。

23 琦君：《鞋子告狀：琦君寄小讀者》（台北市：九歌出版社，2004年8月，2019年4月新版四版）。

24 謝冰瑩亦曾在師大任教，「言」太太隱射「謝」冰瑩的姓氏。

家境不好，暫時無法進入大學而投筆從戎。故事發生十多年後，因緣際會下謝冰瑩將這篇一直記掛著的「真實」故事寫出來。[25]

女作家的「身邊瑣事」需要與在地孩子接軌，為孩子書寫孩子能夠理解、含有作者寓意的故事，可以既是時代的，也是個人的；既是台灣的，也可能是想像中的「兩地」。

以上兒童文學作品，同時可與台灣史學者陳芳明曾就女性散文與文學史間的創作風格對話。陳芳明就男性書寫者建立起來的審美原則，指出女性文學對反共史家而言，她們未能寫出一個大時代，對於本土史家而言，她們沒有明辨台灣社會的是與非。[26]男作家偏於時間意識的時代書寫，女作家偏於空間意識，因此可能導致男性評論者推論，女性作家寫作藝術偏向「懷鄉」，而「愛國」、「反共」、「正義」等等較偏向男性書寫的延伸。[27]正如陳芳明意識到女性相對男性創作者的審美觀而不同，筆者同時也在思考，反共文學書寫是不是只有一種途徑？如同張秀亞在〈抗戰時期中我的文藝生涯〉所言，或許「抗戰文藝」就是她當時能從事實際的「愛

---

25 謝冰瑩：《小冬流浪記》（台北市：國語日報，1966年11月，1968年10月二版）。
26 陳芳明：〈在母性與女性之間——五〇年代以降台灣女性散文的流變〉，《霜後的燦爛——林海音及其同輩女作家學術研討會論文集》（台南市：國立文化資產保存研究中心籌備處，2003年5月），頁297。
27 陳芳明：〈在母性與女性之間——五〇年代以降台灣女性散文的流變〉，《霜後的燦爛——林海音及其同輩女作家學術研討會論文集》（台南市：國立文化資產保存研究中心籌備處，2003年5月），頁295-311。

國行動」[28]？女性作家如何透過兒童文學書寫「時代性」？以及如何因應時代性產生行動，影響著兒童觀的建立？筆者將於下一章節陳述，女性如何建構大時代中的年少國民觀，以此作為女性書寫與時代對話的反共或者大時代處境的應對途徑，而這些途徑可能不僅「懷鄉」，還包含「愛國」、「反共」、「正義」等等對於年少國民建構的女作家文學期待。

　　女作家書寫台灣在地孩子生活，台灣文學創作者鍾肇政也書寫自己家鄉的故事《茶香滿地的龍潭》[29]。鍾肇政為日治時期出生，光復後才學習國語，五〇年後開始以國語文創作。《茶香滿地的龍潭》以第二人稱「你」為主要敘事，遇到自己經歷的故事時，再以第一人稱「我」來說故事，對於龍潭的歷史、經濟與文化，有時對著小讀者說話，有時又沉浸在自己的回憶裡，強調愛護家鄉土地，敘事中立客觀夾雜主觀。與女作家創作台灣的差別，女作家流露的母性、溫暖、保護和引導孩子、多是移動性的台北空間地景，不似兒時家鄉般固著。然而對於兒時記憶的美好情感、瑣事記憶、「台灣回到祖國懷抱」政治性[30]，男作家與女作家似乎無分軒輊。

---

28　張秀亞：〈抗戰時期中我的文藝生涯〉，《台灣現當代作家研究資料彙編》（台南市：國立台灣文學館，2013年12月），第29輯：張秀亞，頁119-130。

29　鍾肇政文，郭東泰圖：《茶香滿地的龍潭》（台中市：台灣省教育廳，1982年12月，1993年10月三刷）。

30　鍾肇政在文中寫出，不了解什麼叫「收紙片」，叔叔讓他送紙到收紙片人的簍子去，才終於了解。「收紙片」在此應是大陸文化與台灣文化現象與使用詞彙的不同。

或許，台灣文學史或者女性文學史的學者書寫，並未關注女作家創作兒童文學這一塊領域，筆者的對話僅對應到成人文學創作研究。若從黃秋芳[31]及筆者的立場，台灣兒童文學作為台灣文學的一支，台灣女作家書寫兒童文學作品納入台灣文學研究範疇的參照對象，或許對五〇年代女作家創作能有更完整的評價。

另一方面，女作家為兒少讀者鋪陳的兒童觀與社會圖像，凸顯兒少文學與成人文學普遍上的差異，可能在於隱藏兒少讀者身後在創作、選書、教育擔任守門人的成人，影響文學的創作及選擇，使得兒少文學「既為兒童，也屬成人」[32]的雙重性及複雜性的「曖昧的文本」[33]。學者吳玫瑛對於女作家鋪陳純真童年與純淨溫馨的氛圍，有進一步看法：女作家仍然寄喻作家懷思、想像重返家園的秘境，或者作為療癒歷史的解藥，來因應政治變局下重建社會的理想寄託。[34]兒童及書寫的社會圖像因此成為一種複雜的政治文化與客體。

文學研究者楊照曾經為文評論這些女作家作品，書寫中

---

31 黃秋芳：《兒童文學的遊戲性：台灣兒童文學初旅》（台北市：萬卷樓圖書公司，2005年1月），頁1-20。
32 轉引自吳玫瑛：《主體、性別、地方論述與（後）現代童年想像：戰後台灣少年小說專論》，頁14-15。為學者瑪莉亞‧尼可拉耶娃（Maria Nikolajeva）研究。
33 轉引自吳玫瑛：《主體、性別、地方論述與（後）現代童年想像：戰後台灣少年小說專論》，頁15。為學者柔哈‧莎薇特（Zohar Shavit）研究。
34 吳玫瑛：《主體、性別、地方論述與（後）現代童年想像：戰後台灣少年小說專論》（台南市：成大出版社，2017年4月，2017年9月增訂一版），頁97-140。

存在「被男性『超我』所穿透」，僅「具備公領域裡被認定應該扮演的角色」，如「母親」角色：

　　自己成為母親口吻敘述或者懷念母親、描寫母親。私領域則化身為「刻板化的扮演，而且一定善惡分明。」[35]，楊照以潘人木作品《漣漪表妹》（爾雅）為例。從林海音書寫的兒童文學作品《薇薇的週記》（純文學）也可以見到女性作家筆下兒少文學，性別分工隨兩性在社會上的「女主內」生活型態，及「母親」主體與他者「孩子」間，他者優於女性主體的選擇：《薇薇的週記》講述父母婚姻破裂，母親得知薇薇希望家庭圓滿和樂而回歸家庭。然而就母親作為女性的主體性與生命價值呢？《琦君說童年》小時候琦君的生活細節無不和母親連結，「母親」與家、親子關係、生活教育的連結不可分割，相對於住在都市的父親，在琦君生活中多是缺席的角色。琦君筆下的母親對琦君與父親的愛，作為一個傳統女性對父親、家庭應有的美德，以具體感人的生活故事敘述。比較有差異的是以《女兵自傳》（東大圖書）成名的謝冰瑩，《太子歷險記》（正中書局）為短篇寓言故事創作合集，其中大多描述父子關係，由父親帶領男孩走向成功的故事；然而寓言中的父親，多為國王或者智者角色，成功或者勇敢的鍛鍊對象多是男孩。即使寓言描寫父子關係／智者引領孩子成長，似乎仍落入東方漢民族父子傳承、未來成為國王出人頭地等位置平行轉移的傳統性別觀。

---

[35] 楊照：《霧與畫——戰後台灣文學史散論》（台北市：麥田出版社，2010年8月），頁237-239。

與林海音時代交疊的作家桂文亞，曾經就戰後第一代女作家作品性別刻版議題與筆者對話，她認為，林海音、潘人木等年代女作家，同時操持文學職業及家庭生活，就當時而言，已經相當前衛，或許不能完全以今日的性別意識評價五〇年代時期女性因歷史時間差而產生的性別觀念。[36]學者楊聯芬對於五四「新女性」曾為文表示，五四新女性起源於胡彬夏與胡適分別於一九一六年在《婦女雜誌》與一九一八年為北京女子師範學校學生演講「美國的婦人」時，兩人引介美國的新女性特質。胡彬夏提出在於：受過良好教育、照顧老幼創造良好家庭幸福、服務社會等，和傳統中國家庭式婦女不同，而是有知識、有社會責任、有主體性的新式賢母良妻，基礎在於家庭仍是社會進步的基本開始。而「男外女內」分工、思想自立的「賢母良妻主義」，隨後與校園誕生的五四新生活運動分道揚鑣。五四新生活的個人主義觀念，男女社交公開，抗爭言論激烈、不依傳統理法的新思想新道德群體，在校園中產生，這也是胡適期待中的「新女性」特質。這些女性不甘於做男子的工具、家庭的傀儡、家裡的賢妻良母。成為另一五四新女性典型。「賢母良妻主義」和易卜生戲劇《玩偶之家》出走的「娜拉」，形成兩種範式。[37]

---

36 二〇一四年，筆者正在書寫林海音作品論文〈台灣／北京書寫的猶疑與斷裂——林海音《蔡家老屋》兒童文學作品研究〉並爬梳同年代女作家創作的女性意識，此時期與桂文亞在台南市崇明路三皇三家的晚餐對話。

37 楊聯芬：〈「新女性」的誕生〉，《五四@100——文化、思想、歷史》（新北市：聯經出版事業公司，2019年4月，2019年5月第三刷），頁97-101。

在五四時期出生的琦君[38]曾為文表示,「新女性主義是什麼呀?記得當年我的媽媽說:『你們新式女學堂生要提倡新女性,卻是連怎麼教養兒女都不懂!』我覺得,不懂做女人的道理,再也新不了。」[39]林海音與琦君同為受五四餘波之後影響的時代女性,或許仍選擇成為「賢母良妻主義」的女性。其中謝冰瑩雖然逃避傳統包辦婚姻,卻在選擇結婚伴侶後,仍以母職優先,孩子入睡後,才是她的教職工作的延續及寫作時間。

也因為對家庭與生活細節的關注,范銘如提出,這批女作家更早將心思放在關注台灣社會及如何打造台灣成為移居者的理想新家園。[40]或許作為戰後第一批女作家,願意如此大量投入創作,質與量到現在改版仍相當受兒童少年歡迎的讀物,和當時對「母親」、家庭的關注,並握有寫作權力,既維持「賢母良妻」身份觀念與具有顛覆「賢母良妻」的新女性發言能力兩歧狀態有關係。

此外,這批以創作打造理想家園的女作家,似乎同時考量資本市場。學者王鈺婷提出五○年代女性文學與資本市場生產過程已然結合。王鈺婷提出幾個方面的觀察:女性特定纖柔優美的美學形式與優美想像,呼應女性生命經驗與關懷議題,如婚姻關係經營、職業婦女家庭問題等女性生命經驗,在當時居重要地位的媒體如報刊雜誌上發表,巧妙的與

---

38 琦君為一九一七年出生於浙江永嘉,一九一九年五四運動爆發。
39 《琦君書信集》,頁488。
40 范銘如:〈台灣新故鄉——五○年代女性小說〉,頁35-65。

當時反共文學對話,對當時讀者產生吸引力;同時也投合當時軍公教為主的中產階級讀者品味。這些日趨市場化的環境也影響女性文學日後的發展。[41]五、六〇年代女作家的市場化傾向,在《琦君書信集》有比較清楚的支持觀點[42]。隨後七、八〇年代及九〇年代及之後,女作家作品透過副刊、多媒體接觸不同年齡層與不同品味閱聽人,建立書籍銷售與市場的結合,將更為鮮明。

## 第二節　七〇、八〇年代現代與鄉土創作女作家書寫兒童文學作品

　　五、六〇年代來台女作家創作尚未停歇,緊接著台灣文學六〇年代的現代主義與七〇年代鄉土書寫風潮中,這批寥寥可數的女作家大約於七〇、八〇年代透過邀約、作品編選、單行本創作,再次產生大量女作家作品出現在兒童文學領域。女作家兒少文學作品大概分為兩類:蜻蜓點水式選編合輯,以及系列兒童文學出版。前者透過各種家庭「愛」的生活形式展現在兒少文學作品,如季季的〈木瓜樹〉[43];後者如鄉土與自然書寫作家心岱,為兒童創作台灣地景、貓咪寵物等台灣在地文學或知識性讀物。這些女作家不同於五〇

---

41 王鈺婷:《女聲合唱——戰後台灣女性作家群的崛起》(台南市:國立台灣文學館,2012年12月),頁9-15。

42 琦君:《琦君書信集》,頁320,336,337,417。

43 季季:〈木瓜樹〉,收入合輯《青青草》(台中市:台灣省教育廳,1980年11月,1986年3月再版)。

年代女作家自行集結，專職，為兒童書寫讀物，並為孩子翻譯國外專書，如林海音翻譯西方二十世紀第一套當代兒童圖畫書形式出版的《彼得兔》系列，或者琦君翻譯的少年小說《菲利小偵探》（九歌）系列，在戰爭、遷徙、動盪的家國、社會大環境下，際遇懷鄉於傳遞重塑良善的台灣社會觀與建構新兒童形象；八〇年代的女作家多受邀於基金會或者編選者，寫作單篇童話、童詩、短篇故事，或者擷取既有成人作品中的童年敘事由編輯選入，以合輯方式出版。出版者出版動機，如「財團法人洪健全教育文化基金會」基於文學家應該為兒童寫作的理想；苦苓為兒童、少年、青年編選作品則基於當時的教育者身份，看到各級學校孩子種種生活問題，可以透過文學表現的各種「愛」來彌補。因此「新世代」知名作家以充滿「愛」的浪漫化內容，「點水式」創作給兒童少年閱讀的短篇作品，仍可以見到部分技術上杆格之處，例如作家對孩子閱讀文字的使用、故事角色的選擇、文章長短結構的佈局，部份設定過於簡單、困難，或者順暢性問題等等，並非專職為兒童少年書寫。合輯之外的單行本作家，如心岱作品，主要仍發表在「中華兒童叢書」系列、隨後也出版單行本長篇童話《飛行貓奇幻之旅》[44]等。

　　一九七〇年代這批新世代女作家為兒童書寫之前，已經有部分成人作家如施叔青為孩子創作短篇小說單行本；小說以系列方式，由「財團法人全知少年文庫董事會」，為推動兒童少年的社會教育，邀請作家為兒童少年編寫含括多元領

---

44 心岱：《飛行貓奇幻之旅》（台北市：小魯出版社，2013年12月）。

域，如傳記、自然科學、歷史等等的少年優良課外讀物一百六十本。[45]作品以短篇小說呈現，作家有較多的佈局空間，及讀者的想像與了解，文字故事較容易為少年接受。作家楊小雲也為孩子創作系列少年小說，如《嘉嘉流浪記》、《我愛丁小丙》等。

另外，自一九六五年出版至二〇〇二年止的中華兒童叢書，仍含括愛亞、徐素霞、心岱等，既是台灣在地鄉土，也是生態環境的文字或視覺創作者。

## 第三節　九〇年代到二十一世紀女作家兒童文學浪漫化與品牌化

市場環境在一九七〇年代後期隨著台灣進入工業時期而有快速的發展。七〇年代兩大報副刊萌芽，以及八〇年代大型連鎖書店暢銷書排行榜商業經營機制，形成了讀者共同參與造勢的文學商品化現象。[46]具體表現在通俗文學當道，其中以女作家的「閨秀文學」[47]，到希代文化塑造的「小說

---

45 財團法人全知少年文庫董事會編著，施叔青創作：《聖雄甘地》（台北市：台灣商務印書館，1969年4月）。內容摘取自總序。
46 為呂正惠觀點，轉引自蔡詩萍：〈小說族與都市浪漫小說——「嚴肅」與「通俗」的互相顛覆〉，林燿德、孟樊主編：《流行天下——當代台灣通俗文學論》（台北市：時報文化出版企業公司，1992年1月），頁163-192。
47 台灣女作家創作，在台灣文學史上，常被歸納為「閨秀文學」。呂正惠認為「閨秀文學」是，由女性作家寫作給女性讀者看的文學。呂正惠：〈閨秀文學的社會問題〉，《小說與社會》（台北市：聯經出版事業公司，1988年5月），頁135-136。范銘如則認為，當女作家書寫個人問

族」受到關注,作家張曼娟為兩者型態間的過渡現象。文學評論者蔡詩萍分析學者呂正惠與評論者葉石濤的觀察,認為八〇年代作家新興現象,一為修正純文學形態走向電影等大眾媒體路線,另一為大眾通俗文學的提倡。前者如知名作家或者文學作品進入電影劇本系統,後者內容包括言情小說、武俠、推理、科幻等領域。蔡詩萍提出這個時期文學情況:「文學商品化、文學大眾化、通俗文學市場擴大化、作家身分模糊化。」而作家的身份分化,打破了傳統「嚴肅作家」與「通俗作家」的分野。例如,多在兩大報文學獎中得獎「閨秀」作家袁瓊瓊、廖輝英、蕭麗紅[48]等,同時也是文學界「入流」作家與暢銷作家。[49]這段時期女作家作品特色,范銘如認為,她們關心兩性議題與愛情,文本重點聚焦女性身分的反思,與女性對應周遭人際和社會位置等問題,也試圖再建構新女性典型,對社會進行再詮釋。[50]希代書版公司催生的《新時代小說大系》[51],成為「嚴肅」與「通俗」作家界線模糊化推手,嘗試運用文學選集的權威性,將通俗文學及創作

---

題,多稱為「閨秀」,有事其瑣碎自戀的意思。范銘如:〈由愛出走——八、九〇年代女性小說〉,頁153。

48 兒童文學童話創作〈銀子的故事〉,收入財團法人洪建全教育文化基金會編:《當代作家兒童文學之旅》(台北市:書評書目,1984年6月再版),第3冊,頁50-55。

49 蔡詩萍:〈小說族與都市浪漫小說——「嚴肅」與「通俗」的互相顛覆〉,頁163-192。

50 范銘如:〈由愛出走——八、九〇年代女性小說〉,頁151-188。

51 黃凡、林燿德:《新世代小說大系》(台北市:希代書版公司,1989年5月)。共12卷。

者定位為戰後第三代「新世代」,被認可的主軸文學系統,為名作家與名小說重新註腳:《新時代小說大系》總序「反對歷來對於「嚴肅文學」與「通俗文學」的割裂劃分,經典性正文事實上和通俗正文一樣尋常,一樣受到既定的觀點和被放縱的品味所操縱。」[52]以及選編一百零一位創作者作品,其中囊括多數新世代作家,「所謂『新世代』……是一個因時空轉移而相對詮釋的名詞,……以出生序在一九四九年之後的小說家作為編選的主軸,……就是一般而言『戰後第三代』以降的小說作者群。」[53]選輯〈愛情卷〉作家包括李昂[54]、吳淡如、林黛嫚、袁瓊瓊、張曼娟、黃秋芳、廖輝英、簡媜與蘇偉貞等等,[55]囊括學院正典作家如李昂、通俗文學小說族黃秋芳、暢銷與學院作家張曼娟等。八○年代嚴肅文學與通俗文學界限[56]打破,也包括一向被視為嚴肅文學的新生代作家,如張大春涉及通俗文學著作如科幻小說、鄉野傳

---

52 黃凡、林燿德:〈總序——我們書寫當代也創造當代〉,《新世代小說大系》(台北市:希代書版公司,1989年5月),頁4。
53 黃凡、林燿德:〈總序——我們書寫當代也創造當代〉,頁5-7。
54 李昂,童話創作〈冰箱裡的小毛蟲〉,財團法人洪建全教育文化基金會編:《當代作家兒童文學之旅》(1991年7月三版),第6冊,頁101-107。
55 黃凡、林燿德:〈總序——我們書寫當代也創造當代〉,頁3-11。
56 嚴肅文學,就楊照的看法,為一種論述密度較高,小眾的讀者群,並有一群評論家不斷的將經典與作品對話,也使其成為經典。通俗文學,粗泛的解釋為普遍消費性文學的集合總稱,暢銷成為檢驗文學的一種標準,而「大眾」讀者,也是一種鬆散的統稱。楊照:〈四十年台灣大眾文學小史〉,頁406-412。

奇及插科打諢式的創作。[57]通俗文學潮流，就楊照的觀點，是一種「雜」文學，邊界格外遼闊、模糊，由中國時報「開卷」版調查，通俗文學成為學校系統與廣大青少年學生的共同讀物，大眾的共同文學常識。[58]文學透過排行榜的普及化，及讀者參與市場，似乎讓台灣成人與兒童少年讀者有了交集的機會，部份通俗文學進入兒少文學領域，或者台灣文學創作者跨界書寫的契機。

另一方面，七〇～八〇年代女作家的大量出現，台灣的「張愛玲[59]旋風」，替以女人為中心的文學題材奠定基礎。影響所及除了新一群女作家的大量出現，台灣文學也經歷了「浪漫化」轉向。楊照認為，張愛玲書寫的女性是被禁錮在家戶，感應傳統複雜人際的封閉狀態，和戰後第一代受五四影響女作家書寫公共領域女性生活，帶有刻板女性的扮演不同。但延續張愛玲浪漫氛圍、細膩書寫，避開現實現代風格的女作家，在七〇年代末到八〇年代大增，如朱天心、朱天文、蘇偉貞[60]、袁瓊瓊、廖輝英等人。[61]這些女作家同時創

---

57 蔡詩萍：〈小說族與都市浪漫小說——「嚴肅」與「通俗」的互相顛覆〉，頁174-179。

58 楊照：〈四十年台灣大眾文學小史〉，頁406-415。

59 張愛玲作品，被選入兒少讀物文章，〈弟弟〉，收入張曼娟編輯：《中學生晨讀10分鐘：成長故事集》（台北市：天下雜誌出版社，2010年7月），頁21-26；〈秋雨〉，被選入南一版五年級上學期國語課本（2016年）。

60 蘇偉貞改寫「中國古典名著少年版」《醒世姻緣》（台北市：聯經出版事業公司，2002年2月三刷）；童話創作〈紅豆〉，財團法人洪建全教育文化基金會編：《當代作家兒童文學之旅》（台北市：書評書目，1991年7月三版），第4冊，頁28-32。

作兒少文學作品，如朱天心創作十六歲台北都會高中青少女校園生活《擊壤歌》（聯合文學）、被選編作品〈一二三木頭人〉[62]、〈方舟上的日子〉[63]、童話創作〈家寶與貓〉[64]；朱天文〈最藍的藍〉[65]、現代詩〈雲的愛〉[66]；袁瓊瓊作品〈青春〉[67]、廖輝英《青春白皮書》（皇冠），將女性書寫的細膩、愛／愛情風格帶進兒少文學。[68]

范銘如進一步說明新一批如雨後春筍出現女作家的創作風格與流變，「八〇、九〇年代堪稱是台灣女性小說的文藝復興時期。」[69]。范銘如指出，六〇年代的現代主義文學、七〇年代的鄉土文學，主力女作家寥寥可數，如施叔青[70]與

---

61 楊照：《霧與畫——戰後台灣文學史散論》，頁227-243。
62 苦苓編著：《不識愁滋味——學生之愛（小學篇）》（台中市：晨星出版社，1989年4月第八版），頁175-184。
63 陳銘民編著：《中學之愛》（台中市：晨星出版社，1993年5月第十版），頁53-80。
64 財團法人洪建全教育文化基金會編：《當代作家兒童文學之旅》（1991年7月三版），第4冊，頁90-93。
65 陳銘民編著：《中學之愛》（台中市：晨星出版社，1993年5月，第十版），頁35-52。
66 財團法人洪建全教育文化基金會編：《當代作家兒童文學之旅》（台北市：洪建全教育文化基金會，1991年7月三版），第5冊，頁111-113。
67 陳幸蕙等著：《翩翩少年時——學生之愛中學篇》（台中市：晨星出版社，1989年11月，第十六版），頁39-61。
68 由於一次創作作家如朱天心作品等，文章收錄在苦苓等編選合輯內，作品將於後文以八〇年代出現女作家合輯歸類討論。
69 范銘如：〈由愛出走——八、九〇年代女性小說〉，《眾裡尋她——台灣女性小說縱論》（台北市：麥田出版社，2008年9月二版），頁151-188。
70 施叔青兒童文學作品，少年小說創作《聖雄甘地》（台北市：台灣商務印書館，1969年4月）。

季季[71]。而七〇年代女作家的大量出現，多透過文學獎發聲，受到廣大讀者歡迎，風格以愛情、女性、軟性主題表現，到九〇年代成為文學領域的重量級作家。其中，八〇年代橫掃文壇女作家群，大多為戰後嬰兒潮，在知識及經濟起飛的環境下成長，關心愛情與兩性議題，再建構新女性典型，表現在文本為聚焦女性身分反思，及女性對應周遭人際和社會位置等問題。九〇年代後書寫趨於多元，透過援引介入大敘述，詮釋解嚴等時代變化裡的政治或經濟生態，女性作家由「愛」出發，各自走出不同創作形貌與代言時代聲音。[72]愛／愛情書寫對於女作家的意義，范銘如認為五四之後的自由戀愛逐漸取代了父母之命與媒妁之言，透過愛情進入婚姻取代了原來社會穩定的家庭基礎；女性在愛情中的位置，可能在屈服或者扮演中被愛情建構或者解構，女性創作的愛／愛情小說成為一種檢視自身密切經驗反應對社會的期許、同意或質疑的再詮釋。之後愛情從檢視兩性關係的位置退位，成為政治、經濟、社會的複雜互文性指涉，暗指公共領域裡更棘手的問題。[73]

一九九〇年代之後，更多知名作家以作為母親、老師的身份書寫兒童、家庭關係，或者有意識的為孩子書寫、編選故事，提供孩子閱讀經典、作文書籍等等。如朱天衣為孩子

---

71 童話作品〈逐漸亮起來的天光〉收在《當代作家兒童文學之旅》，第5冊，頁96-100。
72 范銘如：〈由愛出走——八、九〇年代女性小說〉，頁151-188。
73 范銘如：〈由愛出走——八、九〇年代女性小說〉，頁151-188。

語文創作的《朱天衣的作文課》套書（臉譜）、廖玉蕙為中小學生總策畫的《廖玉蕙老師的經典文學》系列（五南），或者張曉風為自己孩子說故事後也創作其他孩子閱讀的短篇童話合集《抽屜裡的秘密》（國語日報）、短篇故事合集《誰是天使？》（九歌）、蘇偉貞改寫的中國經典少年版《醒世姻緣》（聯經）、桂文亞的旅遊散文、杏林子的寓言改寫《現代寓言》（九歌）、暢銷作家張曼娟編、寫的《張曼娟小學堂》（親子天下）系列、周芬伶自傳性兒少小說《醜醜》（九歌），《藍裙子上的星星》（皇冠），創作少年小說《小華麗在華麗小鎮》（皇冠）、黃秋芳長篇童話《床母娘珠珠》（九歌）等等。女作家書寫兒童讀物的現象普遍而多元。

五〇年代女作家多數活躍於成人創作與兒少作品，八〇年代後台灣文學女作家再次大量出現，僅部份同時專注兒少文學作品。此兩代女作家創作兒童文學，人數與作品「量」的差異，或許和五〇年代女作家文友聚會群體效應有關係。九〇年代後，持續同時創作成人與兒童文學，並提出兒童文學創作理念女作家有二位：張曼娟與黃秋芳。其中張曼娟持續創作成人散文、短篇小說，以及經營中國文學經典改寫的策劃、編輯，創作兒少小說、詩歌、散文《小學堂》系列，活躍並專注於兩種讀者群經營。二〇〇五年「張曼娟小學堂」在外雙溪錢穆故居開始與兒童長期建立關係[74]。自詡為中國經典文學擺渡者的張曼娟，將中國經典及東方學習態

---

[74] 蕭旭雯：《「張曼娟現象」研究》（台北市：國立台北教育大學台灣文化研究所碩士論文，2010年）。

度，[75]向下紮根，並期待創造小學堂為一種歡樂的、安全的、溫暖的、充滿創造力氛圍的環境。[76]黃秋芳從八〇年代希代文學創作兩性小說、書寫鍾肇政傳記及客家文化記事，九〇年成立「黃秋芳創作坊」，以「關愛孩子、關於文學的幸福契約」[77]為宗旨，投入兒童文學創作與教學。著作包括，童詩、文字學、成語、作文導覽等工具書，及童話、少年小說、童話編選等，期間並於台東大學兒童文學研究所進修，出版論述《兒童文學的遊戲性：台灣兒童文學初旅》[78]。

張曼娟與黃秋芳，一為希代文化「小說族」[79]前身作家，一為希代「小說族」作家群之一，若以蔡詩萍對女作家的「閨秀文學」到希代「小說族」文學系譜，認為：（一）「小說族」擁有更濃厚的商品包裝色彩、（二）「小說族」擺脫了「閨秀文學」從聯合、中時兩大報副刊成長的經驗，開創純市場行銷方式、（三）「小說族」題材更為都市化、（四）現代都會的人際互動與兩性情愛組成「小說族」主要

---

75 張曼娟：《噹！我們同在一起》（台北市：皇冠文化出版公司，2008年9月），頁64-75。
76 張曼娟：〈《噹！我們同在一起》自序〉，《噹！我們同在一起》（台北市：皇冠文化出版公司，2008年9月），頁6-11。
77 見，黃秋芳創作坊臉書首頁，網址：https://www.facebook.com/DreamSector/，閱覽日期：2020年4月2日。
78 黃秋芳著：《兒童文學的遊戲性：臺灣兒童文學初旅》（台北市：萬卷樓圖書公司，2005年1月）。
79 蔡詩萍認為「小說族」可以視為，「通俗作家」所撰寫的，在暢銷排行榜上居於常客地位的，關於都市生活種種內容的浪漫小說。見，蔡詩萍：〈小說族與都市浪漫小說〉，《流行天下》，頁165。

內容。「閨秀文學」尚能在兩大報副刊立足,成為通俗與嚴肅文學的過渡,「小說族」則直接在市場行銷尋找出路,成為徹底的通俗文學作品。其中張曼娟是一個特殊的例子,不從「閨秀文學」產生的兩大報得獎開始文學副刊創作,也不屬於小說族成員。張曼娟從八五年出版的《海水正藍》創造極高的銷售量,而成為女性文學研究從「閨秀文學」到「小說族」的過渡現象。同時評論界與讀者市場也分道揚鑣,張曼娟成為其後「小說族」的產生模式。即日後的希代文學小說叢書創作者,如黃秋芳等「新台北人」型態作家群。[80]

　　張曼娟與黃秋芳在台灣文學創作脈絡之外,也帶有使命經營兒童文學。兩位女作家以傳承中國經典,兒童寫作作為使命,透過兒童文學私塾,結合出版與電子媒體,跨足兒童文學領域。兩位作家創作或編輯兒童讀物,在成人文學創作知名度基礎上,建立兒童文學自有品牌。將於後續章節探討。

## 第四節　小結

　　謝冰瑩曾說,「我們只有寫自己真實的感情,真實的思想,忠實的生活,才能把文章寫好。」[81]女作家創作文學作品,多從身旁生活觀察著手,從寫作自己熟悉的事開始。女作家不論在育兒、家庭照顧或者從事教職,生活中有較多機

---

80 蔡詩萍:〈小說族與都市浪漫小說〉,《流行天下》,頁163-186。
81 謝冰瑩:〈我愛作文〉,《女兵自傳》(台北市:東大圖書公司,1980年1月,1985年9月再版),頁227-229。

會和兒童接觸。兒童多和女作家的生活密切,如果有適當的機會,也可能切換頻率為兒童創作。

戰後第一批女作家,大多以文友聚會方式,形成女作家生活圈。編輯武月卿的《中央日報》「婦女與家庭」周刊場域、林海音的客廳、鍾梅音的蘇澳、艾雯的屏東,都曾經是女作家文壇的聚點。因為何凡任職國語日報,妻子林海音較早接觸兒童文學,以「中華兒童叢書」文學類主編作為開始,在當時缺乏兒童創作人才與教科書之外讀物之際,因為林海音及稍後的總編輯潘人木,搖身一變成為女作家的創作園地,為孩子提供了當時社會文化及國際背景下的兒童文學作品。

這些女作家多在一九六〇年代開始為孩子創作,同時書寫身居台灣與懷鄉的作品為多數,除了謝冰瑩的女兵經歷創作於五〇年代且展現不同風格、鍾梅音隨著丈夫工作遷徙南洋,並環遊世界,為戰後兒童旅遊文學開創新視野、孟瑤因歷史背景出身,為兒童創作長篇歷史小說系列[82]、艾雯書寫南台灣生活的所見所聞等。女作家一方面因其經歷、背景,為兒童文學開闢多元題材,同時也為台灣書寫在地生活。此時期女作家作品的兒童觀,包括中產階級生活安穩的孩子、貧苦且因某些原因離家的孩子、寓言故事裡的孩子等等,多數塑造:「幫助別人、堅持自己信念也不忘學習、辛苦自己也不願意長輩操心等品格良善的『好孩子』、『完美小孩』形

---

[82] 其中包含中華民國歷史小說,地點設定在台灣。

象。」這些甜美的孩子樣貌，如果和經歷戰爭離鄉、強烈的反封建思想經歷等社會歷史背景搭配閱讀，女作家經歷激烈的生存環境卻創作柔和甜美的兒童形象，是否吻合當時普遍兒童形貌？或者是女作家想像下的兒童形塑？筆者認為女作家似乎以揉合抒情方式對孩子說話，期待塑造當時台灣處在備戰與國家情勢仍可能動盪的情況下，孩子因應教育與國家政略下的兒童。

　　七〇～八〇年代，戰後成長的女作家以年輕作家之姿，浮現台灣文學文壇，此時也是政府戮力經營經濟，台灣現代化與經濟起飛時期。大人們忙於為擁有更好的經濟生活努力，同時也為逐漸逝去的台灣農村產業或者自然地貌傷感。女作家心岱、楊小雲創作在地兒童文學作品外，其中也有作家苦苓或者民間團體為兒童能擁有更多的優質課外讀物，廣泛邀約成人作家為兒童創作，成為系列或者合輯作品，女作家多提供單篇或者創作單本作品，出現在兒童文學讀物系列。這段期間創作不輟的戰後第一代女作家作品，以及在台灣成長的女作家作品，同時呈現在台灣兒童文學場域。戰後遷台女作家的懷鄉擺盪在台灣與想像中的「大陸」家鄉，而新一代女作家的懷鄉則放在台灣現實生活地貌的變異。雖然同為「懷鄉」，兩者情感不同。另一方面，懷鄉也可能同時參雜對家國的反思，明鄭、清朝來台灣定居的一代、台灣戰後外省第一代創作者、外省第二代女作家分別以創作發出聲音。此時外省第二代女作家對家國的認同追尋與難以定位，在合輯選文中發聲，如朱天心的作品。此時兒童再次成為家

國的認同投射標的。兒文作品呈現外省與本省權力的角力與不平等;而外省第二代女作家試圖抓住仍在台灣的中華民國孤島——眷村,試圖在眷村內的兒時想像生活與眷村外的當下現實生活認同擺盪中,尋找一個可以擺放自己的位置。此時女作家個人的,也是家國政治的,透過兒童文學承載著時代意義。

九〇年代及之後,教育與經濟高度發展,台灣與國際化接軌,教育被視為提高經濟與國力的資本,而進行多樣化的教育改革。當整個國家的未來將由孩子扛起來,孩子的教養成為不可承受之重。戰後每一個世代兒童同樣乘載國家未來國力的「重量」,內涵卻又不太相同。這一代孩子在經濟富裕、電子化世代,以及全球經濟資本主義消費生活下成長,孩子們的父母則相對有較高的學歷,經歷過九〇年代種族、性別、政治上的解放等環境變遷。也就是說,相對開明或者積極期望下一代維持現有經濟社會優勢的父母,與不同世代間孩子的衝突,產生了各形各樣的孩子。環境更易太快,資訊多元,很難用大人的觀點描述「好」或者「正常」孩子的形象,各種失落、正向、性侵、探索童年的書籍出版,揭示了連大人和孩子關係間也處在因為多元、國家政治干預教育、開明或嚴厲兩極端而無法找出核心提問的失語狀態。於是當代兒童文學的創作也相當多元,大抵而言,奇幻與現實生活兼有,嘗試以愛、涵容或者休閒態度來建立兒童讀物價值讀物也有,或者看似兒童休閒讀物而內在隱含升學主義傾向者也有。多元卻去中心化。

以下將對女作家兒童文學作品風格與社會變化，進一步探索筆者對女作家兒童觀呈現的提問與觀察。

# 第三章
# 女作家兒童文學作品與時代兒童觀

依據前述分期,本章將就五〇～六〇年代戰後初期、七〇～八〇年現代與鄉土時期,九〇年代至二十一世紀社會與文化的百花齊放等三時期。筆者以該斷代呈現代表性或群體性文本,多元形式切入分析,以期能從小觀大或者從大處著眼,呈現時代多樣性後總結歸納。接續前一章作品討論,進入女作家作品中可能呈現的時代兒童觀。

## 第一節　五〇～六〇年代台灣女作家兒童文學作品兒童觀——形構戰後中華民國／台灣兒童國民形象

林海音來台創作的童話《蔡家老屋》(1966),敘述晚飯後孩子們在樹下聽大人說蔡家鬧鬼的故事,省城唸書的表哥回來後,帶孩子們抓鬼,才揭開村人想像中的鬼,其實是尾巴夾著老鼠夾的老鼠。故事內容帶著部份《城南舊事》人物隱射以及台灣道家的祭拜習俗。懷鄉記憶書寫身邊生活,情感真切溫馨,提供孩子當時社會期待的兒童形象與教育:科

學態度／世上沒有「鬼」。

　　無獨有偶，琦君也編譯一本少年小說《涼風山莊》（1988），以科學態度講述教授一家人被邀請去農村別墅「抓鬼」的故事。最後發現是鄰居收養的被虐兒童裝神弄鬼。結果，養父逃走，孩子被教授一家收養。

　　琦君的短篇兒童小說《賣牛記》（1966）塑造並教育孩子的品格與學業，同時建構一個人與人互相協助，提供情感不須物質回報的美好人性與理想社會。聰聰父親過世，從小和黃牛一起接零工賺錢，情感深厚。父親過世後，母親處理家庭經濟困境，沒有錢蓋墳，聰聰也到了進城唸中學的年齡，需要一筆錢，黃牛年紀大了，趁著還能工作可以賣一筆錢。於是把聰聰支開，黃牛賣給城裡的牛販。聰聰從玩伴花生米慷慨解囊，而有了船資得以進城，進城後因為把零錢給賣膏藥雜耍的張伯伯，而引起張伯伯對這個穿著看來貧窮卻願意施捨的孩子，以及伯伯對去世孩子的情感連結，拿出自己賣膏藥的積蓄換回了老黃牛，希望日後聰聰進城好好唸書，探望張伯伯作為回報。一九六六年創作的《賣牛記》地點在江南，抒發琦君的懷鄉情感，同時也是六〇～七〇年代，台灣文學作家為抗拒現代工業進入農村，改變農村面貌而逐漸出現原鄉記憶重建書寫，反映台灣現實社會題材的創作時期，如林鍾隆[1]、黃春明[2]等。[3]同為懷鄉創作，林海音等

---

[1] 林鍾隆創作兒童文學，包括少年小說《阿輝的心》（小學生出版，1965年）、《可敬可愛的楊梅》（台灣省教育廳，1982年）等等著作相當豐富。資料轉載自國立台灣文學館：《台灣現當代作家研究資料彙編84：林鍾隆》（台南市：國立台灣文學館，2016年12月）。

女作家將台灣在地生活與中華民國兒時生活巧妙融合，書寫中產階級孩子[4]或者弱勢經濟孩子[5]的生活樣貌，卻與當時台灣鄉土文學懷鄉抗拒工業科技進入台灣農村基調截然相反，直接擁抱科學，並強調勤勉求學成為兒童的教育指標。

　　學者吳玫瑛以《賣牛記》[6]為例，提出戰後第一代女作家兒童文學作品的兒童觀「童年純真」，一方面可能浪漫化了寄寓成人童年的兒童，一方面可能與「叛逆」、「反抗」連結，表現異於成人的能動性；即使如此，浪漫化童年背後仍有讀書識字等對主流孩童的回歸。筆者從台灣文獻資料指出另一層面發現，此時期女作家創作「個人的」等同於「國家

---

2　黃春明創作兒童文學作品《愛吃糖的皇帝》、《短鼻象》、《小駝背》等等（以上皆由聯合文學出版，2011年）。
3　陳芳明：《新台灣文學史》（台北市：聯經出版事業公司，2011年10月），下冊，頁478-485。
4　如林海音一九六六年創作的中華兒童叢書《蔡家老屋》故事。
5　如琦君一九六六年創作的少年小說《賣牛記》、謝冰瑩一九六六年創作少年小說《林琳》，皆為第一期中華兒童叢書。
6　學者吳玫瑛在〈「可愛的兒童像」？戰後遷台女作家少年小說作品中的童年純真論述〉仔細分析琦君小說《賣牛記》。提出幾點發現，一、故事以中國江南村落做為場景，田園風光與農家生活的穿插，文字佈滿作家一貫的溫情敘事與懷舊風格；二、主角聰聰的童年純真與離家尋找黃牛的「叛逆」、「反抗」連結，天真爛漫及溫良順從的「童年純真」未必僅單一表現單純美好，與成人的功利性對照，童年純真的反叛也可能表現兒童勇於挑戰與具有能動性；三、兒童的純真可能寄寓成人尋回失去過往的救贖及重建生命的意義，成為成人想望浪漫化的兒童主體；四、即使主角「溢出」正常與離家的成長，最後仍回歸華人社會化主流的讀書識字「正常」孩童。論文收錄：吳玫瑛：《主體、性別、地方論述與（後）現代童年想像：戰後台灣少年小說專論》（台南市：國立成功大學，2017年9月），頁120-125。

的」，也就是說，呈現「純真童年」的兒少小說文本其實寓含了家國動盪紀事。戰後第一代女作家的兒童敘事，或許在於連結女作家童年已「不在」，以及經歷戰亂、離散、移居、尋找新認同時期，當時年少的自己及台灣兒童國民，應如何「存在」的混和性想像，以自身童年記憶浪漫化書寫，提供兒童與成人容易接受，在新國家建立期，國家文化及教育政策下重構的兒童國民形象。

兒童文學中的一個經典文學例子，義大利《愛的教育》與國家統一戰爭前後國家兒童國民重構關係。[7]十九世紀為義大利統一戰爭及民族主義建立的時期，十九世紀下半葉，義大利發生三次革命及數次大大小小戰役，逐步將義大利各分裂小國，及鄰國奧地利、法國佔領的北部及東北區域，收回成為義大利王國的疆域，直到一次世界大戰後完成。一八八六年，義大利出版了《愛的教育》[8]，書內涉及時間包括一八六六年的統一戰爭及一八八〇～八一年間，三升四年級的孩子恩利科，透過書寫日記、老師提供的每月戰爭護家愛國的少年故事、家人書信，來建立戰爭期間及義大利逐步統一時的兒少國民行為典範[9]，如孩子照顧生病的母親、承擔

---

7 黃愛真：〈義大利國民教育經典書籍《愛的教育》〉推薦文，《愛的教育》（桃園市：目川文化數位公司，2020年4月）。

8 《愛的教育》義大利文意為「心」（Cuore），夏丏尊譯為《愛的教育》，為義大利十九世紀及當代多數家庭，除了聖經外，蒐藏的書籍之一。

9 類似的兒童文學作品，如法國作家都德描述法國與普魯士間領土阿爾薩斯的分割與統一戰爭，書寫短篇故事集《最後一課》（台北縣：元麓書社，2009年7月）。

家務與經濟工作,同時勤勉向學,見到同學被霸凌時挺身而出,貧富差距透過同學愛來彌平,勤勉學習與好孩子品德標準等等浪漫風格。

五〇年代謝冰瑩出版兒童文學作品《愛的故事》(1955)或許可作為台灣版《愛的教育》。《愛的故事》從謝家在台灣的生活開始,描寫戰爭時期生活在各不同領域孩子的短篇愛國故事,在故事首篇文末,為整本故事孩子角色下了註腳,「小朋友,你們都是未來中國的主人,願你們都學英英一樣愛爸爸媽媽,更愛國家民族!」。[10]未來國家主人應有的作為為何?如何以個人做為,推展到家庭,並以國家民族做為最後的依歸?隨後謝冰瑩寫了守燈塔的十歲小孩王阿七,如何在抗戰時期日本敵船入海港時將燈熄滅,讓日本船隻翻覆,最後阿七心滿意足的被日本憲兵抓走;民國二十六年秋天江蘇,十六歲戰士右手手掌被日本機關槍打斷,準備休養手傷後再上前線,雖然不能負槍,但還能上戰場用左手丟手榴彈的勇敢愛國故事;八歲賣油條的孩子,在街上賣油條時,發現有人拿信號槍對日軍發射信號,讓日軍攻擊,賣油條小孩機警地將信號槍騙到手後,向大人揭發漢奸的機警聰敏愛國故事;民國二十六年,南京到漢口的船擠不上去,媽媽帶著五歲的阿金逃難,戰爭中爸爸在前線死亡,哥哥也剛死,阿金常常安慰媽媽,不要難過,長大後要去打日本人。我們不死,要替哥哥爸爸復仇。媽媽為讓阿金能離開,將阿

---

10 謝冰瑩:〈我愛爸爸媽媽我更愛國家〉,《愛的故事》(台北市:正中書局,1955年1月),頁1-3。

金丟往船上，阿金落水死了，媽媽不久也跳海死亡；林小二從小失去父母，六歲到九歲都過著流浪兒乞討的生活，民國二十六年被保育院收留，剛開始在院內乞討，三個月後逐漸改變，成為班上最守紀律、考第一名的孩子，半年後，老師生病會偷偷幫老師準備痰盂、幫著叫醫生，中央製片廠後來拍林小二的故事，在乞討一段，林小二卻覺得是侮辱與羞恥，即使是演戲也不肯再做；李十碗十一歲擔任勤務兵，守紀律且勤快，後來被送到保育院，一樣不改紀律與勤快習慣。以上這些在戰時各自不同位置上的孩子，愛國、有羞恥心、守紀律、認真就學、重視倫理與勤快、不怕死等，謝冰瑩提供了各種各樣在前方及非前方戰爭時孩子可能有的模範範例。其中一篇〈勝利還鄉〉是一個為未來寫的故事，國軍收復上海，帝俄向聯合國投降，陳小平一家人終於可以回大陸，離開復興基地台灣。可見在五○年代，國家仍有戰事，國家統一戰爭也仍在明處或者暗處進行，台灣軍事政治情勢依然動盪。

從《愛的故事》來看，謝冰瑩揭示孩子在戰爭時期的教育精神——「我愛爸媽我更愛國家」，到各種不同家庭、環境孩子在戰爭中如何堅持愛家、愛國的精神，以及暗示戰爭似乎並未結束，還有統一之戰。而期間兒童國民如何在戰爭中自處？應有的態度與行為？做了一個類似義大利《愛的教育》的示範，顯示對國家忠誠大於孩子生死與家庭的覆滅。

學者徐蘭君在《兒童與戰爭——國族、教育與大眾文化》探討「中國」及東亞兒童與戰爭關係。徐蘭君首先提出，在

現代文學和文化，兒童的發現與現代民族國家話語的聯繫，通常是學者切入研究兒童的關注焦點，一方面民族國家將兒童自然發展抽象化，另一方面兒童發展與基礎教育和現代國家福利制度發展聯繫在一起。其次，在戰爭中，兒童往往也承擔著跟成人類似的抗戰責任，但是成人如何建構兒童在戰爭中集體經驗想像及對抗方式？戰爭作為一種破壞，同時也是新的公民教育與大眾文化的改造，要重構一種什麼樣的新大眾文化？亂世時代，個人所面對的道德困境，兒童是否可以因為其年幼或者思想不成熟而避開此難題？徐蘭君認為，在戰爭中，成人提供兒童教育不是背負槍彈，而是具備知識、信仰和意志。這段時期，國家強勢的以「保護」名義加強對兒童生活的干涉，如何實踐兒童教育與民族主義相關聯，成為民族拯救的希望所在與「充分迷信化／偶像化的物件」，為抵抗社會快速發展所帶來的種種不確定性的價值保存所。[11]戰後第一批女作家，在經歷戰爭、遷移，台灣與中共仍處在敵對狀態，一九四九年五月二十日起在臺灣全境實施戒嚴的內部衝突，二戰後美蘇擴張，一九五〇年代台灣劃入美國陣營對抗蘇聯防線，國際冷戰下台灣介入衝突前線的國際不穩定狀態，卻也同時因為美援而使國家內部經濟、教育逐漸安定。隨後一九七一年台灣退出聯合國、七二年美國與中國簽訂「上海公報」，回應「一個中國」政治立場並陸

---

[11] 徐蘭君：《兒童與戰爭——國族、教育及大眾文化》（北京市：北京大學出版社，2015年9月），頁2-23。

續撤出在台軍事系統及支援。[12]在面臨國家情勢動盪總總來時路,以及未來國家新國民想像,如何賦予孩子時代性的責任與教育?女作家以想像中已不存在的過去美好兒童形象,[13]抒情浪漫的文筆,不斷重覆提醒孩子勤奮向學,建構知識兒童的家國責任敘事與未來兒童國民形象。戰後台灣女作家面臨與義大利《愛的教育》創作期間,創作者經歷國家動盪後的社會短暫平靜,以抒情的方式,敘述各種事件下孩子典範,教育孩子勤勉向學、良善、老成持重、堅持與獨立,而和《愛的教育》不同在於台灣女作家除了謝冰瑩,鮮少描寫戰爭,戰爭下孩子的想像或許以貧苦與移動中孩子的獨立、堅持與堅強,隱喻社會、家國動盪下的「好孩子」態度。[14]無獨有偶的是,符玉梅碩論《台灣抗戰背景少兒小說中兒童形象之研究》指出,台灣少兒小說戰爭敘事,常出現兩種孩子形象:英雄與苦兒。前者將場景置於前線,後者將場景放到離戰事較遠的大後方。[15]

　　對於這些歷經戰爭的女作家而言,鍾梅音以散文自喻經歷「家國創痛」[16],琦君提出自己的際遇:「大陸」撤退

---

12 陳芳明:《台灣新文學史》,頁478-479。
13 誠如琦君還鄉後所言,對實際的大陸故鄉已經幻滅,無親情可寫、無景可寫。《琦君書信集》,頁24、363、433。
14 如謝冰瑩的兒少小說創作《小冬流浪記》。
15 符玉梅:《台灣抗戰背景少兒小說中兒童形象之研究》(台東市:國立台東大學兒童文學研究所碩士論文,2010年出版)。
16 鍾梅音:〈裹傷而戰〉代序:《天堂歲月》(台北市:皇冠文化出版公司,1980年6月),頁5-10。

前,杭州混亂,國軍無力,散兵騷擾民房,幣值下跌,人心惶惶。此外在珍珠港戰爭後,聯軍撤退,有一段非常艱苦的歲月。回故鄉一路受苦,到了故鄉天天躲警報,戰爭生活讓人印象深刻。此外,兒時與家人因戰爭引以為憾的記憶,也深深烙印。琦君大學畢業時冒著烽煙之險而走旱路回家,十八天後到家時,「母親」卻已去世。「母親」捧著琦君畢業照期盼見到琦君,卻仍沒有等到她,琦君每想起「母親」[17],就淚水盈眶。[18]女作家各自經歷戰爭、遷移的複雜過程,尚能寫出甜美的兒童文學作品,猶如琦君自述「人要有恨才能有愛」自幼受到壓迫「反而要從另一面來看人生」。[19]

謝冰瑩在《我的回憶》中描述創作《從軍日記》及《女兵自傳》上、中卷,時間向度橫跨民國十五年北伐到二戰勝利,其中謝冰瑩驚訝於戰地報導加上她的寫作,寥寥無幾,無法把前線的生活和當時民眾如火如荼的革命熱情報導出來。就謝冰瑩二戰時的經歷及戰後在前線及大後方的觀察,做了描述。戰爭時期,躲防空洞的生死交關、戰爭後期女兒莉莉出生,把馬鈴薯當雞蛋餵養女兒,民國二十六年,長沙

---

17 琦君一歲喪父,四歲喪母,由大伯母與大伯父養大,也就是琦君散文中的「母親」與「父親」,十三歲時親哥哥去世,父親又再娶二姨太及三姨太,使得琦君與「母親」情感相當親密。
18 《琦君書信集》,頁26、216、330、388。
19 《琦君書信集》,頁489。琦君提到受到二姨太壓迫,同時從琦君書信中還有很多無法具體化的憤恨與壓抑,如前述戰爭記憶與遺憾,或許一併劃為因戰亂動盪造成一生難以解決的家國與家庭複雜與想像的傷害,這些情感具體轉移到二姨娘身上。

雞蛋一百六十個約一元價格，民國二十九年重慶雞蛋一個五毛錢，不到二年，雞蛋一個八十元，戰爭時期物價高漲，兩個小孩想吃雞蛋，家裡已經負荷不起，謝冰瑩帶著孩子們畫很多雞蛋，讓孩子們想像成真實的美味雞蛋；謝冰瑩眼睛視力模糊，無法依照醫囑天天看眼科醫師，因為經濟能力不足：

> 既沒有衣服可賣，也再不好意思向朋友借債了，因為他們的境遇也和我們差不多，只有以絕大的忍耐來接受窮困給予我們的威嚇；對國家，對民族，我們只用「鞠躬盡瘁，死而後已」的話來安慰自己，鼓勵自己。戰爭快要接近勝利的階段，自然一般人民都要受比往年更大的艱苦，……[20]

謝冰瑩此時與夫婿皆為學校教師，謝冰瑩在軍事後方成都，戰爭生活猶然如此。當戰爭結束後，謝冰瑩走過成都、重慶、宜昌、武漢，看到前方與後方的環境慘況，也有相關描述：

> 遠遠地看到宜昌城滿目瘡痍，到處都是碎瓦頹垣，許多房子沒有屋頂，許多房子沒有門窗，起初我還以為眼睛有毛病……直到我走近了濱江路，……十分之九的房屋被敵人燒毀了，所有老百姓的財產被敵人掠奪了，我們的同胞，……有的搭了個茅草棚開始做小買

---

[20] 謝冰瑩：〈窮與病〉，《我的回憶》（台北市：三民書局，1967年11月，2004年1月二版一刷），頁98-103。

賣。有的就這麼一無所有地露宿瓦礫堆裡，……誰不撒下同情之淚呢？[21]

做為戰地的宜昌城面目已非，暫時沒有逃走的民眾也被日軍強迫吸鴉片、白面。謝冰瑩到達武漢，武漢雖然房屋被毀不多，但所有店鋪、家屋內部幾乎都被日本兵破壞：內部被燒毀或者桌子被割斷桌腳……。[22]

　　筆者並不嘗試透過慘烈的中日戰爭博取對女作家的同情，而是想藉由曾經受黃埔軍校訓練女兵謝冰瑩的敏銳視角，說明戰爭對一般人民的影響與戰時戰後情況，體會這些來台女作家可能見到、聽到或者經歷到的二次大戰及二戰前，中華民國的北伐、東北「偽」滿州國等歷史，連續征戰下對身在中華民國不同地區女作家可能的巨大影響。也就是說，經歷過戰爭、遷移到台灣後的初期政治上內外的不穩定、一連串的國家際遇，與義大利從國家戰亂到統一，或許也不惶多讓。封德屏〈國民黨來台後軍中文藝的推廣〉或許可以略作總括。封德屏認為國民政府剛來台灣那幾年，可以用「危」與「亂」形容。外有中共揚言血洗台灣，內有教育罷課、遊行，金融混亂，物價波動，政治社會動亂，人心惶惶。[23]而對於下一代兒童的想像，對於大多從事教育工作或

---

21 謝冰瑩：〈淒風苦雨話宜昌〉，《我的回憶》，頁140-150。
22 謝冰瑩：〈戰時生活〉、〈雞蛋的故事〉、〈第一次躲警報〉、〈淒風苦雨話宜昌〉、〈滿目瘡痍的武漢〉、〈舊地重遊〉，《我的回憶》，頁88-156。
23 封德屏：〈國民黨來台後軍中文藝的推廣〉，《民國文學與文化研究》（台北市：秀威資訊科技公司，2017年1月），第三輯，頁55-79。

者兒童刊物編輯的女作家群而言,卻有相當大的期待:大時代下,應該培養怎樣的兒童?。華霞菱少年小說《春暉》(1971)可能可以做為台灣戰後的另一個例子。

華霞菱[24]《春暉》描述剛結束二戰後,台北五歲小女孩從老人院移居到育幼院,才有了正式的名字「華春暉」,也才有了清晰的面貌與自我,及適合自我的環境。春暉展開艱苦與一連串挫折,最後因接受教育到初中畢業,擔任幼兒園老師,擁有自己家庭與孩子時,再次舉行育幼院同學會,回頭感謝教師成就自己成長的故事。小說從戰後一九四六年十一月春暉五歲描述到擔任資深幼兒園老師長達十多年的台北孩子變化,以小小的育幼院孩子們帶出台灣戰後兒童生活。華霞菱於一九四六年跟隨初中時的校長張雲門到台灣,並在台北育幼院任教,小說投射了作家相當多的生活經歷與對兒童的觀察。從流離失所的孩子找到適合居住的育幼院,孩子需要象徵性的母親與愛因而引發的忌妒,孩子青春期的偷竊與霸凌,最後院長選擇原諒他們,除了政府設立育幼院目標在於安頓貧苦與失依的孩子,還希望國家艱苦與台灣重新建設之際透過教育讓孩子們成為社會有用的人。孩子們受到啟

---

24 華霞菱(1918-2015),兒童文學家與教育家,師事張雲門,一九六五年九月開始創作兒童文學《老公公的花園》,八〇年代創作系列散文,發表在時代周刊家庭別冊。資料來源:顛倒歌——華老師的花園網站,網址:https://blog.xuite.net/hua_garden/blog/346466713-%E8%8F%AF%E9%9C%9E%E8%8F%B1%E8%80%81%E5%B8%AB%E5%89%B5%E4%BD%9C%E5%B9%B4%E8%A1%A8%28+%E5%88%9D%E7%B7%A8%29+,閱覽日期:2020年7月25日。

發而決定要做「好孩子」，才有資格接受「偉大的愛」[25]。春暉因為偷竊與霸凌事件而成長。但是華霞菱要告訴我們的不只是一個育幼院孩子的成長故事。育幼院原就是一個孩子物質與多方面匱乏且艱苦中奮鬥成長的地方，透過政府之手撫育，在國家多難，未來的路更艱苦之下，孩子需要從艱苦中奮鬥、成長，對國家民族與成為社會的一份子有所貢獻。[26]透過幼教與小教教育工作者兒童文學創作，從作品中更清楚揭示台灣戰後狀態與期許兒童國民的形貌重塑。

　　兒童國民形構更具體面貌在於？女作家展現「個人的」即「家國的」具體內涵為何？筆者從一九六五年開始出版的「中華兒童叢書」與國家文化、教育政策關係深入分析。六〇～七〇年代兒童文學創作，大部份女作家作品幾乎都在「中華兒童叢書」發表，兒童想像除了揭示女作家個人的，同時也有為國家塑造兒童國民的政策內涵。主持「中華兒童叢書」書系的省教育廳第四科科長陳梅生指出，一九六四年透過聯合國[27]美援與台灣教育界的共識，叢書出版方向放在

---

25　華霞菱：《春暉》（台中市：台灣省教育廳，1971年10月，1986年5月三版），頁52。反之，都德作品《最後一課》，描述生活與學習散漫的學生、民眾，在家鄉割讓給德國，學校上最後一堂法語課，當下課鐘響，才具體感受到已經不是法國國民，表達奮鬥愛已晚。都德：《最後一課》（台北市：元麓書社出版，2009年1月）。

26　華霞菱：《春暉》（台中市：台灣省教育廳，1971年10月，1986年5月三版）。

27　聯合國兒童基金會援助的「國民教育發展五年計畫」計畫之一。見遲景德策畫，陳梅生口述：《陳梅生先生訪談錄》（台北縣：國史館，2000年12月），頁241-245。

文學、科學、營養等三大類文章。[28]第一任文學編輯林海音，撰文「廳長的話」[29]揭示文學類書籍編寫，想讓小讀者們知道「我國文化的偉大，和現代科學的進步，並且能引起你們的學習興趣。」[30]，「科學」與「我國文化的偉大」具有走向現代化及提升中華民國民族自信心的作用。隨後，一九六七年七月政府成立「中華文化復興委員會」（文復會），強調傳統文化復興運動及彰顯倫理與民主旗幟，而此處欲復興的「傳統文化」已有新的內涵。一九六八年二月，故總統蔣中正頒布「革新教育注意事項」，其中明令台灣各級學校，包括中學、小學課程「希依倫理、民主、科學之精神，統一編印」。[31]其中「倫理」、「民主」目的在於文化復興能落實在「合理的國民生活方式」，兩者內涵則和公民與道德有關。此時復興的「傳統文化」若依學者周克勤研究，為一方面對抗一九六六年中華人民共和國的「文化大革命」、西化的影響力[32]，同時形成去中共而在台灣的文化認同及文化運動的策略。此時「傳統文化」為蔣中正沿用一九三四年的新文化

---

28 見《陳梅生先生訪談錄》，頁242。
29 陳梅生提出，早期中華兒童叢書每冊前「廳長的話」為林海音手筆。見《陳梅生先生訪談錄》，頁243-245。
30 林海音：《蔡家老屋》（中華兒童叢書，1977年），未標示頁數。
31 轉引自石計生等著：《意識形態與台灣教科書》（台北市：前衛出版社，1993年5月），頁17-19。而「中華兒童叢書」與政府對於各級學校教育革新的關係，在於叢書雖非「教科書」，書籍的閱讀對象為小學低中高年級，通路直接配送小學、指導單位為省教育廳等教育單位、每位孩子每年出資一元，讓孩子有課外書籍輔助學習等，與教育現場密切聯結。
32 台灣既需要西方的工業化，但又不能被西方侵蝕東方固有文化。

運動揭櫫的儒家意識:「道德領域上為禮義廉恥,道統為承繼孔孟的孫中山先生的三民主義。」[33],也就是說,故總統蔣中正提出「倫理」、「民主」、「科學」(既需要西化,但也必須抵抗完全的西化潮流)之精神,為重新定義的「我國傳統文化」:儒家文化與三民主義。在此前提下,中學為體,西學為用,同時也是蔣中正衡量「大陸」情勢、中華民國在台灣認同文化、西化三者下找出來的國家定位。從戰後女作家作品中一致性的強調教育性[34]:個人、家庭到國家的倫理層次、勤勉求學學習新知、破除迷信、禮義廉恥態度、實事求是、民主與封建時期國家的歷史故事等等具「好孩子」認知與品德,和國家教育政策「倫理」、「民主」、「科學」態度一致。

戰後第一代女作家書寫兒童的策略,「憶舊兒時」可能既是故事吸引人之處[35],同時也是背景鋪排。國家文化、教育政策方針、女作家的背景、新家園兒少國民形象的建立等等,可能才是女作家為孩子創作心之所繫,同時也是女作家書寫介入家國敘事的方式。

---

33 周克勤文,林宛瑩譯:〈戰後國民政府與儒家思想:西學為體,中學為用?〉,《台灣的文化發展》(台北市:台灣大學出版中心,1997年12月,2002年3月修訂一版),頁59-90。其中引用周克勤專文,並由論文中轉引陳立夫論文:〈中華文化復興運動推行委員會工作略述〉,《中央月刊》(1991年7月),頁38-40。

34 中華兒童叢書「廳長的話」、《琦君書信集》,頁173、193。

35 日本近代文學研究者吉田司雄提出,日清戰爭發動前期,為創造民族國家認同與支持,巖谷小波將舊有故事再創作,開啟了近代日本兒童文學序幕。吉田司雄:〈起始〉("はじめに"),飯田祐子、島村輝、高橋修、中山昭彥編著:《少女少年的政治性》(『少女少年のポリティクス』),頁13。

## 第二節　六〇〜八〇年代現代與鄉土創作女作家兒童文學作品兒童觀——台灣族群間的認同追尋與對話

六〇〜八〇年代，除了戰後第一代女作家仍為孩子創作不懈，此時逐漸浮出台灣文學檯面女作家，隨後部份仍被網羅入「中華兒童叢書」創作，如張曉風、心岱、季季等。部份女作家創作作品則蒐羅在合輯中。

施忻妤研究《台灣六〇、七〇年代女性作家童書寫作（1960-1979）》，以「中華兒童叢書」，及部分單獨初版作家，如王令嫻、艾雯、林海音、林玉敏、林方舟、孟瑤等二十位[36]，作品包含如孟瑤《楚漢相爭》[37]等，研究作家幾乎為戰後第一代女作家作品，施忻妤認為這些女作家書寫常隱含教育意義，文字簡單、明朗、敘事單一。[38]這些仍是後來兒童文學作品的主要敘事特點之一。

台灣文學作家為兒童創作，普遍上較成人文學作品出版時間較晚。一九八二年，苦苓因為投身中學教育，注意到各級校園中的種種學生情況，如小學生家庭管教問題、中學生的不良少年等等，於是蒐集六八年〜八二年間在台灣報章雜

---

[36] 女作家還包括，華霞菱、畢璞、琦君、張秀亞、蓉子、潘人木、趙雲、魏訥、謝冰瑩、鍾梅音、羅蘭、嚴友梅、蘇雪林等。

[37] 孟瑤：《楚漢相爭》（台中市：台灣省教育廳，1974年2月，1986年3月再版）。

[38] 施忻妤：《台灣六〇、七〇年代女性作家童書寫作研究（1960－1979）》（台中市：東海大學中國文學系碩士論文，2009年）。

誌發表過,能適切反映時代孩子現況的文章,分為國小、中學生、大學生三本《學生之愛》出版,後於一九八四年交由晨星出版。苦苓在序中提出,或許因為之前沒有類似選集出版,以及切實反映孩子生活現狀,因此迴響熱烈。[39]向陽在小學篇序文,提到書中國小的童年是「我們每一個人熟悉的童年經驗」,也是「我們曾眼見或體味過」並且重臨自己童年在學校的環境。[40]若是作家們在台灣共同經驗的童年,可能可以回推到戰後第一代女作家撰寫兒童文學時,台灣這群新生代作家童年生活的台灣在地寫實展現。然而,即使是作家寫實的童年,呈現給現在小學孩子的仍是清純與真摯的氛圍。[41]中學生篇則呈現了高中與國中孩子對於愛情的各種想像與成長,年輕作家的寫作成為人性抽樣的展示,仍然顯現中學生人性的純真。[42]小學篇女作家包括李藍、羅佳莉、朱天心等。中學篇作家包括陳幸蕙、李昂、袁瓊瓊、張紫蘭等。羅佳莉的〈獎狀〉(1981),描述大人重視學業,小孩天真以為努力得到體育競賽「獎狀」,也能得到媽媽的注意與

---

39 苦苓:〈《不識愁滋味——學生之愛(小學篇)》編序〉,《不識愁滋味——學生之愛(小學篇)》(台中市:晨星出版社社,1984年9月,1989年4月八版),頁3-5。原編選選集於一九八二年,後再由晨星接手。
40 向陽:〈酸甜苦辣看童年——「學生之愛」小學篇序〉,《不識愁滋味——學生之愛(小學篇)》,頁7-14。
41 向陽:〈酸甜苦辣看童年——「學生之愛」小學篇序〉,《不識愁滋味——學生之愛(小學篇)》,頁7-14。
42 蕭蕭:〈怎麼了,是不是要記過——「學生之愛」中學篇序〉,《翩翩少年時——學生之愛(中學篇)》(台中市:晨星出版社社,1984年9月,1989年11月十六版),頁7-14。

象徵桂冠的紅蘋果，拚了命得到的體育獎狀，卻無濟於改變媽媽的「學業至上」觀念。陳幸蕙的〈青果〉（1968-1982）描寫了國中女學生喜歡地理老師，對地理老師有著至高無上的美好想像，直到一次老師打球時眼鏡滑稽的掛在耳上，眼睛茫然的可笑形象，使老師形象在孩子心中幻滅，也終結了對老師情竇初開的念想。李昂的〈花季〉（1968）描寫女孩購買園藝，被園藝老闆騎腳踏車帶到遠處，路上的超現實想像，帶有男女性別曖昧的刺激。從「學生之愛」可以見到七〇年代後，台灣升學觀念已經深刻影響大人與小學生、中學生，以及中學孩子對情愛幻想的孩子生活樣貌。台灣的兒童書寫逐漸關注周遭生活的問題。另一方面，國家民族主義從戰後在不同身份認同位置下持續發酵，仍舊延續以兒童形貌寄寓族群、家國寓言。如李藍〈誰敢惹那個傢伙〉、朱天心〈木頭人〉作品。〈誰敢惹那個傢伙〉（1968-1982）故事敘述轉學到新學校五年級的「我」，透過食物推論老師們為外省籍，外省籍男教師整天追逐女老師，將班務交給班長荊德同，班長對全班孩子擁有至高的權利，導師稱之為「榮譽制度」，由班長代行教師行政事務、班級秩序及執行體罰，猶如狐假虎威。原來無法接受荊德同不合理權利的「我」，受到老師默認下荊德同的處罰後，成為同學排擠對象而對自我產生懷疑，覺得和荊德同講平等與道理似乎是愚昧的了。「我」開始成為和班上同學一樣的因循和認命的態度，求得安穩無事的融入班上生活，甚至協助荊德同作弊，得到班長的庇蔭。五年級第二學期轉來中產階級新生陸紀平，陸生一

如當初打破秩序的「我」,用拳頭協助弱勢的台灣在地孩子,居然打破了班上權力運作平衡。李藍除了描寫出孩子群我關係、內心轉折外,也隱含階級、省籍、婚配性別間的觀察與角力。同樣的,朱天心作品多從身份認同出發,即使〈木頭人〉也是早期眷村生活的縮影。朱天心數篇兒童作品入選,可能需要從作家架構的整體眷村文學來看,才能找出其中一些兒時生活切片所隱涉的兒童文學選輯文章意涵。在這裡,筆者想引用學者何依霖(Margaret Hellenbrand)在〈國家寓言再探——當代台灣的公眾與私密書寫〉討論國家寓言與朱天心的眷村書寫,來閱讀文章中的兒童指涉。何依霖以短篇小說〈想我眷村的兄弟們〉視為朱天心如何將眷村透過食物成為台灣島上大陸人的國家縮影,與逐步高漲的台灣民族主義排外修辭,做正面的斡旋與抵抗,然而國民黨的野蠻與老人政治在現代眷村的坍塌與墮落下,朱天心眷村作品成為一種寓言而存在。[43]朱天心眷村中的兒童,既是「大陸」人具體情感與文化記憶傳承的兒童,同時也是國民黨的代名詞,不會說河洛語(台灣話[44])的家國時代變遷下,成為既壓迫台灣人也被壓迫的矛盾。與李藍表達的學校生活中,外省教師、代表外省權力班長、中立到同化轉學生的內在轉

---

43 何依霖:〈國家寓言再探:當代台灣的公寓與私密書寫〉,《跨文化的想像主體性——台灣後殖民╱女性研究論述》(台北市:國立台灣大學出版中心,2012年10月,2015年4月二刷),頁295-332。

44 二○二○年代前後,在台灣的通稱。筆者對於為什麼不能將「客家語」視為「台灣話」通稱,仍有深深遺憾。認為逐步跳脫「國語」的話語權力爭奪,現在由河洛語取代成為另一種佔據「台灣話」位置的霸權。

折、弱勢孩子等兒童間的族群、權力與壓迫關係,互為對話。

其他合輯作品,如洪建全基金會一九九一年出版《當代作家兒童文學之旅》囊括作家,如徐薏藍、張曉風、楊曉雲等,作品帶入當代孩子食衣住行等寫實生活,或者如徐薏藍想像當代孩子生活中的童言童語來書寫故事。

## 第三節　九〇年代後女作家兒童文學作品兒童觀——兒童成為國家教育發展擠壓下的迂迴產出

九〇年代之後,女作家張曼娟及黃秋芳創作,不約而同往孩子的語文教育兼談孩子的升學壓力,作為兒童文學訊息傳達方向。黃秋芳在《兒童文學的遊戲性——台灣兒童文學初旅》提出「兒童性」、「教育性」、「遊戲性」、「文學性」主張,其中兒童文學的遊戲性,就古典儀式理論到現代,具有美學價值,遊戲伴隨文化而生,也滲透在文化,「文化本身就是一場遊戲」。[45]落實到黃秋芳在九歌出版的系列短篇童話合輯「對字,多一點感覺」系列,總序提出,讀書、寫字這些原是單純又豐富的發現快樂,壓縮在考試、評比的壓力而逐漸凋萎。[46]黃秋芳的創作與私塾學校,似乎嘗試把這原

---

45 黃秋芳:《兒童文學的遊戲性——台灣兒童文學初旅》(台北市:萬卷樓圖書公司,2005年1月),頁7-11。
46 黃秋芳:〈總序:讀書、寫字,很幸福!〉,《輕鬆讀三國》(台北市:九歌出版社,2013年1月),頁5-6。

來應屬於孩子的快樂找回,策略即在於「遊戲性」。張曼娟自述也提到,決定改變自己既有生活,毅然決然選擇進入兒童領域,在於那段時間「與教育政策相關的新聞,每一個都令人感到憂慮,以及慍怒」。[47]

二〇〇〇年前後,台灣一連串的教育內涵為何?為什麼讓張曼娟憂慮,讓黃秋芳主張兒童閱讀的「遊戲性」?甚至在社會學家研究中,升學至上式的「拚教養」成為台灣兒童普遍現象?[48]張曼娟在《噹!我們同在一起》陳述和孩子們的生活與接觸經驗,例如,部份初到小學堂的孩子語文低落、視寫作為畏途、錯字令人驚心動魄,或者從自身經驗感受到,國中孩子處在升學主義的少年時期容易自卑、惶惑與驚疑,需要更為謹慎與包容的對待。[49]黃秋芳提到孩子在各種考試、評比的生活,找不到時間閱讀,或者閱讀成為升學的工具,黃秋芳極力提醒閱讀是為了享樂,一種入迷。學習,如果沒有樂趣,也就沒有價值與果效。[50]從張曼娟憂慮、黃秋芳主張樂趣的內涵,似乎可以看見一種孩子狀態與升學要求間的落差,及升學態度主導孩子的生活,包括看待閱讀兒童文學這件事。

從中央政策來看,彭富源指出九〇年代到二〇〇八年,

---

47 張曼娟:〈自序:噹!我們同在一起〉,《噹!我們同在一起》(台北市:皇冠文化出版公司,2008年9月),頁6-11。
48 藍佩嘉:《拚教養──全球化、親職焦慮與不平等童年》(台北市:春山出版公司,2019年5月,2019年二刷)。
49 張曼娟:《噹!我們同在一起》,頁66-74,130-140。
50 黃秋芳:《輕鬆讀三國》,頁5-6、28-30。

台灣中央二大教育改革方案,以及教育政策和施行時間的延宕性質:一九九八～二○○三年教育改革行動方案、二○○四年～二○○八年教育施政主軸分析。一九九四年行政院成立「教育改革審議委員會」,一九九八年提出初等教育(在此指國小學生)改革要項:

1. 釐清中央與地方權責,協助地方政府更加自主,其內容包含修正《國民教育法》部分條文、提高經費使用之彈性、檢討法規縮短行政流程。
2. 逐年降低班級人數至每班35人,同時,實施小班教學精神計畫。
3. 革新課程與教材。其內容包含成立課程發展專案小組研擬課程架構、公布九年一貫課程綱要。
4. 辦理補救教學及小學五、六年級潛能開發計畫。
5. 建立教學、訓導、輔導整合的輔導新體制,並鼓勵教師志願認輔學生。
6. 提升電腦設備及建置網路化校園環境。[51]

立意看來相當完善,但是在改革中批評聲浪不斷。彭富源指出,這些意見包括:

自願就學方案、建構式數學、九年一貫課程、「一綱

---

51 彭富源:〈台灣初等教育改革重點與省思〉,《教育資料集刊》第411輯,頁1-24。

多本」的教科書、內容空洞的「統整教學」、多元入學方案、補習班的蓬勃發展、學校教師的退休潮、師資培育與流浪教師、消滅明星高中、廢除高職、廣設高中大學、教授治校等，以及四大訴求：一、檢討十年教改、終結政策亂象；二、透明教育決策、尊重專業智慧；三、照顧弱勢學生、維護社會正義；四、追求優質教育、提振學習樂趣。[52]

明星高中、補習班現象，似乎疊加了學生在學校學業上需要耗費的時間與能量。再者，所謂的評比現象延伸到國際，二○○八年參與世界的國際閱讀評比，更往上疊加小學學生在學校需要學習的國際評比技能與爭取國際上的表現。

彭富源再次提出邁入二十一世紀後國際與國內環境對教育的衝擊，教育部認為國際新環境在於「1.知識經濟時代終身學習需求；2.數位化時代學習型態轉變；3.全球化時代國際競爭激烈。」，國內環境「1.人口結構轉變問題；2.學校擴增後學生素質提升之壓力；3.教育鬆綁後體系的調整。」提出教育施政主軸：「培養現代國民」、「建立台灣主體性」、「拓展全球視野」、「強化社會關懷」四大施政主軸綱領，總目標「創意台灣、全球佈局——培育各盡其才新國民」。具體落實項目：

---

[52] 彭富源：〈台灣初等教育改革重點與省思〉，《教育資料集刊》第411輯，頁1-24。

1. 每學期應至少完成4-6篇作文、每年至少閱讀30本優良讀物人數比例達60%；1校1藝團、1人1樂器、1校5運動團隊、1人1終身運動技能、欣賞1-3場次表演。
2. 建置中小學一貫課程體系，並實施學生能力檢測機制：同時深化認識台灣、推動海洋教育、強化修習鄉土語文。
3. 精進課堂教學，並輔助弱勢學生學習：包含持續辦理教育優先區計畫、加強外籍配偶子女之教育、國小課後照顧、弱勢弭平落差、退休菁英風華再現、攜手課後扶助等計畫，以及引進海外英語專長替代役男深入偏鄉校園。
4. 推動友善校園計畫：包含性別平等、生命教育、人權法治教育、品德教育與正向管教零體罰，並加強校園安全。
5. 提升教師專業素養與加強處理不適任教師，並建立師資培育中心評鑑制度，俾使師資培育數量達到3年減半之目標。
6. 建置數位化學習環境及學習內容與改善偏鄉地區資訊教學設備。[53]

　　作文、閱讀、彌平孩子學習差異化、增加議題性與數位

---

[53] 彭富源：〈台灣初等教育改革重點與省思〉，《教育資料集刊》第411輯，頁1-24。

化教學,開始成為國小學校教育推動重點。國際化部分,參與國際評比:二〇〇七年國際數學與科學成就趨勢(TIMSS 2007),在四十四個國家和地區中,數學平均成績排名第三,科學平均成績第二名;國際閱讀素養成就調查,台灣在四十個國家排名第二十二名,閱讀的中等表現,只更強化了大眾懷疑孩子們的語文程度。[54]

張曼娟與黃秋芳不約而同感受到孩子的升學壓力,期待以「愛」或「快樂的」閱讀策略,提升孩子的語文與作文能力。跟同時代教育政策不斷疊加孩子學習時間,少了孩子的遊戲與發呆時間,以及閱讀,作為納入學校體制化後,失去原來的趣味性,嘗試拉開兩者定位。再者,教育效果的延宕作用,不但使得教育政策無法立竿見影,並延續到規劃時程之後,成為影響孩子與大人教育觀的殘餘。

學者羊憶蓉以社會學觀點看教育與國家發展關係,提出九〇年後,台灣已成亞洲經濟四小龍,國民所得超過一萬美元、柏林圍牆倒塌,蘇聯解體,國際間重點放在冷戰後結束的新秩序及區域經濟合作。教育被國際間決策者認為有助於經濟成長、凝聚公民意識與維持穩定社會的方法,教育制度容易成為各地政府改革的對象。台灣的教育已然成為經濟與政治的目標。然而專注在人力資源成長以利於經濟政策的惡果,在國際顯現。羊憶蓉指出,目前教育與國力關係令人憂

---

54 彭富源:〈台灣初等教育改革重點與省思〉,《教育資料集刊》第411輯,頁1-24。

慮的如美國：國際表現不佳，公立中學生的吸毒、校園暴力、性氾濫都是明顯可見的問題。[55]

九〇年代之後，台灣也出現各種關於思考「兒童」的翻譯與著作，如西方兒童《童年的消逝》[56]、日本兒童《童年之惡》[57]、封建中國兒童《另一種童年的告別》[58]、台灣個案《台灣少年記事》[59]等等。二〇〇〇年之後，不同階級台灣人在全球資本化《拚教養：全球化、親職焦慮與不平等童年》[60]兒童、高風險的《廢墟少年：被遺忘的高風險家庭孩子們》[61]、兒童性侵加害者《失落的童年：性侵害加害者相關的精神分析觀》[62]、台灣兒童心理問題《兒童心理診所》[63]等等，另一方面，對照大量出版如何提升小孩學業、品德的

---

55 羊憶蓉：《教育與國家發展——台灣經驗》（台北市：桂冠圖書公司，1994年2月）。序文及頁321-337。

56 Neil Postman著，蕭昭君譯：《童年的消逝》（台北市：遠流出版事業公司，2007年1月）。

57 河合隼雄：《童年之惡》（台北市：成陽出版公司，2000年5月）。

58 張倩儀：《另一種童年的告別》（台北市：台灣商務印書館，1998年11月）。

59 王浩威：《臺灣少年記事》（台北市：幼獅出版社，1998年2月）。

60 藍佩嘉：《拚教養：全球化、親職焦慮與不平等童年》（台北市：春山出版公司，2019年6月）。

61 李雪莉、簡永達、余志偉：《廢墟少年：被遺忘的高風險家庭孩子們》（台北市：衛城出版社，2018年9月）。

62 John Woods著，魏宏晉等譯：《失落的童年：性侵害加害者相關的精神分析觀》（台北市：心靈工坊文化事業公司，2012年7月）。

63 鍾思嘉編：《兒童心理診所》（台北市：桂冠圖書公司，1900年1月）。

媽媽成功教養書,如《虎媽的戰歌》[64]、更多教師的教學／閱讀技巧與教案協助更好的升學率,如王政忠《我的草根翻轉：MAPS教學法》[65];閱讀比賽,如高雄市高雄女中針對國中生的校際閱讀競賽「航向書海」、國際教育策略與制度的資訊引進等等。台灣社會成為數種極端對立兒童型態的多元存在[66]。張曼娟與黃秋芳筆下與私塾學校裡的兒童,成為盡力讓自己空間多一些的兒童,或者迂迴成為國家政治經濟目標下的兒童。在台灣社會經濟階級二種極端下,學校教育或者私塾教育下的兒童,與高風險廢墟兒童形成越來越大的資源級距。

## 第四節　小結

一九六五年到一九七〇年間,美國學者威爾遜（Richard W Wilson）曾經兩度來台從事兒童政治社會化的比較研究,出版書籍：*Learning To Be Chinese*（中文書名《中國兒童眼中的政治》）。從英文原書名來看,對於國民政府遷台後的兒童「學習如何成為中國人」,研究核心與筆者對戰後女作家服膺中央文化與教育政策,書寫兒童文學期待建構新的移居

---

64 蔡美兒著,錢基蓮譯：《虎媽的戰歌》（台北市：遠見天下文化出版公司,2011年3月）。
65 王政忠：《我的草根翻轉：MAPS教學法》（台北市：親子天下出版公司,2016年5月）。
66 如快樂閱讀或者升學閱讀等。

台灣外省及本省兒童國民形貌方向一致。一方面基於社會學領域提出兒童觀建構概念，另一方面，威爾遜與筆者皆在尋找，此時期「兒童如何被形構？」、「兒童形構的內涵為何？」。威爾遜從實際觀察台北市區市郊學校運作，對孩子的問卷調查，老師及學生、教育單位的訪談，小學課本、各式媒體等教育資料進行分析。威爾遜研究期間，義大利《愛的教育》其中一篇愛國故事被選錄在當時國小三年級國語課本。[67]另一方面，威爾遜認為中央體系將孫中山、蔣中正與三民主義體系作為「中國」團體內外的界線，孩子透過家庭與教育單位，即父母或老師的上而下的榜樣與模仿方式效忠，做為榜樣之外，「中國」羞恥的文化也會使孩子為維護自己與團體而使得孩子整體相當團結。另外，教育體系長期提高孩子的團體認同層次，強化孩子對領袖及政治體系的遵從，壓抑偏差次團體的行為所作的努力，也產生了效果。[68]

　　筆者同意威爾遜在戰後台灣兒童政治形塑上的大致觀點，教科書課文蒐羅《愛的教育》故事也與筆者對戰後兒童形構看法不謀而合。不同的是，筆者研究範圍在於女作家兒

---

[67] 故事為貧苦的義大利孩子坐船從西班牙返國，同船外國旅客送他一些錢，孩子很高興的計劃如何運用這些錢時，他聽到這些遊客毀謗義大利的對話，孩子把錢丟還給這些旅客，並大聲對他們說，我不要你們的錢，你們說我國家的壞話。威爾遜從這篇課文看到，愛國、忠誠、勇敢等好公民德行與培養為國家奮鬥的革命精神與勇氣，成為國家建立團體合作、國民教育目標。見，Richard W. Wilson著，丁庭宇等譯：《中國兒童眼中的政治》（台北市：桂冠圖書公司，1989年7月四版），頁30-31。

[68] 威爾遜著，丁庭宇等譯：《中國兒童眼中的政治》，頁1-121。

童文學作品對於孩子的教育與形塑，為威爾遜研究方法中的教育資料之一，筆者認為女作家即使書寫關於「國旗」的課外讀物，和教科書的性質比較起來，仍然是透過較多故事事件以孩子喜歡的閱讀內容呈現。對於孫中山與蔣中正等人物，也多透過其他非政治故事，消解部分政治性，但仍傳遞筆者於前文申論，透過儒家思想與孫中山三民主義，現代化的趨勢，表現禮義廉恥與倫理、民主、科學概念。或許以筆者身在台灣，較學者威爾遜有機會閱讀更多的資料，補充威爾遜書中提到羞恥文化對孩子形成政治思想團體形構的關鍵的脈絡原因。

此外，女作家對於中華民國／台灣兒童國民形構並未停止在威爾遜研究的六〇年代末，而是延續下來的。潘人木擔任中華兒童叢書總編輯期間，一九七六年翻譯並編輯《愛心信心決心》、一九七九年編輯並翻譯《金玲兒》，前者從「英文兒童百科全書」、「讀者文摘」及少量外國作家作品選文、翻譯；後者選譯外國人寫「中國」小孩的故事，時間約為數十年前的作品。兩本書的選譯與書後提問，呈現了不同方向的兒童觀點。

《愛心信心決心》選文包括，美國一戰內政部長演講稿，提到每一個人都是成就國旗形象或樣貌的人，國旗是國民自己的象徵，自己的夢、自己的努力，國旗因人民勇敢而燦爛，因信仰而堅定，也是造成國家偉大的標記，國旗因人民的作工而成為什麼樣的國旗象徵文〈做國旗的人〉、輪船駕駛因堅守崗位救了旅客犧牲自己的〈約翰梅納，駕駛

員〉、一次大戰被敵軍擊中的鴿子,仍奮力為美軍傳遞消息拯救美國士兵的〈雪兒蜜〉、忠誠勇敢救人的狗〈勇敢的狗〉、八歲小男孩的腿因火傷組織受到破壞,小男孩的堅定信念,讓腿復健而跑,長大後成為世界的知名賽跑健將〈有信心的人〉、西元十一世紀,女性赤裸著身子騎馬在城裡走一圈,以慈悲心戰勝禮教,為人民減稅的英國故事〈戈第娃夫人〉、美國拓荒期間艱苦至極的生活,仍不被外在環境打倒的作家格拉英格兒童文學節錄〈它打不倒我們〉、講述九歲的牧羊小孩要透過學習,足夠的鍛鍊,努力協助家中牧羊工作,充實自己,及堅持不放棄,終於在山上找到了家裡的羊,成為正式牧羊人〈羊兒在哪裡〉等等短篇故事合輯。[69]書後對孩子提問:

> 看完了這本書,請你想一想:
> 一、你自己算不算一個做國旗的人?「國家興亡,匹夫有責」這句話,你會解釋嗎?
> 二、你有沒有責任?你的責任是什麼?你盡到自己的責任了嗎?
> 三、一個人遭受到重大的挫折,要用什麼態度去面對事實?
> 四,對於孤寂無依的異鄉人,應該怎麼對待?

---

[69] 李麗雯等文、周浩中等圖:《愛心信心決心》(台北市:台灣省政府教育廳兒童讀物出版部,1976年12月,1990年10月三版)。李麗雯為潘人木筆名。

五、你對自己的家人有沒有愛心？對自己的同胞有沒有愛心？對自己的國家有沒有愛心？你怎樣表現了你的愛心？[70]

以上這些提問，揭示了書籍選文嘗試想要教育的兒童觀。或許如同西元一九一九年遼寧出生的潘人木，在一戰結束後國際的不平等條約，西化影響及五四餘波、東北「偽」滿州國、二次戰爭與遷徙、戒嚴、國際冷戰及退出聯合國，美國對台外交態度的變化等等一連串的家國意識，及中央因應政策，選文嘗試從兒童特質開始提供路徑，從自己到家人、同胞、「異鄉人」、國家等故事示範，激發情感，建立孩子在當下環境對自己及家國的責任。而不論是五〇年代創作的謝冰瑩直到七〇年代的潘人木選文，我們可以看到五〇～六〇年代女作家，對家國環境的關注，轉而以文字教育孩子的企圖。

《金玲兒》的選文則從外國人的角度看「中國」兒童。但是為什麼在七〇年代選集這樣的兒童文學作品？身兼總編輯的作者，在目錄前增加一段前言，「在我們的編印計畫裡，原來並不打算出版外國作家的作品。但是由於「世界越來越小」，使我們跟外國人接觸的機會也越來越多，因此促進彼此間的了解是很重要的，而文學又是促進了解最方便的媒介，從文學作品裏，我們可以知道作者對事物的看法和想

---

[70] 李麗雯等文、周浩中等圖：《愛心信心決心》。無標示頁碼。

法。」[71]展現中學為體,西學為用的思維。這些西方人眼中數十年前的「中國」小孩形貌,包含外觀(服裝、髮式、遊戲、零食、內部陳設[72]、炕等等描述或加上解釋)觀察相當細微,猶如超寫實主義畫作,因為對於人物,物件描繪太過逼真如同相機照片,也讓台灣兒童讀者閱讀了一章章仿真的清末民初兒童樣貌。而且是透過西方人介紹東方式的解釋方法認識。某些故事展現了以小博大或者中西文化的接觸。很有趣的是,〈金玲兒〉以小蟋蟀金玲兒戰鬥以往一直打不贏的黑色大蟋蟀,卻終於在為了小主人的生活[73]與堅持意志下戰勝。在數十年前的西方作者,暗喻自己與中國的關係間,誰是小蟋蟀或者大蟋蟀?而數十年後,潘人木為台灣孩子選錄此文,對台灣孩子的想像是大黑蟋蟀或者以小搏大的小蟋蟀?在當時的國際環境下,反共與國際外交變化,若台灣孩子是小蟋蟀,那誰又是大黑蟋蟀的指涉?〈椒月〉裡六歲的椒月喜歡小動物,想養小狗作為寵物,作為家中輩分最高的奶奶,決定讓他養鳥。故事過程中,椒月養過金魚、老鼠、蝸牛、青蛙、鴨子、黑豬、水牛,這些都是在椒月家鄉土地

---

[71] 路遙‧曼怡文,徐秀美等圖:《金鈴兒》(台中市:台灣省政府教育廳,1979年1月,1986年5月再版)。無頁碼。曼怡為潘人木筆名。

[72] 如在〈小梨兒〉篇中,描寫小梨兒住的房子的牆是用土坯砌成的,土坯是先用土作成磚形的土塊,然後再用陽光曬乾的。紙糊的窗戶,可以使房間光線好,可是不能像玻璃窗那樣能看到窗外的景象。除了解釋中國建築,還有以玻璃窗和紙窗對照讓現代或西方孩子理解的比較文化概念。見路遙‧曼怡文,徐秀美等圖:〈小梨兒〉,《金鈴兒》,頁23-34。

[73] 鬥蟋蟀得勝後的獎金,是斷糧的小主人和媽媽唯一的生存機會。

上出現，椒月無意中收留或者買下的動物，但仍無法符合上層社會的乾淨與不惹事的要求。最後反而因為水牛的怪聲音、放大的怪影子像鬼，而讓家人決定買一隻小狗給椒月。對家鄉的動物因為貧富階級而產生「妖怪」的誤解，最後以外國進口的舶來品「狗」作為一種選擇，產生階級、中西文化上的諷刺性。《金鈴兒》兒童形象，從西方人眼光來看，像是一種介紹性描述下的兒童，對台灣選文編輯來說，似乎西方的描繪更能以介紹性姿態讓台灣兒童認識，數十年前女作家生長下的「大陸」兒童及其生活？另外，內容上對於西方的動物、文物及東方理解成鬼怪、神明的迷信[74]，東方傳統舊文化的愚昧，透過兒童的眼光描述，此時兒童又成為東西方文化、傳統與現代化除魅的橋樑。

女作家由於自身書寫特質與家國經歷和政策，作品建立孩子與國家情勢的連結，卻也給予希望。塑造當時台灣處在國家政治、文化情勢動盪下，嘗試建立新的範型提供兒童，做為個人行為到國家認同的選擇之一。

六〇～八〇年代，台灣經歷國際與現代化環境的變化，內部卻存在著認同的紛雜：中央政府去中共化的認同策略，建立台灣文化的正統性，與長期被忽略的台灣在地早期移民[75]，紛紛以在地鄉土、「大陸」懷鄉之姿，兩條路線平行

---

74 〈傅永〉故事中，母親將現代化夜光手錶當成洋鬼子的靈魂，天天在觀世音菩薩前上香，希望靈魂死去，同時夜光表也壞了。見路遙・曼怡文，徐秀美等圖：〈傅永〉，《金鈴兒》，頁60-75。
75 相對於台灣原住民的聲音在九〇年代後大量出現。

或者糾結。女作家創作下的兒童，成為糾結下的小社會縮影，所不同的是，為兒童書寫的作品即使呈現諷諭，眼光仍然凝視兒童，與成人社會間赤裸裸的書寫殺戮仍然不同。

　　著名女作家因為邀約，在合輯選文中發聲，如朱天心、季季的作品。一方面，孩子形貌以民族、國家姿態出現。兒童成為家國認同的隱喻。如，外省第二代女作家在猶如一個小中華民國的眷村書寫，在牆內尋找自己的位置。另一方面，本省女作家季季書寫台灣原生家庭種木瓜樹的經驗，猶如眷村牆外的另一個世界。或者當台灣鄉土生活與外省人的生活在學校內產生交集，同一民族的不同「地方」，展現的仍是經濟或階級等權力關係交織。此時女作家個人的，也是家國的，透過兒童文學承載著時代意義。

　　九○年代後，教育與經濟高度發展，台灣與國際化接軌，教育被視為提高經濟與國力的資本，而進行多樣化的教育改革。當整個國家的未來將由孩子扛起來，孩子的教育成為不可承受之重。戰後每一個世代兒童同樣乘載國家未來國力的「重量」，內涵卻又不太相同。這一代孩子在經濟富裕、電子化世代，以及全球經濟資本主義消費生活下成長，孩子們的父母則相對有較高的學歷，經歷過九○年代種族、性別、政治上的解放等環境變遷。也就是說，相對開明或者積極期望下一代維持現有經濟社會優勢的父母，與不同世代間孩子的衝突，產生了各形各樣的孩子。環境更易太快，資訊多元，很難用大人的觀點描述「好」或者「正常」孩子的形象，各種失落、正向、性侵、探索童年的書籍出版，揭示

了連大人和孩子關係間也處在因為多元、國家政治干預教育、開明或嚴厲兩極端而無法找出核心提問的失語狀態。或許教改的一連串良好立意，卻因為實際落實的孩子與焦慮大人間的扞格，反而變成既有學習內容再疊加上多元指標，分數仍然斤斤計較，孩子自己可支配時間縮短，笑容越來越少。民間女作家從創作上快樂閱讀的呼籲，卻看到一連串教改失敗再改，成為孩子再次沉默的象徵。

　　以下各章將分別對各斷代女作家兒童文學作品，進一步探索。

# 第四章
# 五〇、六〇年代女作家兒童文學:「台灣／大陸」兩地認同書寫

　　五〇、六〇年代戰後第一代女作家,一般依年齡分為數個世代,筆者以是否經歷過五四並於二〇年代發表文學作品,略分為二個世代:五四文學家:蘇雪林(1897-1999)、謝冰瑩(1906-2000),經歷五四的變化過程;第二個世代為林海音(1918-2001)、潘人木(1919-2005)、孟瑤(1919-2000)、琦君(1917-2006)、艾雯(1923-2009)、鍾梅音(1922-1984)等等,這些女作家分別出生於五四前後,就學時接觸五四成型之後的傳播,「五四」不乏新思潮及流行的意味。五、六〇年代女作家純文學創作多為來台後開始,兒童文學作品除謝冰瑩外,約為六〇年代開始創作,出版跨越到二十世紀末。後期作品,多為作家重新改版作品或者新包裝成為兒童文學作品。

　　五〇、六〇年代女作家兒文作品,謝冰瑩書寫戰爭前方兒童故事及台灣貧苦、獨立兒童生活小說,林海音結合台灣民間風俗與台灣／「大陸」兩地記憶書寫,歷史系背景的孟瑤書寫封建中國不同朝代及中華民國在台灣的故事,琦君自

陳童年記憶敘事較受讀者歡迎，鍾梅音環遊世界並移居境外多年，書寫兒童旅遊文學，蓉子善於詩歌，為孩子留下不少新詩作品等。女作家書寫兒童文學，多由擅長的成人作品轉換寫作對象。仍具有成人文學創作風格，如王鈺婷整理各研究者與總結戰後五、六〇年代女作家創作特色為：

（一）突破反共時期女性文學史觀。從女性角度敘述一九五〇年代台灣文學，部份女作家創作台灣斯土斯民的生活形象，具備另類的顛覆性質，正面肯定女作家的書寫。

（二）母性散文視為重寫文學史的書寫起點。女性作家書寫與政治權力較為疏遠，偏向強調空間意識。

（三）從艱苦生活中提煉抒情傳統，建構純美想像的抒情美文。

（四）女作家創作的台灣圖像與「家台灣」的在地認同。如學者楊幸如隱喻女作家艾雯「露根蘭花」，林海音五〇年代創作台灣風俗，六〇年代轉而創作「大陸」家鄉。兩者為例，皆以「中國」意識為其精神上的「根」的情感狀態，故土為認同的鄉土，並依個人與台灣土地的聯繫移植台灣土地與地方感形塑。

（五）女作家特有的家台灣經驗，以異鄉書寫構築「兩地」情節的空間感。[1]

---

1　王鈺婷：〈青春里程碑──艾雯研究評述〉，《台灣現當代作家研究資料彙編：艾雯》（台南市：國立台灣文學館，2013年12月），頁95-109。王

王鈺婷在五〇年代女作家研究以艾雯為例，提出五〇年代女性文學重新討論與界定下，「兒童文學到底具有什麼樣的特質？」[2]。此即筆者意欲提出來的研究與時代下女作家文學的對話或補遺。

　　女作家在六〇年代後，在文學圈社交下，集體參與出版、翻譯兒文作品。集結大量五、六〇年代女作家作品「中華兒童叢書」將另闢專節討論。五、六〇年代女作家以兒童文學為職志並在兒文領域有重要貢獻，如五四作家謝冰瑩立志為兒童書寫、首先邀集文學圈女作家進入兒童文學風氣的林海音、接掌中央資金出版「中華兒童叢書」總／編輯十多年，以各種筆名創作、翻譯兒童文學，著作等身的潘人木等三位女作家作為筆者分析代表。謝冰瑩書寫台灣台北的少年小說、林海音的台灣／「大陸」兩地作品深入分析、潘人木作為兒童讀物編輯，與書寫較多中國民俗故事，或從科學故事等介紹「中國」中心與建構倫理、科學的兒童觀等，分別展現此時期女作家既大量創作又編輯，家國意識既合為中華民國又產生台灣／「大陸」主體認同分裂。以下舉例分析：

---

鈺婷以艾雯作品提問，然而五、六〇年代女作家書寫兒童文學作品，在各自相似與相異的成人文學風格之外，兒童文學文體與內容不同，兒童觀在於少國民的建構這部分的方向仍大致一致，大約也有某些共同方向。由於艾雯兒童文學作品較少，筆者擬以同時在兒童文學領域具代表性的女作家作品來回應。

2　王鈺婷：〈青春里程碑——艾雯研究評述〉，頁109。

## 第一節　台灣／北京書寫的猶疑與斷裂──
林海音兒童文學作品《蔡家老屋》[3]

　　成人與兒童文學都受到矚目的作家林海音，一九一八年出生於日本大阪，三歲時跟著父母返回祖籍地台灣，五歲和家人共赴北京城南（今日宣武門）的「永春會館」[4]，當時是閩、粵、台灣人聚集居住的地方；一九四八年國共內戰擴大，林海音帶著家人回台[5]，直到二〇〇一年過世。二十五年間，林海音在北京面臨父親過世、求學、新聞工作、婚姻與育兒等人生重要經歷，同時經歷五四、二戰、國共內戰等社會、歷史文化事件。林海音在北京時住在台灣人聚集的地區，回台灣後，成為道地台灣出身創作北京味兒文字的作家，「台灣」和「北京」始終在他的作品中烙印深沉的痕跡，也包括兒童文學作品。

　　林海音於一九六四年擔任台灣省教育廳兒童讀物編輯小組文字編輯，開始關注與書寫兒童文學[6]，一九六六年第二本兒童讀物《蔡家老屋》出版；同期間一九五五～一九六七

---

[3] 原文發表，黃愛真：〈臺灣／北京書寫的猶疑與斷裂──林海音《蔡家老屋》兒童文學作品研究〉，《兒童文學論文集：圖像・文創・女性研究的多元視野》（台北市：萬卷樓圖書公司，2016年7月）。文章修改，2020年5月）。
[4] 父親去世後移住在「晉江會館」。
[5] 夏祖麗：《從城南走來──林海音傳》（台北市：遠見天下文化出版公司，2000年10月，2010年3月七刷），頁23-106。
[6] 林良：〈林海音先生和兒童文學〉，《中華民國兒童文學學會會訊》18卷1期（2001年），頁4-5。

年也是林海音小說創作巔峰期,完成四部長篇與二十六部短篇小說[7],再現二十世紀二〇年代至五、六〇年代「中國」女性生活的部分側寫[8]。《蔡家老屋》做為林海音六〇年代兒童故事作品,書寫女性婚戀、階級等女性命運,與同期間成人文學女性主題類似,故事中女性進一步以女鬼形式現身,女性角色有了多元的表現與可能性。然而相較林海音六〇年代的其他女性書寫文本得到較多研究與關注,《蔡家老屋》卻還沒有相關文獻深入探究。

本文擬將兒童文學文本《蔡家老屋》放在台灣文學的女性研究領域,嘗試作為二個領域交會的研究與對話,在跨域中探求台灣／北京的觀看視角。論述段落分成三部分,第一部分由林海音兒童文學創作切入《蔡家老屋》作品背景;第二部分結合臺灣文學女性研究發現與對話、作者背景資料與故事內容,進行文本分析,提出台灣外表包裹著北京內涵的書寫發現;第三部分將以上分析內容整理作結。

## 一 《蔡家老屋》創作背景與問題意識

《蔡家老屋》以第一人稱敘述我們(孩子們)愛聽鬼故事,尤其是蔡家鬼故事。去年春天開始蔡家紅磚屋裡半夜會

---

7 許俊雅:〈論林海音在《文學雜誌》上的創作〉,《霜後的燦爛——林海音及其同輩女作家學術研討會論文集》(台南市:國立文化資產保存研究中心籌備處,2003年5月),頁55-77。

8 閻純德:〈林海音的歷史地位——文學史的考察〉,《霜後的燦爛——林海音及其同輩女作家學術研討會論文集》,頁135-148。

聽見走路的聲音,蔡家人認為鬧鬼而搬離紅磚屋,透過省城大學畢業的表哥帶著孩子們抓鬼,因此揭開鬼的身分,破除迷信。故事中蔡家猜測鬼的身分,分別帶出蔡公公、蔡姑姑、蔡伯母有關係的蘭姑娘、慶妹、杏花三個女性死亡與超渡的故事。

林良曾提及林海音寫作《蔡家老屋》動機在於兒童不適合閱讀鬼故事禁忌的挑戰:

> 她(林海音)一向討厭不分青紅皂白的禁忌,鬼故事不能寫?那要看是甚麼樣的鬼故事。她無法容忍昏頭的盲從。她寫的是「這個世界上根本沒有鬼」的鬼故事。[9]

因為當時認為兒童不適合看鬼故事,作家也就不寫,然而林海音為了打破鬼故事禁忌而寫鬼,但卻透過鬼故事來教育兒童「這個世界上根本沒有鬼」,其實仍然回歸當時主流觀念中對兒童談「有鬼」的禁忌。

筆者擬就《蔡家老屋》的故事書寫形式與「女鬼」身分在性/別多重指涉的「台灣」、「北京」空間文化可能性,進行探究,期間援引台灣文學研究中對林海音女性文學書寫評論比對,並參酌林海音成長與創作背景,提出(女)鬼故事所具有的性/別、地理空間、傳統與現代的文化時間意義。

---

9 林良:〈值得珍惜的三篇兒童故事〉,《林海音童話故事》(台北市:遠見天下文化出版公司,2011年11月),頁113-115。

關於《蔡家老屋》研究版本部分，目前已出版本有四種：一九六六年由台灣省政府教育廳出版的中華兒童叢書系列單行本、一九七五年由台灣書局出資增印單行本、一九八七年純文學出版社出版《林海音童話集‧故事篇》單篇故事、二〇一一年小天下出版社《林海音童話故事》單篇故事。故事內容經過比對後，各版本故事內容相同，差異主要在於文字精簡，在不考慮插圖版面編排情況下，以林海音親自編輯、文字精煉的純文學出版社版本為分析對象。[10]

## 二　《蔡家老屋》文本分析

《蔡家老屋》初版於中華兒童叢書系列第一期，林海音擔任此期叢書催生的兒童讀物編輯小組第一位文學編輯，曾執筆書中序文呈現編寫理念在於，想讓小讀者們知道「我國文化的偉大，和現代科學的進步，並且能引起你們的學習興趣。」[11]從王淑美研究可進一步說明《蔡家老屋》書寫扣合此編寫觀點。王淑美認為故事中省城大學畢業表哥代表新科學知識份子，本於實證精神當場查證鬼的身分，鬼信仰則代表了舊迷信，故事主軸在於舊迷信與新科學對立，最後由科

---

10 本研究以一九八七年純文學出版社出版之單篇故事為主要分析對象，同時參照一九六六年台灣省政府教育廳出版的中華兒童叢書系列單行本相關文獻，做為原初故事產生依據的輔助資料。
11 林文寶、趙秀金：《兒童讀物編輯小組的歷史與身影》（台東市：國立台東大學兒童文學研究所，2003年10月），頁72-74、226-227。

學勝出。[12]

　　中國新舊文化的信仰之外,筆者認為《蔡家老屋》仍能就新科學與舊文化的空間地理與時間觀[13]、代表舊迷信的女鬼與新科學的表哥間的性別權力關係深入思考。林海音六○年代的文學巔峰期作品多呈現五四新舊文化的交替、台灣的經驗與對北京的懷舊、自由婚戀等新女性與上一代女性傳統角色的認同[14],文化時間、地理空間、女性意識三面向分別構築傳統與現代、台灣與北京、新女性與傳統女性,這些觀點亦兩兩混雜表現在《蔡家老屋》。本章將佐以林海音創作背景,就此三部分深入論述[15],進一步提出文本概念兩兩猶疑、混雜中一方收編另一方的優位現象。

## (一) 台灣經驗與北京記憶

　　「台灣是我的故鄉,北平是我長大的地方。我一輩子沒離開過這二個地方。」林海音在散文集《兩地》自序中提及台灣與北平對她的意義:「當年我在北平的時候,常常幻想自小遠離的台灣是甚麼樣子,回到台灣一十八載,卻又時時

---

12 王淑美:《鬼故事與現代兒童》(台東市:國立台東大學兒童文學研究所碩士論文,2004年出版),頁61-62。
13 關於新舊文化的地理與時間觀點,筆者指涉的是林海音所說「我國文化」的地理性,舊迷信到現代科學進步的線性時間觀。然而《蔡家老屋》敘事呈現了主敘事與子敘事的二種時間觀,一為表哥所處的當代進步時間與女鬼所處的過去落後的時間觀。
14 許俊雅:〈論林海音在《文學雜誌》上的創作〉,《霜後的燦爛——林海音及其同輩女作家學術研討會論文集》,頁71-75。
15 女性意識面向分析,擬將表哥男性角色與女鬼間的性別關係納入討論。

懷念北平的一切」[16]。林海音父母為台灣頭份與板橋人，一九一八年在日本大阪生下林海音，三年後回台灣頭份，一九二三年帶著林海音遷往北京，一九四八年因國共內戰舉家返台定居。林海音北京生活期間曾定居在專給台灣與福建人居住的會館；返台後卻又想起了北京「就好像丟下了甚麼東西沒有帶來，實在是因為住在那個地方太久了，像樹生了根一樣」。[17]台灣、北京地理空間影響著林海音的創作情感。地理空間對兒童文學的影響，林海音認為兒童讀物創作應從現實生活著手，[18]並從美國兒童文學作家瑪霞・勃朗（Marcia Brown）的訪談中感受到勃朗生活經驗應用在創作上「這一幕真實的戲，便使她畫和寫成富有人情味兒的兒童讀物」並引伸勃朗的寫作靈感其中之一在於「回想起自己兒童時代的什麼事」[19]。台灣的現實生活和北京的記憶，也交錯體現在兒童文學作品《蔡家老屋》。

---

16 林海音：《兩地》（台北市：三民書局，2005年1月重印二版），頁1。
17 夏祖麗：《從城南走來——林海音傳》（台北市：遠見天下文化出版公司，2000年10月，2010年3月七刷），頁13-106，119。
18 林海音：《作客美國》（台北市：遊目族文化出版社，2000年重印），頁144-145。
19 林海音一九六五年訪美四個多月，拜訪美國兒童文學作家瑪霞・勃朗，並為文發表在〈訪瑪霞・勃朗〉，《作客美國》（於1966年文星書店出版）；一九七三年口述〈低年級兒童讀物的欣賞〉一文，由范清雄摘記，發表在《中國語文》雜誌。對於瑪霞・勃朗創作靈感，林海音整理為八點：對於某地方有興趣、看見一張畫、街頭巷尾偶見、觀察小孩子、回想起自己兒童時代的甚麼事、朋友們數說她們的孩子、書本裡讀到的神話民間故事、旅行等。見〈訪瑪霞・勃朗〉，《作客美國》（台北市：遊目族文化出版社，2000年重印），頁45-47。

《蔡家老屋》故事二個主要的場景在於晚上院子的大樹下和鄉下小鎮盡頭通往田裏路邊的蔡家紅磚樓房，故事中未具體出現但具有想像空間意涵的是表哥大學的畢業地點——省城。「紅磚樓房」為中國南方代表性建築，故事中應指涉台灣；「省城」非台灣對城市的在地語言，應為北京用語的指涉。《蔡家老屋》刻意淡化背景所在地，沒有具體地名，可以是任何想像中混雜了台灣閩客傳統建築與「中國」都會空間感的視覺畫面。英國學者夏普（Joanne P Sharp）對於地理學在後殖民現象中的混雜現象，提出混雜概念並非僅在於融合二種文化，也可以在差異中創造嶄新事物或提出「第三空間」（Third Space）的可能性，一種非中心或邊陲，內部或外部的世界，彷彿位於兩者兼具的空間，去除了二元主義的可能。同時夏普分析印度裔英國作家魯西迪（Salman Rushdie）作品，認為故事中指涉了兩種特定文化而為讀者創造出一種混雜感：有時在文化之內而有歸屬感，有時在另一文化之外而覺得被排除在外，於內於外都像一位移民者。[20]《蔡家老屋》故事的台灣建築與北京對省城的語言指涉，因此創造了林海音想像中二個故鄉兼具的第三空間，在這想像空間裏，讓大陸遷台或台灣在地讀者分別產生不同的歸屬與親切感，又同時居於林海音的背景位置——移民者。

　　除了具體書寫的地理空間意涵，筆者將從另一個面向

---

20 Joanne P. Sharp著，司徒懿譯：《後殖民地理學》（新北市：國家教育研究院，2012年2月），頁182-186。

指出台灣與北京空間文化帶來的「鬼故事」文本書寫形式與分析。

學者范銘如在《文學地理——台灣小說的空間閱讀》導論提到在文學批評領域中傅柯（Michel Foucault）認為我們的生命、時代和歷史的行進都必須在居住的空間上發生，並延伸以法國思想家列斐伏爾（Henri Lefebvre）的空間三元論（Trialectics of Spatiality）深入說明空間理論：由「空間實踐」、「空間再現」與「再現空間」三者形成的空間辯證關係，空間實踐指社會活動在空間形式裏的實踐，空間再現為透過專業知識來規劃理性的概念性空間，再現空間則透過意象或象徵，直接生活出來的空間；從傅柯到列斐伏爾表達了空間與歷史的、文化的、政治的社會生產關係。[21]如同《蔡家老屋》北京、台灣不同地理空間實踐具有歷史的、文化的鬼故事書寫，林海音挪用北京／「中國」文人的鬼故事傳統，再現知識份子書寫格局，同時以鬼神祭祀的社會民俗活動，營造台灣的地理象徵與氛圍。

中國關於鬼的著作脫離國家與宗族，大約是從《楚辭》開始。文學評論者龔鵬程認為《楚辭》中的〈山鬼〉不屬於公眾，蘭心蕙質、鍾情於書生，認為是中國後世花妖、女鬼等筆記小說的原型，這類型的女鬼也多讓人又愛且敬、性情芳潔。[22]《蔡家老屋》女鬼蘭姑娘個性溫柔美麗，鍾情於讀

---

21 范銘如：〈導論／看見空間〉，《文學地理——台灣小說的空間閱讀》（台北市：麥田出版社，2008年9月），頁15-40。
22 龔鵬程：〈若有人兮山之阿〉，《聯合文學》16卷10期（2000年），頁39-42。

書人蔡公公，芳潔而死；慶妹是一個健康、漂亮、乖巧、嘴甜、人見人愛的好孩子，大家都認為她會嫁個好丈夫，卻年輕夭折，大有婉惜未婚之意；杏花雖然做事不俐落，生了病也知道不能被蔡家送回貧苦的原生家庭，擔心因此造成父母負擔，個性讓人又愛又敬。[23]

《蔡家老屋》故事中因為蔡家人常在半夜裡聽見有人在房子裏走來走去，蔡家推斷是鬧鬼，但是哪一個鬼卻有幾個不同的傳說：一個是蔡公公年輕時到省城念書認識的蘭姑娘。當時蔡公公和美麗又溫柔的蘭姑娘偷偷結了婚，過了幾年蔡公公奉父母命令回鄉結婚，卻仍不敢說出和蘭姑娘在一起的事情，之後聽說蘭姑娘憂鬱而死，蔡家鬧鬼後，蔡公公因為書桌上的花生殼被收拾了[24]，房間又響起走路聲，而想

---

[23] 相對於中國文人對女鬼的形象的塑造，台灣的鬼則多和移墾社會有關。漢人拓墾台灣初期，環境惡劣，加上律法不彰，疾病與盜匪盛行，常有死於非命者。劉還月整理台灣早期的鬼類型，提出自然鬼（如魔神仔）、孤魂（如好兄弟）、野鬼（分成作弄別人的鬼與屬鬼23），台灣鬼似乎有較強的男性傾向，女性鬼多作為依附在男鬼身旁如有應媽與有應公，單一女鬼多祭祀在姑娘廟或透過冥婚習俗入祀安頓。以上資料來源：劉還月：〈人鬼原是一家親〉，《台灣文藝》新生版第3期（1994年），頁45-51、林美容：〈鬼的民俗學〉，《台灣文藝》新生版第3期，頁59-64。

[24] 林良曾為文林海音台灣居家生活中，丈夫書桌上留有夜裡沒吃完的花生米，林海音稱為「和老鼠共食的花生米」，林海音收拾書桌的故事發表在〈書桌〉一文。《蔡家老屋》蔡公公夜裡書桌上留有花生殼，蔡公公以為鬼妻蘭姑娘收走，其實是老鼠吃掉了。鬼故事和林海音生活故事略有雷同。見林良：〈活潑自然具風姿──談林海音的散文〉，《寫在風中》（台北市：遊目族文化出版社，2000年5月，未標示頁數；林海音：〈書桌〉，《英子的鄉戀》（台北市：九歌出版社，2003年12月），頁17-23。

起了蘭姑娘,最後蔡公公為蘭姑娘立了牌位,供在祠堂;第二個是蔡家鄰居慶妹。慶妹是一個人見人愛的好孩子,蔡家姑姑則驕傲、不理睬人、善妒,不喜歡慶妹。一次慶妹到蔡家井裏打水,被蔡家姑姑大聲一喊,身體失去平衡掉到井裏死了。蔡姑姑因為衣服放在床邊凳子上,隨著走路聲被拖到樓下,蔡姑姑因而認為慶妹泡在井裡太冷,變成鬼拿蔡姑姑衣服穿,蔡家為慶妹燒了紙衣,請道士作法將魂引回慶妹的家;第三個是蔡伯母陪嫁的丫頭杏花。杏花做飯、洗衣、到廚房偷東西吃常挨蔡伯母罵,十六歲的杏花因此生病,送回原生家庭後不久病死。因為鬼常在廚房撒得滿地飯菜或摔碎碗盤,像笨手笨腳的杏花,蔡伯母因此認為鬼就是杏花,於是準備豐盛飯菜祭供杏花。蘭姑娘和蔡公公、井邊打水的慶妹、負擔家務又被嫌棄的杏花,在林海音對兒時北京的回憶《城南舊事》[25]惠安館的瘋子秀貞和思康私訂終身後,思康被父母召回家鄉,一去不回、常在井邊打水,冬天穿薄衣的好友妞兒,可愛、乖巧、大方卻總被父母嫌棄,這些北京角色似乎成為《蔡家老屋》女鬼人物的雛形。

　　角色之外,對於鬼屋與聽鬼故事的場景,也在《城南舊事》〈我們看海去〉和北京版《城南舊事》序中再現。〈我們看海去〉提及英子家斜對面的空房子鬧鬼。在北京版的序[26]中,林海音曾自述一九五一年寫的〈憶兒時〉:

---

25 林海音:《城南舊事》(台北市:格林出版社,1999年,2004年十六刷)。
26 林海音文:《林海音研究論文集》(北京市:台海出版社,1963年)。

> 記得小時候在北平的夏天晚上,搬個小板凳擠在大人群裡聽鬼故事,越聽越怕,越怕越要聽。

《蔡家老屋》故事的第一段,林海音寫著:

> 夏天的晚上,坐在院子的裏的大樹下,聽叔叔、嬸嬸、舅媽們講故事,是我們最高興的事了。

鬼故事隱涉著對北京的懷舊與童年經驗。

　　然而台灣的現實生活經驗,也揉雜在《蔡家老屋》的鬼故事內容。林海音在《兩地》台灣民俗雜輯〈燒金〉一篇,寫了一個外省人在台灣買錯紙錢,又燒錯紙錢,事後才真相大白的故事,林海音在隨後內容中很仔細的介紹了台灣人祭祀「燒紙」的規矩。《蔡家老屋》蔡家姑姑為了平息女鬼慶妹的騷擾,燒了糊了紙的冥衣給慶妹,並且請道士作法,將井邊的慶妹請回家去,表現台灣民俗行事。

　　《蔡家老屋》實際場景與地理空間混雜林海音的台灣生活與北京記憶,將北京地理名稱抹去,模糊地點的指涉,因為台灣與北京一起呈現在故事中而讓渡海來台或台灣本地讀者有親切的感受,然而透過互文與分析,發現中國文人書寫傳統與林海音北京的記憶歷史才是貫穿全文的核心表現,也就是在北京與台灣的地理混雜中,北京仍然具有文本內涵上的優勢地位。

## (二) 傳統與現代新文化交織

林海音在寫作歷程自述，五四新文化運動影響下，對於新舊女性生活的關注與表達：

> 在中國新舊時代交替中，亦即五四新文化運動時的中國婦女生活，一直是我所關懷的，我覺得在那時代，雖然許多婦女跳過時代的這邊來了，但是許多婦女仍留在時代的另一邊沒跳過來，這就會產生許多因時代轉型的故事……。[27]

六〇年代出版作品如《城南舊事》（1960）、《婚姻的故事》（1963）、《燭芯》（1965）、《兩地》（1966）等[28]中短篇小說合集或散文，展現了對傳統與新文化女性的關懷。梅家玲認為這一系列文字背景多數回到北京，童年、女性、婚戀為敘事主軸，也因此確立林海音在台灣文壇的書寫特色。[29]閻純德認為林海音小說再現二十世紀二〇至五〇、六〇年

---

[27] 林海音：《寫在風中》（台北市：遊目族文化出版社，2000年重印），頁207。

[28] 依據國立台灣文學館出版之《台灣現當代作家研究資料彙編——林海音》作品整理。其中包含常被研究者討論描述新舊女性生活的短篇小說，如〈蘭姨娘〉、〈惠安館〉、〈婚姻的故事〉、〈燭芯〉、〈金鯉魚的百襉裙〉等等。

[29] 梅家玲：〈女性小說的都市想像與文化記憶——林海音與凌淑華的北京故事〉，《台灣現當代作家研究資料彙編——林海音》（台南市：國立台灣文學館，2011年3月），頁243-264。

代中國女性悲慘命運的側面,刻劃最好的是傳統女性形象,控訴的是封建勢力對女性的殘害;[30]陳碧月認為,林海音對於小說人物不帶任何批判,正是留給讀者思考、作者無聲的控訴與抗議,呈現了顛覆父權傳統的意義。[31]葉石濤提出在新舊思想交替,林海音深度刻畫時代女性內心的奧秘和絕望,成功雕塑鮮明的典型,然而對溫和人道主義、傳統道德戒律人性、語言與方法等的固守,使得作品走向「公式化」。

除了刻劃傳統女性的成功,與「公式化」形成的女性角色與技巧的「典型化」;從創作手法來看,多位學者闡述林海音傳統女性角色刻劃「典型」與五四女作家寫作的傳承有關並說明隱含的女性意識:彭小妍認為林海音傳承五四女作家擅寫婚姻故事與小品文傳統,文中見證時代的性別、政治、歷史暗潮;[32]范銘如則認為林海音代表台灣五〇、六〇年代京派文學的寫作傳承,呈現表面的台灣在地細膩描寫,其實是傳遞女性書寫身邊瑣碎事的正當性,為林海音女性書寫意義的政治性找到著力點;[33]梅家玲提出林海音作品與京

---

30 閻純德:〈林海音的歷史地位──文學史的考察〉,《霜後的燦爛──林海音及其同輩女作家學術研討會論文集》,頁141-145。

31 陳碧月:〈林海音小說的女性自覺書寫〉,《霜後的燦爛──林海音及其同輩女作家學術研討會論文集》,頁50-51。

32 彭小妍:〈巧婦童心──承先啟後的林海音〉,《台灣現當代作家研究資料彙編──林海音》,頁157-161。

33 范銘如:〈京派‧吳爾芙‧台灣首航〉,《台灣現當代作家研究資料彙編──林海音》,頁227-242。

派五四女作家凌淑華作品相似中的相異性,相似處在於同樣以女性視角的個人文化記憶與想像,巧妙覆蓋家國政治動亂的喧擾。[34]

葉石濤以《綠藻與鹹蛋》為例提出林海音兒童文學由其女人與婚姻主題繁衍出來,儘管手法與情節翻新,仍以成人文學的舊軌跡出現。[35]

因此,筆者以兒童文學《蔡家老屋》子敘事呈現的三個女鬼故事,也就是三段女性生命史與林海音女性文學的學者研究成果作比較分析,提出《蔡家老屋》女性典型與六〇年代作品的相似性,在於反應五四新文化與傳統文化時代交替間女性的掙扎與絕望,不同處在於五四新文化僅成為一種大時代表象,其實作者站在認同生活中實實在在現身的傳統女性的一方。同時也可以讀出運用兒童文學鬼敘事的安心結局,使得女鬼力量在現世獲得象徵性補償。

五四新文化運動為依據西方天賦人權、自由平等的理性原則下期望建立的理想社會,婦女人格獨立與男女平等的追求,成為當時文化菁英們關懷重點之一,提倡女子教育、社交公開、經濟獨立、婚姻自主、小家庭制度、破除貞操觀念、廢除奴婢制度,鼓勵婦女走出家庭等婦女解放運動等目標。[36]

---

34 梅家玲:〈女性小說的都市想像與文化記憶——林海音與凌淑華的北京故事〉,《台灣現當代作家研究資料彙編——林海音》,頁243-263。
35 葉石濤:〈林海音論〉,《台灣現當代作家研究資料彙編——林海音》,頁149。
36 嚴昌洪:〈五四運動與社會風俗變遷〉,《五四運動八十周年學術研討會論文集》(台北市:國立政治大學文學院,1999年4月),頁669-685。

《蔡家老屋》第一段子敘事，蘭姑娘與省城讀書的蔡公公自由戀愛後結婚，但是蔡公公仍依照父母命令回鄉與別人結婚，在蔡公公一去不回之下，蘭姑娘抑鬱而終。蘭姑娘與蔡公公間的自由婚戀顯示兩人的新思想，然而蔡公公回鄉奉父母命結婚、蘭姑娘的抑鬱死亡又代表兩人在舊社會制度下的被動、軟弱與無力，新思想如同省城作為一種進步與科學的潮流地標，淪為一種表面的宣示，不如鄉下傳統觀念與社會制度帶來的實際生活實踐的能動性。

　　第二段子敘事，人見人愛、被認定會嫁個好丈夫的好孩子慶妹，在蔡姑姑的呎喝下，在井邊失足而死。台灣六〇、七〇年代對好孩子有較多的著墨與期待的政治性，[37]而故事中好女孩最終的目的在於嫁個好丈夫，回歸家庭並非成就個人[38]，反應中國傳統女性「從父、從夫、從子」的倫常觀念。

　　第三段蔡家伯母奴婢杏花，不受伯母喜歡，因折磨而生病，百般不願意拖累原生家庭下，仍在送回原來家庭後病死。杏花代表了女性從一個家庭到另一個家庭的依賴與保護，與家庭一體的社會關係，甚至生病死亡也不應拖累原生家庭的美德，一種為家庭著想、付出、做好家事的要求仍在故事中被期待著，不然會遭受不堪下場的懲罰。女人作為奴婢角色，正好是女人與家庭間密切關係表現的一種極端。

---

37 吳玫瑛：〈言說「好孩子」與男童氣質建構——以《阿輝的心》和《小冬流浪記》為例〉，《中國現代文學》第13期（2008年），頁65、63-80。
38 依吳玫瑛研究當時的兒童文學作品，以男孩為主角文本提出好男孩要認真讀書，隱含著對個人發展的勉勵與期待。

從這三段故事來看,《蔡家老屋》揭露三種女性角色在傳統社會中的困境,然而揭露問題是否等同控訴或反對?還是傳統文化觀念的認同與複製?值得進一步深思。

　　林海音曾自述「我和我國的五四新文化運動,幾乎同時來到這世上,……所以那個改變人文的年代,我像一塊海綿似的,吸取著時代的新和舊雙面景象,飽滿得我非要藉寫小說把它流露出來不可。」[39]五四新文化運動發軔於一九一九年外交上巴黎和會失利,產生的「五四北京學界全體宣言」,從「外爭主權,內除國賊」表達對帝國主義與政府外交積弱的不滿與抗議,演變成當代中國新文化運動。提出「德」、「賽」先生口號,代表中國政治與社會問題的癥結與朝向自由民主、科學努力的二個目標。[40]就林海音身世而言,林海音出生於一九一八年,五歲時隨父母到北京定居。「在這裏那裏,我常會看到大學女生,穿著和舊式婦女不同的衣裙,梳著膨鬆的髮髻;舊式婦女(像我母親)可還要梳用髮油抿得光光的元寶髻。」小學三年級(1927)時林海音提到對北京新舊式髮型的觀察,當時學校班上、街上剪辮子的女人不多,文華閣剪辮子的師傅給女學生及林海音剪的是當時上海流行的半破兒。[41]也就是說,以新舊式髮型的社會

---

39 林海音:《寫在風中》,頁206。
40 唐啟華:〈五四運動與1919年中國外交之重估〉,《五四運動八十周年學術研討會論文集》,頁63-84、高永光:〈從「五四」對德先生的追求論當代中國的民主發展〉,《五四運動八十周年學術研討會論文集》,頁15-16。
41 林海音:《寫在風中》,頁206,《兩地》,頁26-37。

風氣為例,在一九二七年林海音意識到對髮式時尚代表的新舊社會文化觀察時,五四社會風氣可能已經流於表面,如同髮型的新文化意含已經轉型為當時的流行意義。洪喜美在〈五四前後婦女時尚的轉變——以剪髮為例的探討〉一文,認為剪髮被視為五四女性解放、鬆動父權體系「三從」意義的象徵,廢除妝飾便於從事社會工作,然而在一九二四年前後由上海開始擴及到其他各大都市的新髮式已經作為一種時尚與美容心理需求的質變,不同於男女平權意義。[42]高永光更進一步提出,五四時期對於自由民主的討論是較為空泛的,除了國外思想引介多集中在馬列等社會主義,對於西方民主自由思考的不夠紮實,同時西方資本主義條件下產生的自由民主本質,與當時中國體質沒有強烈的資產階級並不吻合,中國當時沒有移植西方自由民主的條件,五四新文化落實在生活上的實質性讓人懷疑。[43]林海音童年在北京意識到的五四新文化思潮若就今日觀點來衡量,似乎處於新文化的表層與質變階段。這就不難說明,為何林海音終於把醞釀很久的二、三〇年代北京人物、故事呈現出來時,仍舊傳達了對北京生活中同學母親的丫頭身分、自己母親姨娘身分與婆婆家庭的姨娘生活、保母宋媽等等舊時代女性的深刻立場與

---

42 洪喜美:〈五四前後婦女時尚的變革——以剪髮為例的探討〉,《五四運動八十周年學術研討會論文集》,頁279-301。另,見林海音文,徐素霞圖:〈文華閣剪髮記〉,《英子的故事——城南舊事外傳》(福州市:福建少年兒童出版社,2017年5月)。

43 高永光:〈從「五四」對德先生的追求論當代中國的民主發展〉,《五四運動八十周年學術研討會論文集》,頁15-33。

認同。如林海音所說:「我在下意識確是如此吧,因為我對『沒跳過來』的舊女性,是真的有一分敬意呢!」。[44]

筆者認為,同樣創作於六〇年代,書寫五四新舊時期女性命運的兒童文學《蔡家老屋》,似乎透露掩蓋在已淡化的五四時期新思潮下的林海音,其實生活在親自經驗的傳統女性命運對她影響更大,透過書寫傳遞對傳統文化觀念的認同與複製。

至於女鬼的補償性書寫,將於下一小節論述。

## (三)女鬼的性／別書寫

黃盛雄從《聊齋》女性力量的研究,認為大多在於中國女性利他與謙和,在柔和迂迴的處事態度下不知不覺成為主宰的角色。[45]《蔡家老屋》蘭姑娘為了成全蔡公公家族婚姻制度而委屈抑鬱,蔡公公因此心生愧疚;慶妹溫和美好仍和驕縱的蔡姑姑打招呼,在蔡姑姑斥責聲中不幸落入井裏,蔡家姑姑的主動、強悍,對比慶妹必須到蔡家打水的弱勢、和順,慶妹因為受到同情而更具力量;杏花丫頭在蔡家工作,位階弱勢又逆來順受,工作做不好屢遭蔡家伯母嫌棄,生病後被強行送回原生家庭,又不願意以病體連累經濟弱勢的父母。杏花工作艱辛仍然持續,生病也不願意回原來的家,對原生家庭的利他精神發揮到了極致,蔡家伯母的強勢位階因

---

[44] 林海音:《寫在風中》,頁206。
[45] 黃盛雄:〈《聊齋》女性的主宰力〉,《台中師院學報》第11期(1997年),頁52-70。

而成為一種非戰之罪，卻必須承擔下來。蔡公公、蔡家姑姑和蔡伯母的內疚來自於三位女性因他們而抑鬱或意外死亡，雖然不一定是直接的責任，但卻因他們造成的是具有中國女性利他與柔順的女人的死亡，而非失德女人的死亡──更顯現出事件的悲劇性格與責任。三位女鬼因此產生傳統社會制度警惕的教育意義之外，同時又複製與再教育傳統女性美德。

　　三位女性因為美德極致而死亡，成為女鬼後產生的力量反而讓現實生活中具有強勢位置的人產生驚嚇，透過反省與一連串安撫女鬼的法事，如將蘭姑娘迎回蔡家祠堂、燒給慶妹紙糊的衣服並請她回家、滿桌的飯菜祭拜杏花等，給予女鬼如現實生活中一般的補償與待遇，同時也補償了當事人的歉疚，讓兒童讀者安心。

　　然而女鬼在鬧鬼事件中對現世活人的嚇阻與教育力量，受到省城大學畢業表哥的抓鬼行動挑戰，當事實揭露的那一剎那，三個女鬼似乎成為南柯一夢，分別消逝在個人過去的歷史記憶中，對現實生活也不再具有意義。省城表哥帶著「我們」這些小朋友的抓鬼行動和故事一開始，「我們」在大樹下聽鬼故事的現實聯結，女鬼故事則是大人們對過去的「傳說」與「記憶」，「現實」生活與傳說、記憶的失真，加強了「大表哥」與「女鬼」身分的可信與不可信。現實、大表哥、省城、大學畢業，對比於傳說、個人記憶、歷史的、田邊小路大樹等鄉鎮的。女鬼，構成了二組符號的二元對立，男與女、科學與迷信、現世與過去、城市與鄉鎮等等，

顯然故事中男性科學的更具有優勢[46]。

《蔡家老屋》看似書寫台灣的兒童文學作品，仍含括台灣／北京兩地的時間與地理想像、女性關懷議題，其中台灣／北京、傳統／新文化女性、男／女的兩兩呈現給予各種地理空間、文化時間、性別讀者親切性，親切中也產生讀者投射進入作者位置而產生現實與過去記憶、台灣的與中國的、男性與女鬼角色兩兩游移的感受。然而游移中仍呈現了北京、傳統舊社會女性、男性父權的優位性。

## 第二節　左手編輯，右手文學：潘人木從「兩地」流動認同到何處是家？

潘人木，原名潘佛彬（1919-2005），筆名各取佛彬兩字偏旁，[47]籍貫遼寧。一九四九年十二月遷台，一九五二年發表抗戰「傷痕」文學《漣漪表妹》，[48]一九五四年發表《馬蘭自傳》，兩篇小說連得中華文藝獎金委員會長篇小說大獎，奠定

---

46 雖然現世的書寫，時間似乎指涉台灣，但是故事中刻意模糊的地點，與北京回憶引發為故事中的現世，難以區分為男性、科學、現實等符號與台灣的聯結。

47 王琰如：〈左右開弓一能人——記手執兩隻彩筆的潘人木〉，《台灣現當代作家研究資料彙編——潘人木》（台南市：國立台灣文學館，2012年3月），頁119。

48 王德威：〈《漣漪表妹》——兼論1930-1950年代的政治小說〉，《台灣現當代作家研究資料彙編——潘人木》，頁157。

台灣文壇地位。[49]一九六四年聯合國兒童基金會和台灣省教育廳合作，成立兒童讀物編輯小組，潘人木從一九六五（或六四）[50]到一九八二年擔任兒童讀物編輯小組編輯，到總編輯，主持編輯工作達十七年，編輯約四百多本《中華兒童叢書》、十一本《中華幼兒叢書》、規劃台灣第一套《中華兒童

---

[49] 林武憲：〈縱橫於小說與兒童文學之間——潘人木研究資料綜述〉，《台灣現當代作家研究資料彙編——潘人木》，頁91。

[50] 一般咸認為潘人木為一九六五年開始擔任兒童讀物編輯（見林武憲、嚴淑女、林文寶與趙秀金、洪曉菁訪談潘人木資料等），若依當時省教育廳第四科科長陳梅生自述，一九六四年成立編輯小組執行，分為文學、營養、科學三類，彭振球為總編輯，林海音為文學類編輯，林海音介紹潘人木，接任科學類編輯，插畫（美編）由曾謀賢先生擔任，三個月的時間，編輯人數找齊。一九七一年接任美術編輯的曹俊彥於一九六四年秋初次拜訪編輯小組，提出當時辦公室內五位編輯分別為，總編輯彭振球、文學類林海音、科學類李文濱、健康營養類潘人木，美術編輯曾謀賢。曹俊彥提供時間與主事陳梅生資料時間接近，若加上一九六四年擔任文學主編的林海音於一九六五年四月辭職，由潘人木接手。似乎可以推論潘人木應為一九六四年即開始擔任兒童讀物編輯，進入兒童文學領域，以營養類主編做為起始點。然而潘人木受訪時提出一九六四年成立編輯小組，科長陳梅生邀約他擔任兒童讀物小組編輯，期間曾創作營養類兒童作品，一九六五年正式進入小組工作，後來接任林海音文學類編輯。潘人木本人口述，成為後人引用年代標準。而主管單位與曹俊彥口述的一九六四年或者當事人口述的一九六五年進入兒童文學領域，似乎成為待考證的數據。另外，參考林海音資料顯示一九六四年林海音即擔任文學類編輯，支持陳梅生口述年代。引用資料：陳梅生口述：《陳梅生先生訪談錄》，頁242-243；曹俊彥：《雜繪》（台北市：信誼基金會、毛毛蟲兒童哲學基金會，2011年7月），頁104-105；林良：〈林海音先生和兒童文學〉，《中華民國兒童文學學會會訊》18卷1期，頁4-5；洪曉菁：〈兒童文學的長青樹——潘人木專訪〉，《兒童文學工作者訪問稿》（台北市：萬卷樓圖書公司，2001年6月），訪談時間1999年3月16日，頁28-40。

百科全書》。[51]並創作五、六十本兒童文學作品[52]，包括文學類、科學類與健康類，包含兒歌、圖畫文字故事書、翻譯等，為兒童文學重要推手。[53]一九八六到一九八八年、一九九四年也分別主持美國世界百科公司《親子圖書館》套書、光復書局《幼兒成長百科》等總編輯或總監修。一九八〇年代開始，再度創作小說、散文等成人文學。[54]

兒童讀物編輯與為兒童創作，為潘人木對兒童文學兩大貢獻。以下將就這兩部份來談。

## 一　國際與台灣的全方位編輯之眼

嚴淑女指出擔任總編輯工作，除了需要有理念作為給予孩子的作品方向，還需要具備管理、企劃、人脈等條件。管理指管理相關行政事務及人員，企劃為「選擇與決定出什麼書」[55]，人脈則指適當的創作者與譯者等。[56]潘人木從接任中

---

51 嚴淑女：〈論潘人木先生的編輯理念對台灣兒童文學發展的影響〉，《資深兒童文學家——潘人木作品研討會論文集》（台北市：中華民國兒童文學學會，2007年2月），頁35。
52 謝武憲認為潘人木創作筆名三十多個，創作超過110本。林武憲：〈縱橫於小說與兒童文學之間-潘人木研究資料綜述〉，《台灣現當代作家研究資料彙編——潘人木》，頁99。
53 李瑞騰：〈前言〉，《資深兒童文學家——潘人木作品研討會論文集》，頁2-3。
54 張素貞：〈人前亮三分的生命之歌——潘人木後期文藝創作〉，《台灣現當代作家研究資料彙編——潘人木》，頁257。
55 嚴淑女：〈論潘人木先生的編輯理念對台灣兒童文學發展的影響〉，《資深兒童文學家——潘人木作品研討會論文集》，頁39。

華兒童叢書營養類、文學類編輯之後,一則由於資金來自聯合國兒童基金會及孩子們每位收取一元的費用,二則七一年後,雖沒有聯合國資金挹注,每位孩子每學期收取十元[57],書籍配送對象以學校班級為主,大致上沒有銷售營收等壓力,相對專注在企劃與創作者的尋找。同時七一年退出聯合國後,由於經費使用在書籍製作上,人力僅剩文學類編輯潘人木及美術編輯兩人,少了總編輯與聯合國的審核,中華兒童叢書「選擇與決定出什麼書」、「找哪些創作者創作」,文學編輯時代的潘人木可決定的書籍內容及創作者範圍相當大,至一九七九年潘人木才因百科全書企劃擔任總編輯。

從第二期中華兒童叢書的選書,文學、科學、健康三類,已經開始出現提供孩子世界觀與台灣原住民的作品,前者如鍾梅音《泰國見聞》,後者兩集分別為陳天嵐、包可嵐文,呂游銘、顏水龍圖《山地神話一》、《山地神話二》,雖然仍是漢人創作,但在圖像表現上已經納入台灣繪者詮釋台灣早期移民文化。如同潘人木所言:「從我住在台灣以來,一直到我後來進編輯小組,我就注意到這件事,所以編了好多本本土的書。」[58]潘人木有意識的將「台灣」以早期移民

---

56 嚴淑女:〈論潘人木先生的編輯理念對台灣兒童文學發展的影響〉,《資深兒童文學家——潘人木作品研討會論文集》,頁38-39。
57 陳梅生資料提及十元,潘人木口述資料五元。見陳梅生口述:《陳梅生先生訪談錄》,頁242-243;洪曉菁:〈兒童文學的長青樹——潘人木專訪〉,《兒童文學工作者訪問稿》,頁33。
58 洪曉菁:〈兒童文學的長青樹——潘人木專訪〉,《兒童文學工作者訪問稿》,頁38-39。

者、二戰後移入者的觀點，透過不同創作者的文筆表達出來。

第三期中華兒童叢書，從一九七六到一九八一年書籍書版，當時台灣處在台美斷交，國際局勢動盪飄搖，編輯叢書多由國家認同著手，同時仍有國際與台灣關懷的選書，創作者多為教育廳主辦的「兒童讀物寫作研習班」出身的學員，且在兒童讀物文字與插畫創作人才短缺時代，創作者已不分省籍，而以學員及編輯的「人脈」為主。當時以愛國建立國家認同書籍，如李麗雯[59]等文，周浩中等圖，講述英美百科全書愛國故事的《愛心信心決心》[60]；孟瑤的中華民國在台灣《中華民國》；向培良、楊恩生等文，講述國旗的象徵由來、九一八事變到戰後中美斷交間愛護國旗，並重申我們不是「日本人」、「共匪」而是中華民國國民的《國旗的故事》；鄭湘石文，林順雄圖《烈士們》；羅秋昭文，林順雄圖《抗日英雄羅福星》等，以文學類故事，國小高年級作為主要的國家處境與兒童國民生活範例。中低年級的孩子，則以民間故事強化民族文化的認同。

第四期中華兒童叢書[61]，一九八二年到八六年出版，八二年潘人木離職，但是自製出版圖書，編輯業務通常在出版前已經企劃、執行。因此在潘人木與之後編輯的銜接期間，我們已經可以看到如八二、八三年，林鍾隆《可敬可愛的楊

---

59 潘人木筆名。
60 中華兒童叢書以自製為主，避免翻譯作品。聯合國審查人員撤出後，《愛心信心決心》為罕見翻譯書，可見編輯權力相當大。
61 分類書目參考林文寶、趙秀金《兒童讀物編輯小組的歷史與身影》。

梅》、陳千武《富春的豐原》、鍾鐵民《月光下的小鎮——美濃》、鍾肇政《茶香滿地的龍潭》[62]、《第一好，張得寶》[63]等台灣代表性創作者為兒童書寫。

以中華兒童叢書編輯方向舉例，大概可以見到潘人木編輯內容的幾個特色：具有時代性，系列性企劃書籍，國際介紹、中華民國在台灣、台灣在地文化等。潘人木認為是「前瞻性」與「一套的計劃」[64]。如同潘人木自述編輯理念：

> 很多人認為童書必須迎合小孩的興趣，但我認為編輯兒童讀物有二個方向，第一要有趣味，也就是看他們要的是什麼；第二就是看應該給他們什麼，他們應該要知道什麼，並不是百分百迎合他們的興趣，因為我們要給小孩的東西是由大人來決定的。[65]

創作者挖掘則以「人脈」為主，不分省籍。潘人木觀點中，兒童讀物的創作可能較成人白話文學更為困難些，[66]有基礎的作家，了解兒童讀物寫作原則即文字與語言、兒童心

---

62 以上為高年級類文學書籍。

63 中年級文學書籍。

64 洪曉菁：〈兒童文學的長青樹——潘人木專訪〉，《兒童文學工作者訪問稿》，頁31。

65 洪曉菁：〈兒童文學的長青樹——潘人木專訪〉，《兒童文學工作者訪問稿》，頁31。

66 洪曉菁：〈兒童文學的長青樹——潘人木專訪〉，《兒童文學工作者訪問稿》，頁36-37。

理、情感表現與心靈互動等文學的質感，比較短的時間就可以轉換成為兒童讀物的語言。從台灣現有基礎作家開始創作，並且由語言與成人接近的高年級為對象創作，對於成人知名作家轉換對象書寫，可能較容易進入。

對於主題與創作者，潘人木認為仍是以「台灣本土化」的方式進行，例如，編輯兒童讀物來為台灣作一些事，潘人木同時認為「不用強調本土，我們只把我們的環境，我們的精神生活寫出來，就是本土。」[67]。

## 二 無所／不在[68]：潘人木作品的中國中介與模糊的台灣時空

生活在台灣，潘人木很早就注意到這塊土地，從第二期中華兒童叢書享有較大的編輯權力開始，創作人才不分省籍，逐漸增加台灣在地故事，並逐漸由在地作家書寫在地故事。另一方面，在創作與編制人才缺乏的年代，潘人木以各種筆名同時書寫大量低中高年級著作，低年級文學或科學類讀物，擅長以故事詩或者故事體書寫，高年級則多敘事散文。對於居住在台灣「鄉土」，也就是中華民國在台灣的意

---

67 洪曉菁：〈兒童文學的長青樹——潘人木專訪〉，《兒童文學工作者訪問稿》，頁38-39。
68 借用洪國鈞描述蔡明亮拍攝台北電影影片評論，其中洪國鈞對於從蔡明亮電影中台北的表述，與五、六〇年代女作家在八〇年代文學作品下的台北概念，有相似處。見洪國鈞著，何曉芙翻譯：《國族陰影——書寫台灣‧電影史》（新北市：聯經出版事業公司，2018年10月）。

識，和台灣創作者創作台灣「鄉土」，從創作中似有不同的詮釋。

潘人木認為把台灣的精神生活寫出來，自然就是台灣本土。然而七〇年代的鄉土文學運動，稍早移民台灣人的台灣「鄉土」與二戰後移民台灣人的「鄉土」顯然不同。對於同樣住在台灣這塊土地上，原來理直氣壯認為自己是台灣人的第一代移居台灣的外省人，是否開始產生認同的危機？在台灣有一群人認為二戰後的「台灣」人不是「台灣」人，而這些非台灣人記憶中的大陸已經面目全非，無法成為自己的家鄉。二戰後的女作家是否在七〇年代之後創作的懷鄉文學，其實藉由懷鄉來追悼自己「沒有」可認同的家？台灣已經「無所」，而記憶中的大陸家鄉已經「不在」？如同琦君在書信集中提到回鄉參加琦君文學館的成立，感慨家鄉已與兒時不同，「已經無景可寫」[69]。潘人木在純文學版《漣漪表妹》中的〈我控訴〉，控訴家人與家鄉面目已非，慘絕人寰。二戰後女作家在五、六〇年代擁有的中國／台灣兩地流動認同優勢，逐漸成為兩地，何處是家？這種認同流轉憂慮，似乎從潘人木書寫落腳在台灣的家庭故事，模糊的時間空間和不斷細細書寫已逝去的懷鄉散文已成印象中的家鄉景物，中介給外地人的超寫實風貌，可見一二。

潘人木兒童文學作品，一貫描寫中國的民俗文化，以重新改寫的方式，將中國的龍文化《龍來的那年》（1982，低年

---

69 李瑞騰、莊宜文編：《琦君書信集》（台南市：國立台灣文學館，2007年8月）。

級，文學類)、元寶／水餃文化《冒氣的元寶》(1968年，中年級，文學類)、牛郎織女的故事《放牛的孩子》(1980年，四年級，文學類)、兄弟分家，好心好報民間故事《神鑼》(1980年，低年級，文學類)、《放牛的孩子》(1980年，四年級，文學類，同前)等等傳統故事帶給孩子，除了趣味性，也不斷地加強中國的民俗文化印象。高年級則將敘事場景拉回到現實，內容仍帶有大陸民俗根源爬梳，如《郵政和郵票》(1980年，六年級，文學類)，《鈔票上的名勝古蹟》(1980年，五年級，文學類)。這些兒童文學作品，建立台灣即中華民國的明確意象。

另一方面，筆名王漢倬的潘人木，描寫一系列東北家鄉故事，已經成為細緻人物風俗的描繪，不再僅僅是懷鄉文學，還有將不再的記憶所在，介紹給包括孩子等異邦人的介紹性中介文學。筆者以王漢倬為筆名的作品及潘人木描寫台灣生活的〈老冠軍〉，分別舉例說明潘人木作品中家鄉成為一種如超寫實細細描摹、解釋性書寫，介紹給台灣兒童。台灣則是模糊時空，如同架空台北城景觀的書寫。兩種書寫表達了大陸與台灣，同是家鄉但又非家鄉，情感僅留存在過往的虛擬回憶和當下的距離。

七〇、八〇年以後的作品，《關東三寶》(1980年，五年級，文學類)，出生遼寧的潘人木首先描寫：

> 我國東北九省，也叫關東，是物產最豐富的地方。農產品像大豆、高粱，礦產像煤、鐵，在全世界都有

> 名。森林裡的木材，多少年都伐不完；河海裡的魚，多少年也捕不盡。[70]

東北家鄉似乎是一個物產豐饒，不虞匱乏的烏托邦。接下來，潘人木繼續描述：

> 可是一提到東北，……，最先想到的，常是一句話——關東城有三寶，人參、貂皮、烏拉草。這關東的三寶到底寶貴在什麼地方，我來說一說。[71]

敘事從第一人稱「我」切入，然而進入文章，以「他」第三人稱轉換敘事視角，「我」似乎在旁觀看，成為「旁觀者」／「他者」：

> 採參，東北俗話叫「放山」，也叫「挖棒棰」。……，領頭的人叫「山把頭」。……，在迷途的時候，他只要查看樹皮的陰陽面兒，就可以辨別南北。
> 挖人參要特別的小心謹慎。先要估量參苗的高矮，推測它埋在地下的根鬚長短，根鬚長的，要從很遠的地方開始挖，根鬚短的，可以在比較近的地方動手，這叫開土。開土以後，……，好保全人參的鬚根。中藥

---

[70] 王漢倬（潘人木）文，立玉圖：《關東三寶》（台中市：台灣省政府教育廳，1974年11月，1988年3月再版），頁3。

[71] 王漢倬（潘人木）文，立玉圖：《關東三寶》，頁3。

店裡所賣的「全鬚參」，就是這樣挖掘出來的。[72]

視角的轉移，也可能因為工作者並非「我」。從描述中可以感知作者相當熟悉環境、作物與內容。然而相當多的解釋與說明文字，形成一種與作者自身的距離，筆者初以為是科學類讀物：「客觀、細膩、完整描述與註釋」。余品慧認為，潘人木描寫過去童年的生活，總會詳實地將「該做什麼」、「該怎麼做」描繪出來，「潘人木總惦記著要將知識傳遞給孩子」。[73]筆者若從其他女作家在同一時期文藝政策與中華兒童叢書創作目標，描述家鄉兒童文學類作品觀察，以及潘人木為中年級書寫「人參」的同主題文學類作品分析，可能「傳遞知識」為表面作用，還有更深一層思考的可能。筆者想以二個作品為例說明，一為中年級文學類作品，《小紅與小綠》（1980年，五年級，文學類），另一為散文〈西紅柿〉（收入《看》，1976年，高年級，文學類）。

《小紅與小綠》講述小女孩小紅住在人煙罕見的山區，父親為採參人，工時很長，媽媽在家料理家務。九歲的小紅在家附近，總和小鹿、小兔一起玩，父母擔心老虎與野狼，總跟小紅交代當心老虎精與狼精扮人騙小孩、老虎和狼吃小孩。有一天小紅家附近出現了穿綠衣服的男孩小綠，兩人唱歌、共食、植栽、遊戲，非常快樂。然而媽媽只見到小紅一

---

[72] 王漢倬（潘人木）文，立玉圖：《關東三寶》，頁17。
[73] 余品慧：《「中華兒童叢書」插畫中的兒童形象研究》（台南市：國立成功大學藝術研究所碩士論文，2013年6月），頁54、53-57。

個人,並沒有見到其他小孩。爸爸於是讓小紅將紅線別在小綠身上,第二天一大早,由爸爸帶著一些人和槍,沿著紅線找小綠,發現小綠是千年參,挖出來後賣了好大一筆錢。父母很高興,但小紅從此失去了小綠這個朋友。一直到老,都還孤單的照顧和小綠一起植栽的植物。[74]潘人木將故事寫成民間傳說,成為大眾化的故事母題,與自己的私密關係,再度分割。[75]

散文〈西紅柿〉,或許可以更清楚連結台灣與大陸兩個家鄉認同的尷尬處境。潘人木描述小時候東北家鄉種植西紅柿,她和弟弟每天眼巴巴望著,略紅些就摘下吃了,現在愛吃西紅柿,也許有童年時代的感情,然而家園早已失掉。來到台灣後摘種西紅柿,剛開始枝葉茂盛,果實稀少,花開之後,果實很快就落了。再次種植,才得以嚐到血汗換來的果實,摘下來就吃,比遠道買來的,不甚成熟的味道不同。[76]

---

[74] 王漢倬(潘人木)文,立玉(曹俊彥)圖:《小紅與小綠》(台中市:台灣省政府教育廳,1980年11月,1988年3月再版)。曹俊彥曾經提及故事的來由為一九七三年,一位同鄉拜訪工作中的潘人木,聊起這個故事,而後由潘人木完成。見,曹俊彥:〈再現東方絕美經典傳奇〉,《小紅與小綠》(台北市:小魯出版社,2015年9月,2019年1月二刷)。無頁數標示。小魯版《小紅與小綠》為潘人木去世後,由沙永玲、潘人木女兒、當時編輯共同修飾出版。資料來源:2020年5月10日總編輯陳雨嵐臉書回應。

[75] 潘人木以王漢倬為筆名的東北作品,通常也是以「我」第一人稱進入故事,文中加入解釋等客觀性說明,又排除了「我」。可以見到潘人木書寫時「我」在其內,又在其外的尷尬性。

[76] 王漢倬文,蘇新田圖:〈西紅柿〉,《看》(台中市:台灣省政府教育廳,1976年12月,1986年5月再版),頁40-42。

以水果西紅柿連結兩個家鄉,「現在我愛西紅柿,也許有童年時代的感情,……,然而我的家園早已失掉,弟弟們久無消息,童年的事蹟不忍再回憶了。」[77]。原鄉已經不同,回不去也無法認同,台灣則需要多次嘗試才能建立理想家園,好比自己植栽和其他台灣販賣的西紅柿不同。

當然,筆者也不認為由此潘人木努力在台灣生活所建立的台灣認同等同於「鄉土運動」的台灣。歷史非突然冒出的結果,七〇年代鄉土意識也非突然出現。相對於潘人木細細描繪關東的兒文作品,她的台灣生活作品,顯得是另一種極端。〈西紅柿〉一文中提及第一次種植西紅柿失敗在清明節之後,除了台灣地區熱,導致無法結成果實,其他看不出任何台灣地點、時間,或者生活的描述,僅看到西紅柿的描寫。另一篇發表於七〇年代,描寫在台灣找家/房子的兒童散文〈老冠軍〉,同樣僅知道是學校發生的生活故事,為了在潘人木的先生任教學校爭取宿舍,吳先生眼鏡在意外沒有鏡片下,和其他爭取宿舍的教師們進行一場打靶比賽,吳先生和另一位同事同分,校長卻宣布吳先生獲勝,說明吳先生鏡片破碎但不失運動精神出賽而獲勝的原由。故事中無法辨認在台灣的哪個城市、學校詳細的地貌,時間僅知道夏天,是個仍有軍訓課的時代。[78]和稍後八〇年代散文合輯收羅女作家季季書寫台灣彰化的西螺大橋〈一條永恆的彩虹〉(收

---

77 王漢偉文,蘇新田圖:〈西紅柿〉,《看》,頁42。
78 潘人木文,沈鎧圖:〈老冠軍〉,《花環集》(台中市:台灣省政府教育廳,1974年4月,1988年4月五版),頁58-72。

入《永恆的彩虹》，1980年，六年級，文學類），描寫西螺大橋開放通車，當地人歡天喜地的以徒步、腳踏車、開車等集中在西螺大橋，好似辦喜事一般，看到當時當地庶民對現代化便利的歌頌，而當時在地人的交通工具與外地汽車的對比，感受到隱隱的城鄉差異。另一篇八〇年代發表，以家裡的〈木瓜樹〉（收入《青青草》，1980年，六年級，文學類）等台灣品種植物，在家植栽，生命力強韌，以及整個家人圍繞在木瓜樹的成長、死亡、再生，快樂與憂心。是否落實在台灣土地上的書寫，潘人木書寫東北／台灣，潘人木／季季書寫台灣生活故事，有相當不同的面貌。

從這些兒童文學舉例對照，可以發現潘人木七〇、八〇年代作品，配合國際情勢變動，編輯與書寫國家認同的書籍，提供兒童國民依循模範，建立兒童國民形象與自信心。回過頭來看見自己，原鄉不在，台灣家鄉視野仍侷限在物件或者家人，根未扎深。處在沒有「根」的「兩地」，何處是家？

## 第三節　傳記與日記之間的紀實文學——
　　　　　謝冰瑩的台灣兒童書寫

謝冰瑩（1906-2000），原名謝鳴岡，一九二六年第二次投考軍校時改名謝冰瑩[79]。一九二九年的《從軍日記》、一九三六年《一個女兵的自傳》出版，奠定在成人文學上的地

---

[79] 謝冰瑩：〈被開除了〉，《女兵自傳》（台北市：東大圖書公司，1980年10月，1985年9月再版），頁64-67。

位,台灣於一九五六年也出版《女兵自傳》及其他謝冰瑩傳記式散文、報導文學、小說及書信集。一九四五年抗戰勝利後,在漢口創辦幼幼托兒所,「我愛孩子的純潔天真,從事兒童文學寫作的志願,也是這個時候開始萌芽的。」[80]。來台後,一九五五年開始創作兒童文學作品,五〇、六〇年代創作量最多。五〇年代創作多以戰爭時的兒童、寓言故事、自傳性故事為主,六〇年代增加佛教故事、台灣孩子生活的長篇小說,以及給小讀者的散文集。在這些作品中,文類多元,地域涵蓋台灣、大陸以及無法標示地區的寓言故事。謝冰瑩自述:「今年我雖到了花甲之年,……,我計畫以十年功夫,來從事兒童文學研究和創作,希望在純潔的小朋友身上,散播優良的文化種子,才能使他們將來成為有用的人才。」[81]

在本章節中,筆者嘗試以謝冰瑩來台後書寫台灣孩子的少年小說《林琳》(1964)、《小冬流浪記》(1966)、短篇故事〈小孩與老牛〉(1963初版,1985修正四版),嘗試解析描述台灣的創作,提出謝冰瑩台灣少年小說中融入孩子在地生活的企圖與自己兩地生活經驗合一,以及從寫實出發仍嘗試建立良好的兒童國民態度重於生命的觀點,和書寫戰時故事典範兒童一致的教育性。

〈小孩與老牛〉為一九六三年收入佛教經典翻譯故事

---

[80] 謝冰瑩:〈參加抗戰〉,《我的回憶》(台北市:三民書局,1967年11月,2004年二版),頁11。
[81] 謝冰瑩:〈我的希望〉,《我的回憶》,頁15-16。

《仁慈的鹿王》的創作補遺。謝冰瑩附註說明為一九六三年春季,報載「小孩為父親賣牛而自殺」新聞的改寫。[82]一個不到十五歲,在梅山唸書即將畢業的小學生永宜,課餘協助家裡放牛,喜歡閱讀世界名著,立志多看書,把作文寫好,將來想成為作家,寫牛的故事。永宜從小放牛,和牛有深厚的情感,覺得牛是一種勤勞、要求少卻做得多的動物,他期待照顧老牛到死,為牠好好下葬。然而得知父親將牛賣給王聰明,父親認為牛是畜生,堅持賣牛,永宜懷疑賣了牛後,會讓老牛進屠宰場,牛已在家工作二十多年,應該如朋友般待遇。牛被賣掉後,永宜服農藥過多而死亡,當天晚上牛叫個不停,第二天也病倒流淚。鄉下的人們傳說,他們的感情很好,老牛不久大概也會死亡。這篇故事收在佛教故事的最後一篇,一方面似乎見證佛教對生命的觀點,另一方面,筆者想就故事的幾個層面來思考:

一則如同謝冰瑩的註記,這是一篇台灣六〇年代初兒童的社會新聞改寫,反映當時台灣孩子一面工作,一面較晚就學的生活樣貌,另外一方面孩子對朋友老牛的情與義、孩子對於父母的孝道間,謝冰瑩／新聞人物以生命之道順位優先,而非儒家對父母的孝道。第三則是,六〇年代即使孩子生活不盡如意,經濟可以窮困,工作可以勞苦,結尾還是會帶給孩子希望,死亡似乎是較少書寫的結果,除了戰爭或者為國犧牲。周芬伶談論謝冰瑩的兒童文學及其他作品後說:

---

82 謝冰瑩:〈小孩與老牛〉,《仁慈的鹿王》(台中市:慈明雜誌社,1985年2月修正二版),頁157-171。

「他從不創作虛假的故事,沒有經歷過的她絕對寫不出來,她認為這樣『沒有感情』。」[83]謝冰瑩書寫這則報導,是否孩子自殺新聞吻合表達佛家觀點、謝冰瑩的女兵生活的死亡生命經歷,或者謝冰瑩十、十一歲期間為了想進學校讀書反抗女孩子結婚、繡花命運的自殺經驗[84]?透過這則故事的書寫,謝冰瑩將皈依佛教,為佛教文學貢獻的期待、兒時追求自由的想望,寄託在台灣孩子現實生活。

另一個真人真事書寫的故事為五一年初遇到流浪到和平東路,由謝冰瑩安置的小男孩,六六年完成的少年小說《小冬流浪記》[85]。汪小冬(化名)七歲,山東人,住在台北違章建築裡,因為後媽毒打,常常逃家,經歷飢餓、露宿、被人口販子欺騙、進出警察局,但仍然問早問好有禮貌,不偷、不搶、不做壞事、獨立,想要進學校讀書,但也飽受人生閱歷的孩子,後來髒兮兮睡在和平東路牆角,被女兒發現,當時在師大任教的言太太(謝冰瑩化名)知道他的故事後,將孩子送往北投薇閣育幼院,到育幼院之前小冬還去親生母親墓前祭拜。言太太也通知小冬的父親和繼母,但小冬仍在育幼院就學到初中畢業。小冬數度逃家,經過的台灣地景從台北到新竹,但台北的流浪動線較為清楚:南門市場、

---

83 周芬伶:〈女性自傳散文的開拓者——謝冰瑩的散文研究與歷史定位〉,《台灣現當代作家研究資料彙編-謝冰瑩》(台南市:國立台灣文學館,2014年12月),頁132-134。
84 謝冰瑩:〈未成功的自殺〉,《女兵自傳》,頁24-28。
85 謝冰瑩:《小冬流浪記》(台北市:國語日報,1966年11月,1968年10月二版)。

植物園、仁愛路、六張犁公墓、台北車站、東門町與寶宮戲院、尚未遷徙的動物園及旁邊的兒童舊樂園，和平東路、北投等等，無法描寫的新竹地貌表示並非謝冰瑩的活動範圍。時間則從小冬七歲到進育幼院唸書，故事尾聲謝冰瑩於六五年五月完稿時紀錄「小冬在薇閣育幼院讀到初中畢業後，考入建國中學，因為家境不太好的緣故，他暫時沒有進大學，已經投筆從戎，分發到金門前線去了！」[86]如果故事外時間也包括進去，小說裡外的故事，長達約十年。謝冰瑩以前言書寫如何發現小冬，到小冬故事外的發展，加強了「真人真事」改編的故事可信度。故事可以看到當時外省人在台灣的經濟窘困生活，台北為較多人口聚集的中心地帶，無父無母孩子撫育的育幼院措施及販賣兒童人口等當時的犯罪現象。其二，小冬流浪時遇到的台北人，有本省籍和外省籍，同樣為生活忙碌，而小冬雖是山東人，在南門市場菜攤上夜宿時，聽到聲音，仍以河洛語大叫「甚麼郎？」一個半國語半河洛語的男聲回應「什麼郎？你的老子！」[87]雖然用文字難以描述河洛語傳神的發音，但謝冰瑩的文字仍嘗試表達在地性想像。其三，小說帶有相當多和謝冰瑩背景的相似性：數次「合理」的逃家、有禮貌與愛護動物生命、喜愛讀書、個性獨立、艱苦與飢餓的生活也堅持下去、投筆從戎等。謝冰瑩對小冬的教育與認同，在一次小冬為救鳥兒從樹上掉下來受傷，言太太的一番話：「小冬，你這顆救小鳥的心，多麼

---

86 謝冰瑩：《小冬流浪記》，頁306。
87 謝冰瑩：《小冬流浪記》，頁49。

善良,多麼仁慈。將來長大了,你一定會不顧自己的生命去救別人,為國家民族犧牲的。」[88]這句話既是描述小冬、教育小冬,也是經歷女兵生活後謝冰瑩的自身寫照與期許。[89]

描寫台灣香山、山東籍的小男孩故事外,謝冰瑩也描寫台灣在地閩南家庭女孩林琳的少年小說。小學六年級林琳原來有一個經濟吃緊但是完整的家,後來父親車禍去世、母親胃癌去世,林琳從品學兼優的學生,轉換生活場域,撿拾垃圾、洗衣服、預計賣血、寫稿件投稿、捐贈等各種方式取得醫治家中大人疾病,並維持自己和三個弟弟妹妹生計。後來因為記者聽說林琳賣血為醫治祖母與維持家庭生計,到林琳家採訪,語言不同請林琳擔任河洛語與國語翻譯,才揭示學業優秀、品德良好,貧苦,仍堅持生活下去的林琳為閩南家庭小孩。從林琳生活小說來看,台灣閩南及或者外省籍的孩子,似乎不是謝冰瑩關注的焦點,而是如何從艱苦的生活中有愛與良好品格的孩子。小說結果是,因為報紙刊登,引起獅子會關注,基於「孝心、品學兼優、能吃苦耐勞與努力上進,並在艱苦的環境中把一家重擔負擔起來」[90]而願意提供林琳唸書到高中的費用及醫治祖母醫療費一千元。以上大約就是謝冰瑩對於孩子品格教育認同的註腳。

---

88 謝冰瑩:《小冬流浪記》,頁288。
89 是否小說內容或精神也參雜著西方名著,謝冰瑩在文章中提過的「苦兒流浪記」?《小冬流浪記》大概就是謝冰瑩藉真實故事來虛構的台灣苦兒流浪故事。
90 謝冰瑩:《林琳》(台中市:台灣省教育廳,1974年4月,1988年4月四版),頁84。

學者吳玫瑛更進一步解讀「林琳」角色,提出林琳揉合了「純真」與「早熟」雙重指涉,除了因為飽經風霜後面臨生活困景展現的逆反精神與毅力的堅強意志,以及小說文本對「完美兒童」操弄的浪漫化傾向,這些來自矛盾的弔詭呈現成人潛藏的慾望,亦即「將兒童凝縮於純真的美好想像中,以此反指、映襯或凸顯社會制度,以及周遭(歷史、文化、政治等)的晦暗與不堪,或是相反地,以此營造進步社會的理想願景或烏托邦想像。」[91]

　　謝冰瑩自述求學時期曾在宿舍半夜被校長追著跑,原因在於閱讀。當時閱讀的書籍《悲慘世界》,謝冰瑩描述小說內容給校長:「作者描寫當時社會的黑暗;把好人和壞人做一個對照;可憐的孩子,沒有人照應,不給他受教育,是會被惡人帶壞的……。」[92],這本小說使她明白「天下沒有不勞而獲的事,只要肯努力,一定有收穫的,許多世界有名的作家,都是從艱苦的環境裡奮鬥出來的」[93]。這三本台灣孩子的故事,以經濟弱勢孩子為描述對象,透過艱苦環境而愛或成長,和謝冰瑩學生時期閱讀《苦兒流浪記》、《悲慘世界》等孩子的處境風格較為接近,謝冰瑩在戰時、來台初期也渡過相當艱辛的生活。因為從軍、求學,謝冰瑩流轉於各

---

91 吳玫瑛:〈「可愛的兒童像」?戰後邊台女作家少年小說作品中的童年純真論述〉,《主體、性別、地方論述與(後)現代童年想像:戰後台灣少年小說專論》,頁115-120。
92 謝冰瑩:〈偷讀〉,《我的回憶》,頁24-25。
93 謝冰瑩:〈偷讀〉,《我的回憶》,頁24-25。

個地區,容易接受不同地區的生活與民情,雖然仍希望回到故鄉,但也容易在台灣隨遇而安,以報導文學作家之眼,觀察台灣孩子的生活,並將自己經驗描寫進孩子故事裡。謝冰瑩文學建立在傳記和事件日記記錄之間,不論成人或者兒童文學,連小說也都有真實的模子,[94]與謝冰瑩自身的背景。

## 第四節　小結

　　若回到本章問題意識,相對於女作家在台灣文學作品評論,兒童文學又呈現怎樣的面貌?以此對照,王鈺婷整理各研究者總結戰後五、六〇女作家創作特色為:女作家創作台灣斯土斯民的生活形象,遠離政治權力,以異鄉書寫構築「兩地」情節的空間感等。從兒童文學來看,似乎有新的解讀。

　　潘人木以作為編輯的權力,為台灣兒童國民建立國家內外情勢動盪時的態度與自信心,以另外一種方式介入台灣認同;謝冰瑩的台灣兒童書寫,並不以族群或者兩地作為書寫標的,而以孩子品格、愛的教育與社會影射,建立兒童國民模範型態;林海音則以對照式書寫,形成對兩地認同的流動與分裂。當然,三位女作家作品不僅僅以上分析的例子,仍有大陸懷鄉的兒童文學作品。筆者僅舉出部分關於書寫兩地、中國認同下的台灣視角、女作家書寫台灣在地孩子,來

---

94 周芬伶:〈女性自傳散文的開拓者——謝冰瑩的散文研究與歷史定位〉,《台灣現當代作家研究資料彙編——謝冰瑩》,頁134。

作為一般對於五、六〇年代女作家作品評價大致蓋棺定論下，提出兒童文學作品研究論述具有的流動性。另一方面，女作家基於日常生活及母性書寫孩子，或許在於認同五四時期賢妻良母型態[95]的女性，一方面造成對兒童文學作品的多元面向關懷性質的創作，另一方面看似較胡適提倡的自由交往與獨立特性行為女性較為保守，但就一般婦女而言，求學、書寫、自由戀愛與婚配，或許已經在女性的傳統世界，智識領域前進了一小步。而這些前進可能在兒童文學創作中嶄露，成為既有研究的縫隙。

---

95 謝冰瑩：〈亭子間的悲劇〉，《女兵自傳》，頁203-211。

# 第五章
# 一九七〇～八〇年代現代與鄉土女作家的兒童文學書寫
## ──台灣兒童生活轉型的在地書寫

　　張頌聖在《現代主義・當代台灣》陳述現代主義及其前後，從五〇年代到八〇年代與現代主義文學承續或平行的時代文學脈絡。張頌聖提出，六〇年代的現代主義文學運動，普遍認定有二：一為對五〇年代反共宣傳文學的反動，「文學政治化」的異議，多數現代派作家本身仍是堅決反共的；第二為對五〇年代作家業餘色彩的不同看法，五〇年代文學生產體制以「隨意」、「輕質」文藝副刊寫作風格為主，文學趨向非專業性，現代派認為文學為一種高文字密度的藝術文化形式。再者台灣現代主義文學的西化，張頌聖認為是一種知識份子企圖仿效超越西方高層文化，以吸納西方文化精華，繼而本土化的個案。七〇年代初期至中期，一群文學評論者鼓吹本土的、能夠擔負起社會責任的文學，而公開抵制受外國影響的現代派晦澀作品，這個趨勢於一九七七、七八年的「鄉土文學論戰」達到高峰。鄉土文學論戰，為台灣四九年開始於社會政治安定、經濟成長後首度出現社會形構的反對運動。七一年台灣退出聯合國，美國總統尼克森訪問中

國大陸,七二年台灣與日本斷交,這些事件造成台灣在國際社會孤立,也在知識份子間產生信心危機,讓知識分子有縫隙抒發他們的不滿:包括「反攻大陸」口號下掩蓋的對國家前途的焦慮、政府迫害異議份子的憤慨、威權統治的不滿、資本主義經濟制度的提倡等。一九八〇年代中期,故總統蔣經國推動重大政治改革:解除戒嚴、承認反對黨、開放報禁、恢復與中國大陸的民間交流。社會上各層面的結構性轉變,新的文藝思潮湧現。現代主義文藝、鄉土文藝的延續,以及一九八〇年代戰後嬰兒潮的抒情散文復甦風潮,如陳幸蕙、愛亞等,形成多元文藝環境。[1]

　　現代主義與鄉土文學的創作基礎,現代主義強調語言創造的藝術,內容深度的執著。如挖掘人性心理的隱密、詭異難解的事物吸引、偏好象徵手法,探索亂倫等社會禁忌及艱深的道德議題,對之前過於偏重社會、政治現象的中國小說有所差異;鄉土文學寫作類型特徵則包括:使用台灣方言、描寫鄉下人或小鎮居民的經濟困境、反抗台灣的帝國資本主義勢力。七七年王拓提出鄉土文學並非只寫鄉下地方的人和事,而是關注整個台灣社會的「此時此地」,含括更為廣泛的社會現狀和居民。鄉土文學應該被界定為能反映台灣社會現實,及台灣人民的物質和心理願望的文學。因此王拓認

---

1　張頌聖:《現代主義・當代台灣》(台北市:聯經出版事業公司,2014年4月),頁11-19,66-76,207-216;馬森:〈在社會邊中小人物的悲喜劇〉,《台灣現當代作家研究資料彙編:黃春明》(台南市:國立台灣文學館,2013年12月),頁223-236。

為：「是現實主義文學，不是鄉土文學」。[2]

張頌聖專著，說明成熟的現代主義創作以西方為形式技巧，內容仍是本土化，鄉土文學也反映台灣此時此地的本土現實，如同台灣的兒童文學，創作也需要由貼近台灣孩子生活開始。三者的本土與現實主義如何扣連？如同張頌聖、馬森分析黃春明六〇年代末及七〇年代初作品〈鑼〉、〈兒子的大玩偶〉等，有著寫實性質，同時描述小人物對現代性幻滅的象徵性[3]。也就是說，現代主義文學與鄉土文學不盡然是涇渭分明。[4]

另一方面，台灣兒童少年的教育，在一九六八年國民教育由六年延長至九年。羊憶蓉提出國民教育延長為配合經濟成長的短中長期接應的就業市場人力供需調配，以有系統的教育政策擴充人力、重點科目在於技術與技職，高中與職校比例逐漸調整到職校人數高於高中人數，迎合市場成長人力需求。教育延長後的分軌從高中和高職開始，然而中國傳統升學觀念影響，學生接受職業學校意願不高，加上高職畢業後學生也嘗試走向升學路線，不一定直接就業，引致於國中

---

[2] 張頌聖：《現代主義・當代台灣》，頁20-27，223-225；王拓：〈是「現實主義」文學，不是「鄉土文學」——有關「鄉土文學」的史的分析〉，《凝視人間，回望現實——鄉土文學論戰四十年選集》（台北市：聯合文學出版社，2019年3月），頁110-131。

[3] 張頌聖：《現代主義・當代台灣》，頁216-223。

[4] 若以陳若曦作品為例，陳若曦認為自己創作鄉土作品，然而收到的回饋是小說中具有象徵性。陳若曦：《堅持・無悔——七十自述》（新北市：新地文化藝術公司，2016年5月）。

畢業人數激增,擠進有限的國立高中[5],高中、高職畢業後升大學的人口,形成更高的瓶頸。國中畢業生期待能進入排名較佳的高中,以利於隨後的大學升學。對於供需失調的就業市場人力,協助有限,反而造成國中升學激烈,補習與學校能力分班盛行。[6]

七〇～八〇台灣兒童文學創作,既顯示兒童少年升學壓力下各種反應的延宕效應,同時也因為現代主義、鄉土文學、抒情文學女作家的回歸,而開始反映教育問題,以及多元的創作體例。兒童文學創作者的發掘,延續中華兒童叢書潘人木編輯理念,除了培訓出來的創作者,仍多從既有的成人文字或圖像創作者中轉移。此時期出現相當多「成名作家應為兒童創作」的理念,而由著名台灣文學文字或圖像工作者提供稿件的合輯。現代主義女作家李昂、鄉土女作家季季、抒情女作家楊小雲等,開始與兒童文學作品產生新的交集:一次性或數次性寫作、選文,或者開啟日後創作兒少文學,如楊小雲、心岱、張曉風等等。

以下分別以此時期既為作家又熟知教育現場的苦苓選文「學生之愛」系列、民間基金會邀約一百二十位成人作家為兒童創作「兒童文學之旅」合輯女作家作品,兒童文學代表性「中華兒童叢書」時代性的不同主題,及張小雲反映時代兒少生活系列少年小說等三部份討論。

---

5 當時還未准予設立私立中學。
6 羊憶蓉:《教育與國家發展》,頁44-59。

## 第一節　兒童文學合輯作品

　　一九八二年，苦苓身為中學教師，選取六八年到八二年報章雜誌台灣各作家發表過的文學作品，嘗試反映八〇年代存在於各級學校的種種問題：小學生家庭管教問題、中學生不良少年行為問題、大學生性愛與生活失調問題等。編輯成《學生之愛》系列作品，其中的「愛」，苦苓定義為對親人、朋友、師長、國家等廣泛的意義。[7]基於對兒童少年的文本研究，以及首次在台灣中小學學制改變後的兒童生活選文，筆者將從對教育現場具敏感度與同為作家苦苓選輯的女性作家作品《小學之愛》及《中學之愛》，觀看女作家如何注視在教育系統下的少年兒童，並書寫當時社會的兒少文本。

　　其次，洪建全文教基金會為介紹更好的兒童讀物給孩子，鼓勵更多人從事兒童文學創作，邀請一百二十位知名創作者為孩子寫作，也有傳承的意味。[8]這是基於「西方世界裡，作家為小孩子寫作是一件很平常的事情。」[9]。類似為孩子寫作而邀約作家，尚有其他單位，如味全文教基金會等。筆者將就其中一組大規模類似性質合輯進行分析。此種

---

7　苦苓：〈編序〉，《不識愁滋味——學生之愛（小學篇）》（台中市：晨星出版社，1984年9月，1989年4月八版），頁3-5；苦苓：〈編序〉，《翩翩少年時——學生之愛（中學篇）》（台中市：晨星出版社，1982年12月，1983年5月十刷），頁3-5。

8　簡靜惠：〈序〉，《當代作家兒童文學之旅》（台北市：財團法人洪健全教育文化基金會，1983年10月，1984年6月再版），頁5。

9　林良：〈為孩子寫作〉，《當代作家兒童文學之旅》，頁6。

「作家為兒童而寫」作品合輯與苦苓編選合輯正好呈現兩種不同樣態。苦苓基於教師身份,選文反映中央教育政策在一段期間對孩子的影響,銜接六○年代中央教育與文藝政策對孩子影響下的創作變化,也是兒童生活的演變,同時引導觀察未來九○年代教育改革之後兒童文學與兒童觀的脈絡爬梳,或者說是一種系譜的影響,同時苦苓的選文為一種作家對於作家作品的觀看與篩選,對於文學文類,可能有成人文學文類與兒童文學交會處的驚喜。而「作家為兒童而寫」作品,由於作家除了「作家」行業外的身分背景各異,不一定背負國家教育政策,反而自由呈現作家在當下社會對兒童想像的多元,以下將分二小段分析。

## (一)「學生之愛」系列作品

小學篇中,羅佳莉的〈獎狀〉,直擊小學生活中父母對於升學功利主義的差別待遇,引致孩子的樣貌因此模糊而挫敗。小文是媽媽眼中品學兼優,得到很多獎狀的孩子,即使合唱比賽,媽媽也會放開工作到場,將合唱獎狀和一整排學業成績優良獎狀一起掛在客廳牆壁上。而小文有好的表現,媽媽就會準備大的紅蘋果給孩子。愛好體育的妹妹小維有一次因為姊姊的表現,附帶得到一顆紅蘋果,卻因為捨不得吃而放爛了。媽媽提到和爸爸在店面辛苦工作,全心只希望小文、小維姊妹就讀最好的學校,進最有名的補習班,將來考進一流高中及大學,替爸媽爭一口氣。也是爸媽榮光的來源。[10]

---

10 羅佳莉:〈獎狀〉,《不識愁滋味——學生之愛(小學篇)》,頁161-174。

## 第五章 一九七〇～八〇年代現代與鄉土女作家的兒童文學書寫
## ——台灣兒童生活轉型的在地書寫

故事到這裡，已經可以看到台灣產業經濟轉型，從農業社會逐漸到商業服務，以及唸書作為一種階層向上流動的方式，仍是許多家長榮耀家族的夢想。在這前提下，孩子小學開始就必須承受升學壓力，而孩子在父母心中的表現，大紅蘋果具有進口產業型態、家庭經濟狀況、獎勵，同時鮮豔的顏色與黯淡的學生生活對照，以及紅色的血的多面象徵。蘋果也如同母愛，可以給出去，也可以收回。小維天真的以為只要有獎狀，就可以擁有母親給予的大蘋果，在學校校慶四百公尺賽跑，即使跌倒流血，也極力撐到終點，然後昏迷。然而第三名獎狀得到的不是媽媽的愛，因為媽媽根本沒有放棄賺錢而出席校慶，履行跟小維的約定（金錢價值已經凌駕親情？）。帶來蘋果的姊姊取代媽媽，蘋果是偷拿的，姐姐話語重重敲擊了小維，「這種獎狀不一樣啦！學業成績的獎狀那種才是獎狀，……。」[11]。差異產生在家庭之中，以學業作為判準，孩子的特徵被忽略，小維的蘋果夢也因此幻滅。其中孩子生活的寫實描寫，「飽和鮮紅蘋果」與貧瘠無色的少女青春的現代主義式象徵對比，巧妙融合。

李藍的〈誰敢惹那個傢伙〉[12]，則陳述小學班級生態的複雜性。「學生自主管理」成為一種班級階級製造及霸權建立下，學生「不自主」的諷刺，班長周圍的學生依照班長要求提供需索，形成圍繞班長權力中心層遞系統，其他同學依

---

11 羅佳莉：〈獎狀〉，《不識愁滋味——學生之愛（小學篇）》，頁174。
12 李藍：〈誰敢惹那個傢伙〉，《不識愁滋味——學生之愛（小學篇）》，頁83-100。

層次得到相對的「學生自主」。沒有能力提供需索的孩子成為邊緣化與被欺負的對象而靜默、忍受。直到轉學生的拳頭一擊……。是否外來沒有馴化的、外在暴力行為才能破除班上權力結構的無形暴力？孩子在學校生態的變化，五、六〇年代好孩子形貌，被新的孩子秩序取代，重新改寫。

「中學篇」李昂的〈花季〉是很典型的少女生活現代主義短篇小說。少女在父母都去工廠上班後翹課，到花匠處買小樹的故事。然而花圃老闆騎腳踏車載著少女，從市場到花匠的植栽園圃，選了小樹後少女跑出園圃。中間經歷花匠載送少女的接觸與短時間的路上景觀：墳墓、貧瘠路景、封閉的園圃。讓少女產生許多性與恐懼幻想，少女的幻想旁白，配上一路上貧瘠農業「荒野」遍布，如同時間凝止般的重複偏僻地景，居然產生了一幕幕超現實主義視覺景觀，然而現實中沒有發生任何事。「一切竟是這樣的無趣，什麼也沒有發生，但我是否真正渴望發生一些什麼，我自己也不清楚。」[13] 通篇以少女內在細膩想像為主要敘事，其中包含精神分析象徵的性與超現實主義般的詭異、存在主義式的荒蕪，把少女豐富的想像和外在因資本主義讓農業萎縮的荒涼地景，成為沒有「故事」的「故事化」，也是現代主義式的。

陳幸蕙的〈青果〉則以十四歲對情感似懂非懂的少女，來觀察地理老師，老師是「我」的仰慕對象，也是初嚐內在情感變化時對自己省視的成長儀式。〈青果〉揭示了少女對

---

13 李昂：〈花季〉，《翩翩少年時——學生之愛（中學篇）》，頁27-38。

愛慕對象近乎完美的要求,以及相對於此,少女付出自己純淨的心意,例如潔淨儀式:上課前洗手、地理學業上的完美無瑕疵。女孩初戀愛慕中近乎潔癖的心態,在地理老師的幾個事件,如老師不懂少女卡片的私密作用而公開,老師帥氣的籃球比賽在眼鏡掉落茫然中成為一則荒謬與笑話。從此,老師在少女心中偶像的神話幻滅,巨人瞬間成為侏儒,少女毅然離開老師正在比賽的籃球場,離開軟弱不完美的初戀想像對象。爾後,女孩因這一段生活似乎經歷一場成長儀式,不再為不了解的對象,輕易付出可貴的情感。「初戀是生命中的一枚青果,以不成熟的酸澀,懸結在最低的枝上。」[14] 少女心靈生活,在既寫實又精心的內在心靈刻劃與抒情筆調下,開展後幻滅。

　　苦苓選取的女作家創作,展現一種成熟的、貼近孩子生活的生命型態。從孩子生活的問題小說著手、知名女作家書寫作為話題、貼近孩子生活故事卻仍有深刻思考空間,不知道內容感觸最深的是大人或者原設定的兒童讀者?從「中學篇」與「小學篇」等問題小說分別八版、十刷暢銷情況,及國中小孩子、家長購買力與閱讀興趣評估[15],家長也可能在雙薪勞動下以閱讀方式認識孩子?父母孩子關係逐漸轉變,成為九〇年代後各種孩子在高度經濟與升學發展下的多元面貌。

---

14 陳幸蕙:〈青果〉,《翩翩少年時——學生之愛(中學篇)》,頁15-25。
15 書籍於八〇年代定價九十元一本。

## （二）「兒童文學之旅」系列作品

　　一九八三年出版，涵蓋一百二十位台灣文學創作者，每二十位編為一本，共六輯。其中男性作家仍較女性為多。女性作家涵蓋琦君、徐薏藍、張曉風、蕭麗紅、洪素麗、蘇偉貞、楊小雲、朱天心、薇薇夫人、季季、朱天文、董陽孜、李昂、趙雲等等。兒童文學題材多元，包括童話、新詩、散文、生活故事等。

　　徐薏藍〈樹林中的早晨〉，以公雞和狐狸早上在樹林中的相遇，作為一則童話寓言的開始。故事最後，作家提示兒童：「小朋友，這個故事告訴我們，不要喜歡聽信別人過份的讚美，大公雞和狐狸他們不是都得到了很好的教訓了嗎？」[16]公雞在狐狸的讚美下，提起喉嚨準備唱歌，被狐狸咬住喉嚨，而公雞跟狐狸說，如果對農夫撕牙裂嘴示威，農夫會被嚇跑。於是狐狸張開嘴，想把農夫嚇走，公雞趁機躲開狐狸。故事以動物擬人化童話，加上注音，適合中低年級閱讀。結構巧妙設計，結尾狐狸與公雞對話意有所指的抽象性[17]，相當有趣味與省思，但非具象例子，理解年齡可能較高些。目標對象掌握的搖擺狀態，可能是女作家嘗試兒童文

---

16 徐薏藍：〈樹林中的早晨〉，《當代作家兒童文學之旅　第3》（台北市：財團法人洪健全教育文化基金會，1983年10月，1984年6月再版），頁10-15。

17 公雞說，當我必須睜開我的眼睛的時候，我不應該把眼睛閉上。狐狸說，當我必須閉上嘴的時候，我不應該張開嘴。見徐薏藍：〈樹林中的早晨〉，《當代作家兒童文學之旅》，第3冊，頁15。

學作品容易遇到的情況之一，但故事若以寓言呈現，可能較不受目標群年齡限制。總之，動物擬人化、點明故事主旨，接近低年級說故事的方式，也可以看出女作家對創作能否適切讓孩子理解，而用了異於成人文學的破題表現。

張曉風以新詩表達大山媽媽把小河巧妙地抱一抱，山與河間巧妙的中性地景，成為一首隱喻媽媽與孩子關係的溫暖新詩。〈小河也有媽媽〉出版於張曉風散文成就高峰的七〇～八〇年代中期，張曉風認為散文書寫很難靠情節或人物的精采，有賴於傳統文學詩詞歌賦的簡潔、閎約及婉轉深厚。[18] 此時期散文與詩的風格因此趨向一致。另外，二十世紀之後，張曉風開始發表兒童故事於國語日報，[19] 恰逢也是一般評論者認為九〇年代後張曉風散文作品筆力不及於長篇散文之時，短篇故事適時補上了這段創作的空缺。此篇童詩，應是張曉風早期嘗試書寫兒童文學的作品之一。

洪素麗以孩子掉牙齒的民間習俗與成長儀式，說了個孩子期望掉牙長大的〈掉了一顆大門牙〉[20] 故事。六歲仍在就讀幼兒園的孩子，因為陸陸續續掉牙，而彼此交換家庭中掉牙的經驗與習俗。對於孩子渴望長大，希望跟大家一樣，以及父母賦予掉牙的各種儀式，讓孩子感受成長的驚奇。小禾

---

18 張瑞芬：〈鞦韆外的天空——論張曉風散文〉，《五十年來台灣女性散文・評論篇》（台北市：麥田出版社，2006年2月），頁168-173。
19 國立台灣文學館：〈文學年表〉，《台灣現當代作家研究資料彙編：張曉風》（台南市：國立台灣文學館，2017年12月），頁63-116。
20 洪素麗：〈掉了一顆大門牙〉，《當代作家兒童文學之旅》，第3冊，頁100-101。

作為班上尚未掉牙的孩子,非常羨慕同學。故事忽然跳接到夢中見到門牙脫落,完成虛構的期望幻想。作品描述其他孩子分享掉牙經驗與主角失落心情,相當生動,跳接夢裡掉牙橋段,結構匆促、與前文斷裂的敘事,讓人迷惘,有戛然而止的感覺。

蘇偉貞的〈紅豆〉[21],猶如一場書生與美麗女子邂逅的明清小說改寫成現代版悲傷的愛情故事。女孩紅豆因為前世姻緣而入人間,這一世不能夠有愛情,否則會幻化為物件。紅豆在極被保護的家庭下生長,少女時期仍然見到了詩人（才子的化身？）,兩人互生情愫,紅豆果然在兩人初見的地方,香消玉殞成為心形的豆子。中國抒情的文風,少女戀愛的可能結果,以及儒釋道思想,兒少作品反映了中國古典風格再創造。

〈人為財死鳥為食亡〉[22],楊小雲為孩子書寫類神話的童話。故事發生在很久很久以前,「我國」北方的小鄉村裡,貧窮的父子打柴維生。傳統民間故事常以類似的筆法開始說故事。因為兒子救了小鳥,鳥兒搖身一變成為「巨鳥族的王子」回來報恩。小鳥幻化成巨鳥族的大鳥,似乎接近早期神話時代,獸、人不分,成為各自擁有神通的民族。巨鳥果然具有特異本領,載著父子飛到山上撿拾珠寶,然而仍有

---

21 蘇偉貞：〈紅豆〉,《當代作家兒童文學之旅》（台北市：財團法人洪健全教育文化基金會。1990年7月三版）,第4冊,頁28-32。
22 楊小雲：〈人為財死鳥為食亡〉,《當代作家兒童文學之旅》,第4冊,頁52-57。

時間的限制，山上太靠近太陽，當太陽出來，巨鳥王子和父子都會被燒成灰。巨鳥拼命的提醒人類父子離開，然而三個動物仍一起被太陽燒成灰燼。楊小雲以接近神話、民間傳說，說了一個具有道德寓意的故事。這段時間，也是楊小雲創作一系列台灣孩子少年小說《小勇的故事》[23]、《豆豆的世界》[24]等等時期。楊小雲兒童文學創作偏好以人物作為書寫的中心。

朱天心〈家寶與貓〉[25]，講述家寶二段成長的歷程，第一次是遇見一隻貓，覺得貓比爸爸媽媽更寶貴，決定帶貓去流浪，流浪到家寶小生命中世界盡頭的地方：姐姐念的學校，仁愛國小附近。決定永遠和貓不分離。第二次成長，在很多年之後，家寶長大了，開始會追女生，彈吉他，成為一個一般的大男孩。第二次成長似乎意味著脫離爸爸、媽媽、寵物等依附關係，開始走向自我。第一次成長故事，作家情感鋪陳相當細膩，結構完整。從第一次成長後以「後來呢？」連結到第二次成長故事，僅以一段抒情的直接說理方式完成。跳接結構突兀，第一段成長故事與的二段敘事調性無法連結。似乎是文章字數達到了，匆匆增加一段文字完結故事一般。

---

23 楊小雲：《小勇的故事》（台北市：九歌出版社，1983年3月，1989年9月七版）。
24 楊小雲：《豆豆的世界》（台北市：九歌出版社，1984年2月，1987年8月四版）。
25 朱天心：〈家寶與貓〉，《當代作家兒童文學之旅》，第4冊，頁90-94。

季季〈逐漸亮進來的天光〉，以嬰兒視角作為敘事者，說明從羊水生出到轉移到嬰兒室的過程，對人生有許多的未知與不解，但對環境觀察感受到自己需要勇敢，然後在嬰兒慢慢沉睡的時候，太陽光悄悄照進來，充滿希望。[26]文中對孩子做為未來一代的希望，嬰兒幻想的些微詭異，充滿超現實主義的現代風格。從季季創作〈木瓜樹〉、〈逐漸亮進來的天光〉等兒童文學作品，感受到溫柔的堅忍調性，即使挫折或對未來充滿未知，仍充滿生命力與重生的希望。

　　李昂〈冰箱裡的小毛蟲〉，以故事詩結構，寫出小毛蟲在人類世界的感受，批判大自然受到農藥科技的影響，進入長期的寒冷冬天。小毛蟲原生長在大自然，將大自然的溫暖與生物多樣性，對比農藥進入自然後，生物的殘害與進入家庭冰箱內的寒冷黑暗。以小毛蟲擬人化感受，簡單淺顯文字，讓孩子感受普遍生活中，大自然與現代性的對抗。

　　薇薇夫人描寫左撇子小猴子的故事，朱天文描寫雲愛上了男孩的抒情新詩，童陽孜講述小白兔和小黑兔外表的比較，趙雲的「中國」皇帝養龍的故事等等。作家對兒童的想像多元，童言童語及擬人化，神話或民間故事等，脫離原有創作風格。或者仍持續抒情的成人書寫調性？適合和成人閱讀理解差異不大的青少年閱讀，實際上也就是成人書寫風格的延續，對於兒童少年認識掌握度不高。或者也有細細鋪

---

26 季季：〈逐漸亮進來的天光〉，《當代作家兒童文學之旅》，第4冊，頁96-100。

陳，突兀結束者，鋪陳處可見文字作者功力。

另一方面，《當代作家兒童文學之旅》合輯編輯，寫作對象涵括幼兒園孩子到青少年，不同寫作對象與閱讀對象沒有依冊數分類，同一本書同時涵蓋幼兒與青少年文章。不同年齡層孩子閱讀理解不同，編輯以知名創作者為中心似乎更重於閱讀對象的關照。

## 第二節　中華兒童叢書

中華兒童叢書，為台灣最重要的兒童文學套書，留下許多創舉：最早的台灣自製現代化版式兒童文學著作、聯合國兒童基金會經費支援、培養相當多兒童文學創作者、低中高讀者分齡制度、通路直接到達國小學童讀者、發行量廣大等等。一九六四年開始執行，組織編輯等工作人員、尋找辦公室、設立外國兒童書圖書室及出版事宜等等，一九六五年第一批圖書出版，以五年作為一期出版企畫，到二〇〇二年教育部長決定中止出版為止，共出版八期中華兒童叢書，共九百六十五本叢書。六〇～七〇年間，兒童課外讀物較貧乏年代影響最大，八〇年代後因為各出版單位跟進市場而減少重要性與影響力。創作者部份，前三期成人文學女作家人數較多，也正是潘人木擔任編輯時期。第四期成人文學作家與兒童文學作家參雜，第五期後，成人文學女作家減少，創作逐漸由當代兒童文學創作者接手。仍持續創作中華兒童叢書台

灣文學女作家，包括嚴友梅、桂文亞[27]、管家琪、愛亞、張曉風、趙雲、徐素霞[28]、潘人木、施懿琳、心岱、黃玉珊[29]、樸月、簡扶育[30]、伊普斯‧泰吉華坦[31]、亞磊絲‧泰吉華坦等等。

　　由於中華兒童叢書的重要性，相當多兒童文學史料或者論述書籍、專著《兒童讀物編輯小組的歷史與身影》、兒文創作前輩專書，如曹俊彥的《雜繪》、中央行政人員陳梅生口述歷史《陳梅生先生訪談錄》、編輯潘人木論文輯《資深兒童文學家潘人木作品研討會論文集》、碩士論文等等，從行政、編輯、文字或圖像創作面向、國家與意識形態等等，多有探討。筆者將跨越時代軸線，綜觀叢書表達主題，從另一個方向探討女作家作品。「牛」作為專題的不同作家系列書寫、台灣原住民伊普斯‧泰吉華坦，亞磊絲‧泰吉華坦等原住民書寫與簡扶育對台灣孩子臉的民族誌攝影、施懿琳與心岱分別創作的台灣地景旅遊書寫等，皆被分類為文學類作品，探討兒童文學創作與女作家眼中的兒童。

---

27　桂文亞為聯合報系集團出身，後負責民生報童書出版。後期創作與編輯，以兒童文學作品為主。類似從成人記者轉型至兒童文學名家者，尚有管家琪。
28　徐素霞為成人藝術創作者與兒童讀物創作、翻譯、論述、教學者兩棲。
29　台灣知名女導演。
30　台灣知名民族誌、藝術類型作品創作與評論者。
31　成人刊物編輯。

## (一)地景書寫：心岱《恆春半島的故事》、施懿琳《鹿港之旅》

心岱《恆春半島的故事》(1993年,文學類,高年級),一開始由清晰的架構為恆春半島地景「分類」：瓊麻改善居民生活、半島的地理型態、第一座國家公園、動物資源很豐富、南灣水波海濱弄潮、沿著海岸作半島巡禮、恆春鎮的古城牆、南仁山石屋之謎、南海洞的守護人、自彈自唱的藝人、給遊客一些教育等。每段文字搭配徐仁修適切的攝影圖像加強文字的敘述,恆春半島內容書寫中性客觀、完整,成為知識性生態紀實報導文學。然而在「自彈自唱的藝人」、「給遊客的一些教育」兩小節內容,分別帶入了恆春古城月琴藝人陳達的音樂與生命詮釋,及遊客對恆春在食物與物件上的使用與丟棄造成的生態破壞,讓這本略帶社會科學性質的紀實報導,注入了作者對他者及自己生命人文關懷的省思,以及生態呼籲的情感。

恆春鎮家喻戶曉的老藝人陳達,沒有家人,揹著一把月琴到處流浪,不識字,但是有彈月琴及說唱本領。「可是他唱的歌,很少人能耐心聽完,因為聽不懂。」[32]。心岱描述他的歌聲「有他的憂愁、孤獨、自卑、也有他的熱情。」[33]。作家不但能理解他的音樂,還提到陳達受音樂家史惟亮邀約

---

[32] 心岱：〈自彈自唱的藝人〉,《恆春半島的故事》(台北市：台灣省政府教育廳兒童出版部,1993年10月),頁35-36。

[33] 心岱：〈自彈自唱的藝人〉,《恆春半島的故事》,頁35-36。

到台北演唱,七七年造成轟動,有一大筆收入但一年後仍離開台北。「台北對他來說,只不過是一座燈火明亮的舞台而已;他不喜歡粉墨登場,他只喜歡自由自在的懷抱著月琴,自彈自唱走遍鄉村和城鎮。」[34]張瑞芬評介心岱創作,提出一九八九年已經創作《大地反撲》、《墾丁國家公園》,成為領先潮流女性生態文學／報導文學重要指標,心岱關心恆春的軟珊瑚、鵝鑾鼻的貝殼砂以及北台灣生態等。張瑞芬認為心岱上山下海不是要成為自然學家,而是想了解生命,「要的是一個生命的『釋放』而已」[35]。從恆春的紀實地景轉到民間藝人陳達生命經驗的理解,心岱書寫陳達的生命敘事「竟然像蔣勳筆下疾馳的車廂玻璃上,倒映的自我影像。」[36]。

相對於心岱從故鄉鹿港出走他鄉,從異鄉倒映自我的兒童生態書寫,同樣出身鹿港的施懿琳《鹿港之旅》（1988年,文學類,高年級）,透過故事書寫型態返回鹿港,化身為國小班級導師「黃老師」,從主人身分變身為另一個主人（黃、施同為鹿港二大姓氏,鹿港「也是」黃老師的家鄉）的「不穩定」雙重身份,在進入鹿港後,一面跟孩子們旅遊,一面信手拈來介紹鹿港地景,儼然從台北師大再次回到鹿港,進入回返的好客「主人」身份。透過旅遊書寫回到鹿

---

34 心岱:〈自彈自唱的藝人〉,《恆春半島的故事》,頁35-36。
35 張瑞芬:〈心中永遠有隻自由鳥-論心岱散文〉,《五十年來台灣女性散文:評論篇》,頁274-279。
36 蔣勳評介心岱散文。轉引自,張瑞芬:〈心中永遠有隻自由鳥——論心岱散文〉,《五十年來台灣女性散文:評論篇》,頁274-279。

港的旅行者施懿琳，在一往一返中體驗情感、記憶與歷史，進行政治、經濟、與文化資產的各種交換，並尋求得與失之間的平衡。旅行者回到原先的出發點，使其活動有別於「流浪」、「流放」、「流離」與「移居」，使「主人」到「客人」再回到「主人」的旅行形成圓形／迴旋形結構。[37]然而此「主人」隨著時間、鹿港與台北地域流動的變遷，換了名字，是否仍是原來的主人？此回返結構對於主人是否形同數學中的莫比斯環，看似回返但其實已無法回到真正的源頭？另一方面，受到邀請的旅遊小學生從「外人」成為「客人」，進入主人的領域，帶來的問題，又誘發什麼樣的主人／鹿港內在拆解與詮釋？筆者以德希達關於「好客」的後結構觀點，揭示文本的多義與深意。

　　德希達的「好客」源於古希臘航海時代對於客人的無限制好客觀念。十八世紀哲學家康德為因應當時難民潮流穿梭於國際國境間的問題，而提出有限制的好客。[38]德希達則以解構的方向看待「好客」。就德希達的觀點，「好客」包括了「主人」與「客人」，就「客人」作為主體而言，「主人」是因為客人而成為另一主體。閱讀施懿琳《鹿港之旅》，施懿琳化名「黃老師」，以老師帶領班級孩子第一次到老師家鄉鹿港玩，介紹鹿港逝去的歷史與經濟樣貌，以及因為鹿港沒

---

37　胡錦媛：《在此／在彼：旅行的辯證》（台北市：書林出版公司，2018年10月）。

38　傅士珍：〈德希達與「悅納異己」〉，《中外文學》第34卷第8期（2006年1月），頁87-106。

落而得以保持部分歷史的一體兩面。接下來「黃老師」帶領孩子從「舊」火車站地景開始進入介紹與導覽：文祠、龍山寺、九曲巷、「無天厝」、「石敢當」、合德堂、「半邊井」、隘門、正在興建的民俗街、拜訪鹿港雕刻家李松林、泉州街與鹿港人的起源、舊富豪林振嵩的日茂行、天后宮與廣場的鹿港美食、糕餅老店玉珍齋、拜訪中國燈籠專家吳敦厚、菜市仔口、丁進士宅、民俗文物館等。屬於某些斷代的片段歷史、建物、人物、宗教等文化的碎片組合。最後結束在孩子「我」告訴自己「鹿港，我一定還要再來看你，一定會的。」[39]就德希達的觀念而言，客人作為一種主體，主人應該迎合客人需要，成為因他者建立的「主體」，也就是他者主體之外的另一主體，來滿足客人的需要，才是「好客」的精神。兒童旅行文學中，以學生作為「我」的主體生成，也是閱讀者孩子容易進入角色的方式之一，此時高年級讀者也成為故事外的「虛擬」主體。然而在閱讀的事實上，故事外的「我」，才是「真實」的客人主體。這種辯證下的客人他者主體，如同故事與現實世界中，女作家施懿琳做為主人的「主體」辯證。此外，依德希達對於外人的提問，如同孩子們作為鹿港之外的外人提問，成為問題本身，並且將問題拋給了主人，成為主人的問題，一方面主人成為「智者」來回應問題，另一方面孩子們帶來的問題，也將主人在原來的父系邏各斯形成挑戰或威脅，而成為伊底帕斯的閹割者，外人

---

39 施懿琳：《鹿港之旅》（台北市：台灣省政府教育廳兒童出版部，1988年6月，1993年10月初版二刷）。

成為象徵性的弒父者,但又透過否認來保護自己。[40]故事中在黃老師的解說下,孩子們提出各式各樣的問題,例如,走過寺廟與熱鬧的市場口,孩子們提問:「老師,鹿港好落後喔,都沒有像遠東公司那樣的百貨公司,也沒有漂亮的霓虹燈。」[41]。老師回應:

> 鹿港人相當固執、保守。或許是因為過去那種萬商雲集、人文薈萃的日子太輝煌、太燦爛,使得他們相當念舊,一直不肯輕易接受新潮時髦的東西。所以,許多新式商店在這裡總是經營不起來,鹿港和其他地方比起來,彷彿永遠慢了一拍,這兒的居民就以這種溫吞、緩和的腳步邁向未來。其實,<u>**這樣也未必不好**</u>,否則,舊有的史蹟,傳統的技藝,便不能保留到現在了,這也是鹿港之所以為鹿港的主要原因。(粗體字底線為筆者所加)[42]

孩子的提問揭露了鹿港在經濟與傳統生活呈現的困頓,以及既維持傳統社會又不斷建造新商店街,既想維持傳統技藝而又僅剩寥寥無幾的老人支撐等。傳統自身的分裂、傳統與現代的斷裂,教師作為既是教師解惑身分又是主人位置的「智

---

40 雅克・德里達、安娜・杜弗勒芒特爾著:《論好客》(桂林:廣西師範大學出版社,2008年11月),頁3-9。德里達繁體名為德希達。
41 施懿琳:《鹿港之旅》,頁51-52。
42 施懿琳:《鹿港之旅》,頁51-52。

者」，回應中同時閹割了自己所處的父系系統，但也以「智者」的身分提出迂迴的解釋。另一方面，孩子的提問與教師的回應，皆為作者施懿琳的作品與觀察，是否創作者身處台北與鹿港兩種城市，回頭檢視鹿港而產生的內在多重的矛盾辯證，最後終給自己一個仍能認同家鄉鹿港的解釋？

在**參觀龍山寺後**，孩子提問「十八羅漢既已經被燒毀，怎麼剛才又在正殿看到了呢？」，老師回應「除了伏虎尊者以外，其餘十七尊都是後來**仿製的**。」[43]（粗體字底線為筆者所加）。在老師眼中，許多建築專家加持的鹿港龍山寺，是全台最宏偉的佳作，媲美大陸的古剎、台灣的紫禁城。學生提問後，讀者才知道台灣第一的龍山寺也曾不敵大火的摧殘，古蹟內仍有其他的意符（signified），擬像取代原品，而真實擬仿相雜的龍山寺，還是原來專家加持的「龍山寺」嗎？學生在過程中的提問，每個問題揭示了鹿港不同面向的對立或者矛盾狀態，如宗教、語言[44]、建築、地景等，然後在接受老師回應後，並未挑戰老師的既同意又否認的雙重性，保全了客人主題。德希達認為「外人動搖了來自父系邏各斯具有威脅的教義」，就好像外人對我們談論過如此多的家宅、家主、父親，從反對的立場來看，也是由於主人的好

---

43 施懿琳：《鹿港之旅》，頁12-17。
44 語言是溝通與文化認同的共同基礎，老師在鹿港泉州的口音下，孩子表達「我們都快聽不懂了」，在文化上似乎開啟了另一個基礎溝通的危機。德希達告訴我們，在語言與律法上，將是主人與客人間最大的鴻溝。見，雅克‧德里達、安娜‧杜弗勒芒特爾：《論好客》（桂林市：廣西師範大學出版社，2008年11月）。

客所形成的。⁴⁵

　　以上無論心岱以客觀紀實方式,將兒童讀者作為觀光客凝視式的面貌模糊的讀者,到自身情感湧現,將心岱自身故事投射進入兒童讀者。或者施懿琳設想的被動兒童讀者到提問揭穿成人理想原鄉破綻的,具有力量的兒童讀者。筆者以德希達觀點閱讀的「主」、「客」兩種主體互動模式,對於施懿琳與原鄉鹿港的去——返作為文學虛構的旅遊者,兒童主體與作家在書籍的「化身主體」辯證,似乎也是創作者對於家鄉鹿港的辯證。在此,兒童的身體成為一種投射的身體,最終乘載著創作者心岱與施懿琳兩種型態,從此端到彼端的流浪,或者流浪到回返際遇的擁有社會性身體的兒童。

## (二)民族誌童書:伊普斯・泰吉華坦《向太陽挑戰》、亞磊絲・泰吉華坦與陳麗莉文《大地也會眨眼睛》、簡扶育的台灣兒童民族誌攝影文《台灣小朋友的臉──35個照片的故事》

　　女作家伊普斯・泰吉華坦書寫日治出生到民國時期排灣族漢名「華加志」,排灣族稱為「達拉瓦克」(七彩羽毛的鳥王)《向太陽挑戰》(2000年,印售本)的傳記故事,帶出排灣族的民俗傳統,以及進入民國的教育體制後,達拉瓦克如何透過努力求學,成為教師,協助原住民孩子,在現代社會中找到自信的學習方向,並成為第一位台灣擔任原住民首長

---

45 雅克・德里達、安娜・杜弗勒芒特爾:《論好客》,頁3-9。

的原住民。達拉瓦克生在排灣族長子／女繼承制的家庭中，身為長子，出生時具有與七彩羽毛大鳥出現的異象。因為瘧疾，父母及二個弟弟死亡，達拉瓦克由舅舅撫養。進入小學時第一次感覺受種族的差異與不平等。達拉瓦克是頭目的孩子也是繼承人，但到了平地小學卻是「番仔」，也會被攻擊，民國時期地方使用方言上課，或者教師讓原住民孩子到戶外摘菜打魚，不用在教室學習，作為學業學習與成績衡量，也讓達拉瓦克備感挫折，但是這反而讓他更致力於求學，以及帶領其他原住民孩子一起學習，反轉不公平的待遇。長大後就讀師範學校，並進入國小服務，後轉國中，再轉山地農校教職。期間除了教書，也曾擔任山地文化工作隊隊長，帶領三十多個隊員，走遍全省三十個山地鄉的兩百多個村莊，對山地村莊教育、生活進行協助。後來與客家老師結婚，以及帶領山地農校青少年以擅長的運動、歌舞為方向，讓孩子發揮所長。在二十一世紀的今天看起來，達拉瓦克教學即是現代教改的適性教學，同時他的生命史，也是一則原住民在傳統文化與現代化、多元種族接觸、通婚、現代化教育向上流動，經歷原排灣文化不盡相同的文化轉型。創作者非以漢人中心的寫作方式，搭配何雲姿插畫原就帶有深沉顏色、流動與非傳統中國兒童畫像的線條，類似排灣族的木雕原色，以及木雕尖銳線條略轉溫和，帶有排灣族原味，也增加了兒童安全感的柔和。插畫風格因著兒童讀者具有再詮釋的排灣族視覺。

　　亞磊絲‧泰吉華坦與陳麗莉以台灣各族原住民搭配他們

的傳統民間故事或神話,一方面加強讀者對該民族的深刻印象,一方面也透過原住民善待自然的本性對應現代的環境議題,對孩子提出許多生態保護指導語,構成《大地也會眨眼睛》(1999年,文學類,中年級)一書。這些原住民族群及傳統故事包括:布農族(跑得比猴子快、大樹幹上放石頭、八部合音)、阿美族(撈魚也放魚、祈求豐收的豐年祭)、排灣族、達悟族(海上探險家、石洞最舒服、丁字褲涼爽又方便、感謝飛魚、美麗的魚船)、鄒族(高山青澗水藍、聖樹降福)、魯凱族(雲豹找好茶、神秘的「鬼湖」、百步蛇與百合花)、卑南族(女神造人)、賽夏族(矮靈祭)、泰雅族(射日英雄)等九族。

這些故事原來都有其族群賦予的原始意涵,然而放入兒童讀物,凸顯族群單一意涵成為現代環保意識。筆者認為作者亞磊絲・泰吉華坦具有布農公主的血統,對於各民族神話或民間故事採集與書寫內容具有原住民中心敘事,然而各族群沒有文字,以口語傳承為主,代表性神話與民間故事何其多,如何選擇不同民族代表故事?成為二位創作者或者預設讀者、市場考量下的產物。很巧的是,這些故事也常是漢人改寫原民圖畫書故事、教科書內容,漢人刻板記憶下的各族群印象,以及具有傳遞全球化關注生態的教育目的等漢人中心觀點。陳敏捷圖像近於西方粗曠稜角的原住民造型,部分接近西方原住民共同辨識的表徵,部份加上適合孩子的柔和線條,比較接近外國的原住民族。或許本書原住民繪畫要呈現多個族群,性質各異,也不是每個族群都有代表性雕刻藝

術品,想找到各族群共通形象,較為困難。想像中的國際原住民如美洲、澳洲原住民形象作為普同性代表,不完全合適台灣的原住民形貌,但或許比起大部分台灣創作者以西方凝視下的東方主義式的中國孩子形貌作為台灣原住民孩子形貌,在滿足西方視野下得到國際大獎的台灣兒童原住民圖畫書插畫來說,陳敏捷的圖像雖然不一定清晰指涉台灣原住民,以國際上原住民的共同特徵表現,相對還是較為接近原住民在山地活動靈巧堅實的特質。

以攝影紀錄台灣原住民藝術家群像而在原住民、藝術領域工作者間頗負盛名的簡扶育,將她對女性、原住民等族群,也就是當時社會認知的弱勢群體,以影像及少許的訪談文字記錄這群安靜、沉默的弱勢中的弱勢(如原住民與藝術創作的結合)群體。一九九八年,她再度以攝影方式捕捉兒童,以北部兒童為主,包括少部份山上原住民、彰化、高雄及澎湖的兒童,台北之外的孩子多為非中產階級,經濟較弱勢的孩子。這本《台灣小朋友的臉——35個照片的故事》(1998年,文學類,中年級)序幕〈從觀景窗看出去〉,文字揭示這本書的內容大要。「觀景窗」,簡扶育解釋「照相機的窗,是個取景系統。也就是說,拍照的人透過它,可以很方便將相機瞄準想要拍攝的主體。」[46],而想要瞄準拍攝的是「台灣各地一些小朋友的臉」,而且以不受色彩打擾的黑

---

46 孩子從小就習於閱讀圖像,如同約翰柏格所言,圖像先於文字。因此三年級介於具體與抽象認知時期交叉時間點,圖像閱讀相對容易。然而「主體」這個詞彙過於抽象,需要閱讀理解,可能仍較為困難。

第五章 一九七〇～八〇年代現代與鄉土女作家的兒童文學書寫
　　　　——台灣兒童生活轉型的在地書寫 ❖ 153

白照片,直接看到「影像作品想要傳達的訊息。」[47]序幕中一如其他的跨頁頁面,黑白照片配上部分文字。照片中,不論男孩讀者或者女孩讀者,都將透過照片中女孩側臉的視線,與之縫合,居高望向視窗外的全景。創作者將整本書拍攝孩子的臉孔分為幾大類型:吃東西的臉、扮鬼臉、遊戲的臉、爸爸媽媽阿嬤和孩子互動的臉,以及其他的臉(和動物的關係、身心障礙的孩子、用電腦的孩子、原住民孩子等)。簡扶育創作原住民藝術家群像,接近民族誌記錄的攝影方式,將人與物的關係,清楚呈現在鏡頭中,「隨興自然、俏皮多變、直書性靈」[48]。這三十五位孩子的攝影做為主要表現,文字配合照片說故事,同樣清楚包含孩子們和物件、人們、或者鬼臉呈現與另一個自己的關係,透過影像傳遞清楚的訊息為目的,表現孩子的靈動自然。此外,因為孩子多為近距離照片,也可以知道創作者在拍攝前勢必先跟孩子建立關係,才能拍攝出具有紀錄性以及孩子見到陌生人仍有自然的表情。另外,有一些無法依照外表辨識出身分的孩子,例如原住民兒童(黑白照片是原因之一),適時地將車牌「五峰停車站」安排進孩子的照片構圖中,五峰鄉泰雅族孩子的身分因此被標記。其他類似靠影像說故事的照片如,身心障礙者,如果不加上適當的特徵或者辨識物,影像也容

---

47 簡扶育:《台灣小朋友的臉——35個照片的故事》(台北市:台灣省政府教育廳兒童出版部,1998年12月)。
48 孫大川:〈序文〉,《搖滾祖靈——台灣原住民藝術家群像》(台北市:藝術家出版社,1998年6月),頁4-5。

易不知所云。當孩子的臉成為一種可供凝視與指認的對象，可能代表什麼樣的意義？一方面孩子可能被視為一種它者族群，需要被介紹的相對邊緣族群，另一方面，正面凝視觀看者的兒童，也顯示了邊緣他者回望的力量。也就是說，簡扶育透過和孩子的親近而近距離拍攝孩子的正面照，孩子被觀看的同時，也正面地觀看攝影師／讀者，顯示他者反轉為主動觀視的主體。至於非正面拍照兒童，如遊戲中的孩子專注在遊戲上，顯示了照片正在說明孩子與物件／事件的關係，創作者正在以第二人稱影像記錄一則則孩子的故事。攝影將孩子的情感凝聚在彼時彼地，抗拒時間的流動，成為現實讀者記憶中的永恆童年。

### （三）「牛」作為專題的書寫

中華兒童叢書作品中，七〇～八〇年代，都有女作家創作「牛」的故事，如，潘琦君《賣牛記》（1974年，文學類，六年級）、潘人木《放牛的孩子》（1980年，文學類，四年級）、潘人木《水牛和稻草人》（1986年，文學類，中年級）、嚴友梅《老牛山山》（1987年，文學類，中年級），四種書寫分別呈現時代變化下，創作者如何看待台灣社會？時代變化下社會認知的兒童形貌為何？

七〇年代，潘琦君《賣牛記》[49]描寫大陸江南春天鄉下，十二歲的劉聰聰偶爾在鄉裡小學念書，大部分時間帶著

---

49 潘琦君：《賣牛記》（台中市：台灣省政府教育廳，1974年2月，1986年5月三版）。

老牛工作,期待下半年到城市考中學。聰聰家很窮,必須帶著老牛做農村裡需要的零工。父親去世後,媽媽為了幫爸爸買墳地建墓,以及籌措聰聰進城念書學費,把牛賣了。聰聰向玩伴花生米借了錢坐船到城市找牛,後來遇到賣膏藥的張伯伯幫聰聰把牛從牛販處買回,讓聰聰回家。老牛的勤奮如同聰聰的農民身世,必須勤奮才能在農村環境中生存。琦君同時表現了鄉下與城市不同的風貌,牛是鄉下人工作的夥伴,在城市卻是食物。同時,可以看到琦君細細描摩江南鄉村景色時,對記憶中鄉下家鄉的恬靜與想望,即使大部分的鄉下孩子經濟窮困。故事中八歲女孩花生米,家住城市,到鄉下依親爺爺,即將進小學念書,家裡經濟無虞、聰明伶俐、與家人分隔城市和鄉村兩端,倒像是琦君[50]兒時的化身。

　　琦君描寫鄉下經濟窮困,孩子必須更努力工作同時念書,牛做為經濟動物,也是鄉下孩子重要的親密友伴。而獨自進城尋牛,牛成為引導聰聰獨立成長的動物。潘人木《放牛的孩子》[51]則描述「我國東北地方」,以一對兄弟和老黃牛作為主角,數個民間傳說改寫合成的故事。這些「中國」民間傳說,傳遞勤奮、不貪心價值觀,也透過書寫傳統,建立民族自信心及共同的信念文化。民間故事由兄弟分家、七

---

50 琦君從小與伯母居住鄉下,五～十二歲學習中國古典文學,一九三○年十三歲進入弘道教會女中初中部,開始西式教育的學校學習生涯。國立台灣文學館:《台灣現當代作家研究資料彙編:琦君》,頁61-62。
51 沙漠文,唐圖圖:《放牛的孩子》(台中市:台灣省政府教育廳,1980年11月,1990年10月三版)。沙漠,為潘人木筆名。

仙女下凡在河邊洗澡，取其中一人衣服而得妻、牛郎織女三段母題構成。牛做為較小的孩子情感與成長依附的智者。哥哥、弟弟如同老牛一般勤奮工作，累積了一點經濟基礎，後來哥哥成親，嫂嫂屢屢欺負弟弟想獨佔財產，都是因為老牛的教導而讓弟弟無恙。嫂嫂要求分家，弟弟只取了牛和一小塊地。在老牛幫助下，勤奮的弟弟娶了仙女，慢慢累積起財富，後來仙女思鄉回家，小兒子卻永遠只能在天河的一邊和仙女妻子隔河相望。

琦君和潘人木在七〇年代和八〇年代初，仍以牛與自然，表達農業經濟時期需要勤奮努力，才會有較好的生活，描寫了此時兒童作為勞動生活的重要角色，勞役動物在農業時代，成為家庭經濟及兒童心理重要的依附與象徵。兩文同時隱含建立兒童與中華民國在台灣的穩固連結。

八〇年代中之後，潘人木《水牛與稻草人》[52]，以牛做為敘事者，細細描寫台灣農村的四季景象與生活，將以往放在大中國民間故事的眼光轉向台灣農村，賦予台灣農村的稻草人民間故事形象。水牛協助主人耕作，也協助找回被大雨沖刷的稻草人，健壯的水牛阿勞與稻草人成為農人耕作的好搭檔。潘人木筆下的農村孩子小主人大斗，仍需勤奮工作，但是已經脫掉前一個時代的悲情。兒童與強壯的水牛農閒時間能一起玩樂，也能將學校學習紮草應用在稻草人製作上，

---

52 許漢章文，徐素霞圖：《水牛和稻草人》（台北市：台灣省政府教育廳兒童讀物出版部，1986年12月，1993年10月二刷）。許漢章，為潘人木筆名。

上學校、協助農忙、有閒暇遊戲的快樂孩子。次年出版嚴友梅散文故事詩《老牛山山》[53]，再次上演賣掉老牛的戲碼，然而過程與結局呼應著台灣農村的改變，對於農村耕作器械現代化有著相當理想的描寫，孩子也因此有個快樂的結局。爸爸為了買耕耘機（鐵牛），錢不夠，於是決定要賣掉老牛山山。老牛山山是小主人從小唯一的朋友。小孩的反對似乎得到父母的重視，故事最後父親以「政府低利貸款給農民」政策，兼顧了孩子的願望。很有趣的是，兒童讀物傳遞了幾個訊息，一為政府政策與農民耕作的現代化，似乎是政府與農民樂見的；二為故事敘事的主角「我」在書中沒有名字，媽媽其中一次以「小阿弟」稱呼孩子，其他以各種代名詞替代孩子，但是老牛倒是取了名字叫「山山」；三為書中所用辭，「阿弟」、阿雄「轉來」[54]的時候天黑了等，穿插客語。嚴友梅為河南來台女作家，插畫創作者為客家人徐素霞，通常文字、圖像創作者多透過文字、美術編輯來溝通，[55]作品文字與圖像不僅是文圖創作者的單獨創作，還混和了編輯們的集體參與。

　　一九六八年國民教育由六年延長至九年，逐年增加的就

---

53　嚴友梅文，徐素霞圖：《老牛山山》（台北市：台灣省政府教育廳兒童讀物出版部，1987年4月，1993年10月二刷）。

54　客語，「回家」的意思。

55　曹俊彥表示，到一九七一1年之前，聯合國仍有資金挹注，編輯之外，還有多方審查人員處理過手稿，之後因為經費有限，則僅總編輯和美編各一位作業。見，曹俊彥：《雜燴》（台北市：信誼基金會、毛毛蟲兒童哲學基金會，2011年7月），頁105-111。

學人數於一九八六年國中自願升學機會率達百分之百[56]。也就是說一九八〇年代中期的孩子大約都能依照意願就學到國中畢業、高中或者高職求學，升學率提高意味著經濟高度發展的初級人力需求。八〇年代中期後與中央教育關係密切的中華兒童叢書，似乎見到當時台灣社會因現代化而經濟高度成長，孩子普及就學，國家成為最大的財務流通東家來貸款給農民，社會轉型呈現樂觀。在經濟富裕社會下，故事裡壯年牛取代老牛，或者「鐵牛」增加生產力，孩子有較多時間就學及玩耍，脫離女作家早期兒童生活勞動的悲情書寫。然而就生態書寫觀點，女性通常做為自然與文化中介位置，尤其在資本主義社會形態下，女性與自然連結（女性創作者）相對於文明與男性（書中貸款者父親為男性）間的關係，在文明優先於自然下，使得生態女性主義者急欲去除自然／文明的二分法。然而在兒童文學領域而言，兒童似乎較女性更為接近自然與生態：自然與牛的描述或許對於孩子與女作家具有自經濟勞動或者生活困苦解放的意涵，也更接近生命初始的供養與接收者經驗。女作家的生態書寫，將孩子一同拉進了女性陣營，如同進入父系伊底帕斯期之前的社會，孩子擁有更高的保護自然與牛的慾望來排擠文明，尋回自然，打破二元思維。但不可否認的是，女人與小孩能維繫與自然關係的契機仍由文明與現代化框架下提供的矛盾性。另一方面，女性書寫賦予「孩子」與「地方」身份位置，提供在地

---

56 羊憶蓉：《教育與國家發展——台灣經驗》，頁55。

生長的現實知識與情感,對於生態議題,仍有實質貢獻。[57]

至於女作家書寫方向轉而專注台灣這塊土地,可能和一九八八年前後,台灣兒童文學創作者已經關注到本土風格展現有關。台灣兒童文學前輩如林良、鄭明進等,於一九八八年兒童文學學會座談會提出,從兒童生活觀察,從地方性開始的創作,就是本土圖畫書。[58]創作《水牛與稻草人》的潘人木則認為,他從事編輯工作就已經關注與製作台灣本土兒童書籍,在創作上,把我們的生活環境與精神寫出來,就是本土創作。[59]

## 第三節　單本出版作品:
以楊小雲少年小說創作為例

台灣文學七〇～八〇年代女作家,如,心岱、凌佛、楊小雲、張曉風等等,分別在八〇年代及之後創作兒童生態散文、知識性文學圖畫書、小說與童話。其中楊小雲創作六本一系列兒少小說,從創作量與兒童視角出發,反映兒童在就

---

57 黃逸民:〈簡介生態女性論述〉,《生態人文主義——邁向一個人與自然共生共榮的社會》(台北市:書林出版公司,2002年11月),頁57-58;楊銘塗:〈生態女性主義評析〉,《生態人文主義》第3期(台北市:書林出版公司,2006年5月),頁4-7。
58 林麗娟紀錄:〈兒童讀物民族風格的展現〉座談會紀錄:《中華民國兒童文學學會會訊》4卷3期(1988年6月),頁19-33。
59 洪曉菁:〈兒童文學的長青樹——潘人木專訪〉,《兒童文學工作者訪問稿》(台北市:萬卷樓圖書公司,2001年6月),頁38-39。

學普及、經濟起飛、政治戒嚴前後的一連串社會轉折下兒童生活顯著改變,兒童受社會影響也回應了現代社會樣貌,「書中情景……重要的是它所呈現的生活層面和社會意義」[60]。這些轉變,對於九〇年代以後吳玫瑛筆下「酷異」兒童及筆者提出失落到升學光譜等多樣貌兒童,具有承先啟後的作用。筆者擬以楊小雲兒少小說分析作為範例。

楊小雲(1943-)[61],本名鄭玉岫,一九四八年來台,在台灣完成學業,曾擔任講師、主編等工作。[62]一九六〇年代開始創作小說,結婚後封筆十年,生養子女,兒童文學創作中主角孩子的年齡,大多十歲上下,反映了他的母職專職期間對孩子的觀察。一九七九年於報刊連載並集結出版《水手之妻》,一九八〇年初《等待春天》得到中興文藝獎,《無情

---

60 楊小雲:〈代序〉,《親密頻道——親親老媽小頑子》(台北市:健行文化,2001年7月),頁9。
61 邱淑女、丘秀芷提出為一九四三年出生。九歌文學網資料為一九四二年十一月出生,國立台灣文學館作家作品資料為一九四二年十二月出生。
62 丘秀芷主編:〈老太遊上海:楊小雲〉,《風華50年——半世紀女作家精品》(台北市:九歌出版社,2006年12月),頁243-250。丘秀芷提出楊小雲於一九六六年開始創作,女作家邱淑女提出為二十一歲創作,也就是一九六四年。九歌文學網作家年表為二十一歲創作,標示年份為一九六三年)。兩者誤差在於楊小雲生日一為一九四三年,九歌標示為一九四二年十一月出生。國立台灣文學館台灣作家作品目錄,標示楊小雲一九六六年開始發表作品。筆者資料比對後,九歌文學網與邱淑女撰文楊小雲二十一歲後寫作脈絡清晰,判斷應為一九六三〜一九六四年間開始創作文學作品。筆者無意追尋楊小雲真實創作起始系譜,將重心放在楊小雲兒童文學作品及兒童觀呈現,因此使用既有文獻資料作為判斷依據。見,邱淑女:〈幸福女子張小雲〉,《誰領風騷一百年:女作家》(台北市:遠見天下文化出版公司,2011年9月)。

海》也銷售甚佳，[63]之後持續創作至二十一世紀初。一九七九年到一九九〇年代小說創作不輟，亦於一九八三到一九九三年間創作兒童小說，如小男孩及家庭故事《小勇的故事》、小女孩及家人故事《胖胖這一家》等等。[64]

　　張頌聖曾就台灣七〇、八〇年代以副刊為核心出發的作家及其書寫文學生態的中產階級意識為文，此文亦反映同時期張小雲出身副刊連載作家後集結出版路線與書寫中產階級家庭作品的背景與特色。張頌聖認為，此時期的文學意識背景，從「政治駕馭」過渡到「市場主導」，而文章中選譯描述的「主流文學」位置在於七、八〇年代台灣經濟飛躍、政治力狂飆、公民社會崛起的熱鬧歷史場景的質變。七〇年代中到八〇年代末，報紙副刊成為中產階級閱聽大眾的主要媒體，一方面為顧及市場反應，形成精英書寫現象，另一方面因為副刊發揮公共論壇功能而使得政治對抗升高[65]。若擴大從台灣社會角度來看，文學的生成跟台灣超高的外匯存底、繁榮的經濟景氣、對政治自由化的憧憬所激發的幸福意識氛圍，同時與台灣七〇年代後政治危機的氛圍壟罩，交織在一起。台灣社會在政府仍有限度地掌控下，在解嚴以前，形成

---

63　九歌出版社編輯部提出楊小雲是「暢銷與長銷」的作家，作品高踞各連鎖書店排行榜，年度十大暢銷女作家。書籍《她的故事》也曾被改編為連續劇。九歌出版社編者：〈珍視自己，關懷別人——楊小雲其人其文〉，《幸福比完美重要》（台北市：九歌出版社，2006年2月），頁3-9。

64　資料來源：九歌文學網，網址：http://www.chiuko.com.tw/author.php?au=detail&authorID=557#History，閱覽日期：2024年12月10日。

65　如當時聯合副刊與中時人間副刊的鄉土文學論戰。

緊扣社會脈動，文類傾向停留在意識形態的「安全地帶」，題材圍繞家庭、婚姻、戀愛、帶有濃厚的通俗劇色彩，以及在有線電視來臨前延伸的都會空間。這使得副刊在高層文化理念與中產階級消費的夾縫中，形成保守的「文化主義」意識形態與進步性「高層文化」的追求。[66]

張頌聖對副刊分析，清晰點出楊小雲位於當時台灣文學的位置[67]與書寫風格：女性自我成長、情與慾的探討、人生各種面向的分析[68]。同時，七、八〇年代一系列的台灣國際外交困境[69]、內部的鄉土文學論爭及隨後的政治運動，楊小雲在台灣文學作品與兒少小說，對於國際政治事件、台灣內部的論爭，如何緊扣熱鬧的歷史場景，以及兒童專屬的社會風貌，以兒少小說呈現既保守又前衛的通俗劇文化？而這些兒少小說，又描繪了怎樣的兒童？

創作於八〇年代初期的《小勇的故事》[70]延續了七〇年代的悲情兒童書寫，然而也可以窺見城鄉的逐步成形、兩性成人的分工，形成兩種經濟狀態下，兒童間權力不平衡的生

---

[66] 張頌聖：〈台灣七〇八〇年代以副刊為核心的文學生態與中產階級文類〉，《台灣小說史論》（台北市：麥田出版社，2007年3月），頁275-316。

[67] 楊小雲曾分別為中華日報、聯合報、青年日報、國語日報、人間福報撰寫專欄。九歌編輯：「封底介紹文」，《親密頻道》（台北市：九歌出版社，2011年7月）。無頁碼。

[68] 九歌出版社編者：〈珍視自己，關懷別人——楊小雲其人其文〉，《幸福比完美重要》，頁3-9。

[69] 中日斷交、美交付釣魚台領土與日本、退出聯合國等等。

[70] 楊小雲：《小勇的故事》（台北市：九歌出版社，1983年3月，1989年9月七版）。

活,而提出法治社會的教育制衡。小勇因為父親過世,家庭經濟陷入慘狀,住在台北市違章建築,來往同學皆為中產階級,住大樓,因父母忙於工作而寂寞,相對於經濟弱勢,母親的零工生活反而有彈性地提供小勇情感上的支持,小勇也較一般中產階級孩子來得獨立,可自行往返台北市區及郊區淡水外婆家。小勇的舅舅是警察,成為法治正義、知識啟蒙等小勇心中問題解決,類似父親的巨人角色,提供了物質生活與心靈生活差距的小勇新的看待事物的引導與鼓勵。土狗小黃,則彌補小勇平日生活情感上的另一個依附角色:經濟弱勢孩子必須體諒母親工作無法時時陪伴的友伴;狗同時也擔任了不同階級孩子間情感的交流中介,如小勇家在故事中最後決定要回到淡水鄉下居住,將狗留給了好朋友楊台生。然而造成小勇不得不離開台北市區的原因,仍在於女性獨力撫養孩子的不可能,需要在支援系統下生存。資深女作家邱淑女書寫楊小雲的生活,提及她愛狗,卻不寫狗。[71]在兒童文學作品中,楊小雲甚多作品琢磨寵物與孩子的關係,有別於成人文學作品。其他對於女性關懷、城鄉差距、城市經濟階級、孩子特有的衝動與頑皮行為等,主題也常見於楊小雲作品。

次年初版《豆豆的世界》[72],脫離了苦兒的故事,六年

---

[71] 邱淑女:〈幸福女子楊小雲〉,《誰領風騷一百年:女作家》(台北市:遠見天下文化出版公司,2011年9月),頁232-233。

[72] 楊小雲:《豆豆的世界》(台北市:九歌出版,1984年2月,1987年3月四版)。

級的豆豆成為一般中產階級家庭,父母要求功課,但他的世界卻在巧固球、工藝美術、寵物、昆蟲等自然的豐富常識,而這些跟升學學科有關或者無關的能力,似乎仍和他的學業成就建立不了連結。豆豆的世界已經不在經濟上打轉,而是著眼在兄弟姊妹間的關係、父母子女關係、法治社會、寵物以及流行文化。當時的流行電視武俠劇「楚留香」成為寵物天竺鼠的名字及豆豆扮演的對象,同時標示電視成為休閒新媒體的選擇,武俠通俗文學引起閱聽大眾的關注。豆豆的父親是律師,好朋友的父親是警察,模仿的除了流行劇場,以及男孩對於父親象徵律法崇拜:律師、法官和警察等的語言與遊戲[73]。而中產家庭,表現在姑婆與堂妹來家裡時,「每個人都要穿上最漂亮的衣服」,也就是豆豆身上的襯衫、領帶、皮鞋,「要注意禮貌、要乖」,留給姑婆「很好的印象」[74]。美國來台的姑婆,送給孩子的玩具,豆豆是台照相機、大妹妹得到一套辦家家酒玩具。如同《童年的消逝》作者主張,在電視媒體出現之後,為成人的文化打開了一扇通往兒童的後門,使得兒童在服裝、遊戲、流行文化等外在行為上成為縮小的成人,兒童與成人界線漸趨模糊。[75]如同羅蘭·巴特對於成人文化縮小版的玩具反映對成人世界的模仿,與孩子

---

73 如警察抓犯人的手銬遊戲、被告有罪,判刑監牢等用語與遊戲。姑婆送的相機也比擬為情報員使用相機。楊小雲:《豆豆的世界》,頁19-20、36-37、38-40。

74 楊小雲:《豆豆的世界》,頁29。

75 Neil Postman著,蕭昭君譯:《童年的消逝》(台北市:遠流出版事業公司出版,1994年12月)。

成長為小大人的刻板期待。此外，小說對軍人、警察、律師的敬意，是否也暗示了服膺法治、公平正義，法律取代大部分政治監控的縫隙，成為當時中產階級生活不受侵犯的保障，前述張頌聖所言，政治自由化的憧憬所激發的幸福意識氛圍來源？

　　移民美國，也是《豆豆的世界》故事事件之一。楊小雲自陳，一九六〇、七〇年代，問起身邊的親戚好友，定有在美國者。[76]學者陳靜瑜表示一九四九～一九七八年間，台灣人留學美國大幅成長，而以一九六〇到一九七六年為高峰期。當時的口號「來來來，來台大！去去去，去美國」相當傳神反映時代脈動。陳靜瑜認為導致美國留學現象，在於台灣的「推力」與美國的「拉力」。台灣的「推力」來自政治、經濟上的變化，政治上包括一九四七年的二二八事件、一九四九年國民政府來台的外在與內在政治情勢動盪、一九七〇年代的退出聯合國與「中美」斷交、言論箝制，以及台灣經濟起飛卻對國外旅遊限制，導致台灣人民以留學為名義「出走」；美國的「拉力」則在於一九五〇年代美援引致國人對美崇拜，美國鼓勵台美學術交流，及一九六五年的移民國籍法案修改，有利於台灣人才定居等。[77]

---

76 楊小雲：〈老太遊上海〉，《風華50年——半世紀女作家精品》（台北市：九歌出版社，2006年12月），頁244。，
77 陳靜瑜：〈台灣留美移民潮1949-1978〉，國立台灣圖書館網站，網址：https://www.ntl.edu.tw/public/Attachment/81181605782.pdf，閱覽日期，2020年5月31日。

然而當時社會移民現象，在兒少小說裡以兒童角度呈現小家庭觀等同國家[78]仍重於移民觀點：

> 「還有——前天我聽見姑婆跟爸爸說，要帶豆豆到美國去！」娃娃掙紅了臉，一口氣說了出來。
> 「啊？——」豆豆呆了一分鐘，心裡有種受騙的感覺，原來姑婆對我好，是有意的，原來——豆豆扔下天竺鼠，很不高興的跟姑婆說：「還給妳，我不要了！不管妳送什麼寶貝給我，我都不會跟你走，更不會跟妳去做美國人！」
> 「豆豆，這——這是兩回事啊！」姑婆急著分辯。
> 「你聽我說……」[79]

姑婆因為年老，孤單，爸爸媽媽才想要讓一個孩子陪伴老人，但是豆豆卻直接指向移民即可能成為美國公民的現實問題。然而離開父母可能才是孩子最擔心的事：

> 他真的生氣了，生姑婆的氣，生爸爸媽媽的氣。原來他們根本就不愛我，不關心我，甚至討厭我，所以才叫姑婆把我帶走，豆豆越想越傷心。最後一言不發走

---

[78] 傳統儒家的氏族觀念，置換到當代家庭型態及孩子心理發展，成為以西方小家庭為中心的家庭觀。在此，楊小雲似乎仍建構了從孩子到家庭，再到國家民族的路徑。。

[79] 楊小雲：《豆豆的世界》，頁66。

進房間，伏在床上哭了起來。[80]

看著豆豆傷心，四年級的妹妹娃娃，說了同學即將移民美國，及美國就學的經驗：

> 人家我同學王怡茹過了年全家就要搬到美國去住了呢！他說美國小孩上學都不用帶書包，不要穿制服，又很少考試，還說他們早上八點多才到學校，好好哦！……。[81]

美國經驗的崇拜，以及台灣制服整齊劃一的規訓，書包與提早到學校學習等配合經濟起飛，父母工作工時長，孩子升學也要滿足勞動市場需求等，相對於美國，形成對比。

　　最後爸爸媽媽說明，姑婆和大家是為了美國升學較沒有壓力，可能比較適合豆豆。豆豆不同意，因為「我喜歡姑婆」但豆豆「更喜歡媽媽、爸爸和我的家呀！」[82]一方面楊小雲以兒童依附父母的心態，讓豆豆寧願看著年老的姑婆孤獨回美國而拒絕出走，同時豆豆意見反應受到重視，反轉被支配的形象，另一方面，就女作家而言，家庭的完整性仍然凌駕一切價值。書寫美國與台灣關係的更深層變化，反映在下一本兒少小說《我愛丁小丙》與成人作品《她的成長》。

---

80 楊小雲：《豆豆的世界》，頁66。
81 楊小雲：《豆豆的世界》，頁70-71。
82 楊小雲：《豆豆的世界》，頁72。

楊小雲回應社會價值觀的兒少小說《我愛丁小丙》[83]。描寫早產兒丁小丙，從小身體瘦小、口吃，名字常被同學嘲笑，但卻有個相互對照的高大威武父親，在金門花崗石醫院任職軍醫，每三個月回家一次，文中開放家屬參觀金門。老師提供丁小丙機會將參觀金門的心得說給同學聽，推崇瘦小的小丙與軍醫父親成為英雄人物。這本書出版於一九八六年，次年解嚴，張小雲小說《她的成長》出版，將一九七〇年代台灣退出聯合國，「中」美斷交事件寫入小說，並透過小說傳達女主角政大大二學生盼弟二次感受到國家民族群體意識與愛國的熱血。二本小說書寫期間接近，同時強調國家雖小，人民的意識與情緒卻很高漲。楊小雲在接近的時間出版兒少小說小丙的故事，與成人小說盼弟成長中經歷的國家動盪，分別以小孩子和大孩子的角度看待國家意識。

　　《她的成長》大學女生透過間接活動傳達女大學生對於國家的關懷，並描述他的所見所聞：

> 盼弟大二這年，我國被迫退出聯合國（一九七一年十月二十五日，日期為筆者所加）。消息傳來，舉國譁然，激憤之情震徹雲霄。各大專院校都燃起強烈的抗議活動，上書、陳情、簽名、請願等活動，在校園內如火如荼地展開。年輕一代中國知識分子的民族意

---

83 楊小雲：《我愛丁小丙》（台北市：九歌出版社，1986年2月，1989年8月四版）。

識、愛國情操，整個的昂揚起來，……。盼弟雖然未直接參與活動推進，但是血管裡也沸騰著狂烈的熱潮，衝得她不能自己。這是她進大學，不，應該說從小到大，第一次萌發的群體意識，一種與國家、時代緊密結合的歸屬感。……她開始認真地讀報紙、雜誌，很認真聆聽教授對時事的分析，參加座談會，聽演講，也在抗議的白布條上，用鮮血寫上了自己的名字。望著血殷殷的「林盼弟」三個字，一種前所未有的震動，重重的撞擊她的心房。她竟然莫名所以的流下了眼淚。[84]

盼弟在演講中認識了留美博士紀方，跟著他的演講到處跑，以幾乎委身演講者來表達極端的愛國意識。然而，對於孩子，楊小雲要怎麼在兒少讀物表達台灣的嚴峻國際情勢、戰事氛圍，與愛國情操？

《我愛丁小丙》以金門軍醫父親，三個月回家一趟，回來不到一周又回到工作崗位，父親回來後溫暖的大手，總會抱起十歲的小丙，高高舉起轉個兩圈，表現台灣為國付出軍人的巨大與溫暖。小丙父親工作設定在金門，對於兒童少年而言，較容易以當時八〇年代的生活，來體會台灣國際情勢帶來的動盪，背後其實在於台灣跟大陸的敵對關係，八〇年

---

84 楊小雲：《她的成長》（台北市：九歌出版社，1987年7月，1996年11月三十六刷），頁150-151。

代的金門仍壟罩在戰爭的陰影中,孩子較容易理解實際情勢。金門位於台灣與大陸的最前線,一九五八年八月二十三日起戰機落彈及砲彈連續轟炸四十四天[85]後,從十月五日開始,大陸發佈單日打砲彈,雙日不打的「單打雙不打」戰事型態,直到一九七九年一月一日中共與美建交為止。但戰事陰影的壟罩,仍讓金門直至一九九二年才解除戰地任務。[86]「單打雙不打」台灣與大陸雙方以宣傳彈為主,但是是否真實戰爭已終止,仍屬未知。小丙第一次和媽媽跟著申請的親屬團赴金門,作為軍人的孩子小丙,初到金門時「小丙的心忽然撲通撲通地亂跳起來,分不清是太高興還是有點害怕,畢竟這裡是戰地,是第一線哪!」[87],兒少讀者順著小丙的眼光知道在富足的台灣社會,還有個和台灣不遠(飛機航程四十分鐘)的地方叫做金門,仍屬於戰地,戰爭不遠,而且還沒有結束。順著小丙的眼光,兒少讀者們看到的金門是:

不像嘛,真的一點都不像,比台北還安靜,路上車少

---

[85] 稱為八二三炮戰。戰地範圍包括金門、馬祖及中國大陸東南沿岸島嶼的一系列戰役時間。作用在於警告插手中國「內政」的外國勢力,激化台灣國民黨與美國矛盾,以及試探美國協助台灣戰略的底牌。林則宏:〈提醒戰爭不遠?央視推出十集金門砲戰紀錄片〉,聯合新聞網,網址:https://udn.com/news/story/7332/4599296,報導日期:2020年5月29日,閱覽日期:2020年6月2日。

[86] 鄭仲嵐:〈八二三炮戰60年:從血淚戰地到兩岸橋樑的金門〉,BBC新聞網,網址:https://www.bbc.com/zhongwen/trad/chinese-news-45296259,報導日期:2018年8月24日,閱覽日期: 2020年6月2日。

[87] 楊小雲:《我愛丁小丙》,頁170。

人更少,道路兩旁種著翠綠的樹木。更奇怪的是,這裡沒有紅綠燈,但是交通秩序井井有條,連一輛摩托車都沒看見呢。[88]

戰地金門的地景與環境,因著戰爭而設計,例如,安靜、沒有會發光的紅綠燈、井井有條的交通秩序。而秩序與綠地,表現國軍的紀律、軍紀與一抹希望的色彩,也代表國家在前線的軍容,守護台灣國土的希望與安心,所以當小丙下飛機坐在軍車上,行駛在金門筆直的柏油路上「心頭的不安就消失了」。擁有紀律的國軍,如同筆直的柏油路,讓人感覺到安全可靠。然而,為了戰爭壟罩下的戰地設計,「不像嘛,一點都不像。」除了讓孩子與讀者看到國軍展現治理下的前線而對國軍產生信心,這些為戰爭而設計的地景與氛圍,反而不像戰地的異樣與奇怪感受,透露著孩子沒有意識到的詭異。安全掩蓋戰事。如同佛洛伊德論文〈不可思議之事〉（The Uncanny）,論及未知和熟悉之間,產生戰爭和熟悉間相反下的可怕／害怕。猶如台北空間置換下的金門,覺得熟悉、很像,但不一樣:安靜、安全但是曖昧,留有隱藏狀態下的秘密,也就是戰爭。[89]或許楊小雲以金門表面看起來的樣貌,小丙見到父親的溫情,讓孩子感受國家仍在戰爭陰影下,對國軍與父親的信心合一,既愛國、有國家意識、尊敬

---

88 楊小雲:《我愛丁小丙》,頁170。
89 S. Freud著,宋文理譯:〈不可思議之事〉,《重讀佛洛伊德》(台北市:心靈工坊文化事業公司,2018年5月,一刷),頁70-123。

軍人但也要對國家有信心。

　　成人文學《她的成長》以及兒少小說《我愛丁小丙》都於接近解嚴前出版，但若以陳若曦自述對解嚴前的回憶，解嚴前幾年已經呈現國家政治意識鬆動現象，可能也是楊小雲對於七〇年代國家事件選擇八七年前後發表的考量。同時，《她的成長》還做為楊小雲兒童文學作品從男童視角轉為女童的分水嶺。從《她的成長》中，姊妹們的名字分別叫「盼弟」、「來弟」、「招弟」、「勝弟」，隱約可以理解楊小雲在八〇年代對女性意識的再思考。後記與小說內容中提到男女兩性的不平等，提醒女性自覺，給予自己定位。小說中以大姊林盼弟作為自由主義女性主義的代表，爭取男女在一切權利上的平等，然而作者行文後似乎發現兩性完全平等之不可能，因為盼弟陸續發生家人過世、父親中風，妹妹結婚或求學，經濟重擔落在她一人身上，房子又即將被徵收，盼弟還是需要支援系統，然而同窗好友因為和盼弟喜歡上同一個男孩，不可能求助，最後在照顧父親的體力、經濟、居住上還是需要靠婚姻，也就是另一半男性的協助。在《她的成長》對女性在社會、家庭宗族的反省之後，恰巧接連三本兒少小說，都以女孩視角發展故事。

　　一九八九、九〇、九三年，楊小雲分別出版三本兒少小說《嘉嘉流浪記》[90]、《小瑩和她的朋友》[91]、《胖胖這一

---

90 楊小雲：《嘉嘉流浪記》（台北市：九歌出版社，1989年7月，1990年11月三刷）。

91 楊小雲：《小瑩和她的朋友》（台北市：九歌出版社，1990年2月，1991年2月三刷）。

家》[92]，描述三種經濟階層孩子的家庭生活，與當時一連串發生的社會現象結合，讓孩子們從社會經歷中成長。

三本小學女生為主角的書，分別為富有的八歲女孩嘉嘉，在家庭位置從失能者到流浪後的能力者；住在眷村的二年級瑩瑩，因為家裡孩子多，不太受到注意。從「城市」台北，到「鄉下」台中外公外婆家過暑假，在鄉下世外桃源中找到自己的快樂童年；四年級的胖胖，經濟小康，描述第一次出國的經驗、治安的威脅與守望相助、外婆從高雄「鄉下」進台北「鴿子籠」的「進城」、經濟富裕飲食改變下的兒童蛀牙現象、媽媽工作榮升總編輯等雙薪社會，以及女性也能靠自己努力兼顧家庭與事業等。

《嘉嘉流浪記》女童嘉嘉，住在高樓大廈，父母工作常不在家，冰箱堆滿了食物，媽媽怕家裡髒而不讓嘉嘉養寵物，甚至不讓嘉嘉上「危險的」體育課，物質豐裕精神孤單。嘉嘉在一次意外中離家，坐火車到屏東找外婆，卻不小心上了花蓮的車，在花蓮遇到了好心的站長伯伯收留，認識站長肢體殘障且寂寞的女兒珠珠，成為好朋友。後來在站長安排下回台北，卻因故在宜蘭下車，遇見扒手阿吉，暫時被收容在扒手集團，集團大哥覺得嘉嘉白白嫩嫩，看來像有錢家的女兒，意圖賣給人口販子作雛妓，於是阿吉帶著嘉嘉逃跑，坐上開往基隆的運貨車。貨車到基隆後，賣臭豆腐阿吉爺爺收留了嘉嘉，幾天之後，爺爺鄰居想要抓嘉嘉向父母取

---

92 楊小雲：《胖胖這一家》（台北市：九歌出版社，1993年2月）。

得高金額尋人懸賞,嘉嘉躲開鄰居的追捕,認識基隆河邊賣口香糖的山地女孩香香,在山地家庭居住並跟香香一起成為賣口香糖的流動攤販。嘉嘉和香香找到古爺爺,爺爺跟登報的嘉嘉父母聯繫,把嘉嘉送回家。小說中透露幾個經濟富有類型家庭生活訊息:一為拚經濟下有錢家庭孩子的寂寞,並且生活處處受限,父母操控孩子的生活,孩子如同父母親的玩具娃娃。家庭物資充裕,但孩子角度而言,孩子想要的物質、心靈、生活自理能力匱乏。二是嘉嘉的出遊／流浪,見識台北都會之外的地區或者被台北榮景掩蓋下的台灣孩子生活,如站長肢殘的女兒珠珠的寂寞,反映當時殘障孩子弱勢的社會福利政策;扒手阿吉及阿吉這樣的一群孩子在扒手集團內的基本溫飽生活,反映社會秩序規範之外的孩子生活;山地女孩香香,家住在交通不便遙遠的山上,家人酗酒,家人間各過各的疏離,迥異於漢人塑造的「甜美家庭」模式,同時小學的香香必須負擔家計,帶著口香糖和糖果四處銷售,在童工的法律界限邊緣遊走,有時必須躲一下警察。這些不同樣貌的孩子生活與處境,似乎不適合在光鮮亮麗,經濟充裕的台北市街頭出現?總之作者安排在「鄉下」一一現身。三為,嘉嘉在這次流浪過程中,由一個無能力的台北都市孩子,成為了具有能力孩子的成長過程:和珠珠走了一趟花蓮海邊,過著一般孩子應該有的秘密基地與好朋友的經歷;和阿吉逃跑的過程中,媽媽認為不能跑、不能跳的嘉嘉,在求生及阿吉的協助下,必須爬牆、跳牆、逃跑;跟阿吉爺爺住在一起時,協助爺爺做家事,也因為第一次炸臭豆

腐而燙傷；跟著山地孩子香香，背著口香糖和糖果盒子，在香香的指導下，找尋合適的銷售地點、對象、應對的語言等等，讓嘉嘉產生許多新的生活體驗。嘉嘉最後在阿吉爺爺的協助下由父母接回家，繼續作為寶貝孩子，然而楊小雲書寫排除在城市外孩子的生活樣貌，或許才是生活在同一塊土地上，經濟、教育、種族逐漸拉大差距的現實生活樣貌。

場景在眷村的《小瑩和她的朋友》，經濟、教育生活無虞，但是非必需品，如一輛腳踏車則買不起。小瑩家有四個孩子，二年級的小瑩聰明靈巧有創意，但似乎也不是特別受到家人和學校關愛的孩子。鄰居搬來了一戶賣腳踏車的人家，父母之外只有一個小男孩林俊男，綽號「黑人牙膏」。外人進入眷村，成為小瑩生活改變的契機。

不太受到注意的小瑩，和過度受到家庭重視，甚至負擔大部分家務的林俊男，成為對照組。小瑩「不會」騎腳踏車、「不會」從事經濟生產、「不會」家務或勞務、「不是」成績優秀的孩子，相對於林俊男「會」賣腳踏車、「會」修理腳踏車、「會」協助經濟生產、媽媽生病後「會」操持家務，似乎中產階級的孩子，除了念書，沒有其他家庭或社會的功利作為。然而兩種童年，都各自被框限在自己的家庭身份與屬性界線中。越界的契機在於寵物。林俊男家有一隻母的鬆獅狗阿呆，瑩瑩外婆家有一隻公的鬆獅狗球球，兩隻純種狗如果交配，生下來的小狗，一隻市價約在八千到一萬元，對林俊男媽媽生病的治療費用有幫助。林俊男的父親因此期待能讓小狗們「結婚」、「生小孩」。因為一隻狗在台

北，另外一隻在台中「鄉下」，所以孩子們運用暑假貨車往返台北、台中的機會，在台中度過了一段鄉下接近自然的時光。老人與生態，通常是包容孩子的所在，也是最親近台灣土地脈動的地方：廟會、野臺戲之外，瑩瑩和林俊男在外公外婆帶領下，到河邊抓魚、果園摘採果實、竹竿黏知了、烤地瓜，乾淨的空氣，感覺天空特別高。唯一美中不足的也是來自自然界：蚊子多。兩隻狗狗也過了一段美好的鄉下日子。當貨車再度經過時，瑩瑩、林俊男、阿呆狗，一起回到台北。賣了小狗，果然林媽媽身體得到較好治療，有了起色，然而對兩個孩子而言，意外得到的鄉下童年時光最是愉快。學者黃宗潔認為，狗的世界其實是人們失落的自然，在都市狹窄的空間中，人們才容易將狗從「動物」變為「寵物」，而狗之所以成為寵物，在於狗不同於其他動物的生理特性，可以被人類揉捏塑型，所以狗世界是人類不斷干預的結果，人類重新定義了狗，重新創造了狗。[93]在兒少小說中，狗除了成為兒少的友伴，或者與兒少性格、生活互為象徵，或者如同黃宗潔所言，成為整個自然的換喻。當瑩瑩和林俊男離開，鬆獅狗成為孩子們整個鄉下自然的替代生物，狗寶寶的出生見證了他們在自然的快樂童年記憶，雖然對於成人而言，狗的價值仍然由人決定——把出生的小狗賣掉，換取另一個成人的生命——人對狗的干預，形成人類生活的快樂結局。

---

[93] 黃宗潔：〈同伴動物篇I當人遇見狗〉，《牠鄉何處？——城市，動物與文學》（台北市：新學林出版公司，2017年9月），頁93-105。

楊小雲在《胖胖這一家》，開始走向解嚴後，孩子「從家庭內向外看」時期，如同阿媛一家人外觀都是圓圓胖胖的，迴異於窮苦的瘦小孩。暗示台灣走向經濟物資過剩的年代。四年級的胖胖家族阿媛，擁有一個快樂平凡的小康雙薪家庭。阿媛的故事已經相當接近九〇年代中產階級的台北家庭：二個孩子、雙薪父母、擁有自己的房子、早晨趕學校上課，趕公司上班，永遠計畫存錢建半套衛浴設備，但是每次存夠了錢，總會有新的計畫而延宕衛浴建設等等。筆者擬就阿媛一家人第一次出國事件分析文本，以及孩子的經驗如何跟現代性再度扣合。

阿媛住在台北市公寓的三樓，家中四個人，爸爸、媽媽、哥哥和阿媛。每天早上為了家中只有一個浴廁而引起家庭搶廁所大戰，於是開始存錢預計加建半套衛浴。第一次存夠了錢，爸爸建議出國去日本迪士尼樂園，媽媽說「是該出去見識見識了！」[94]於是拍板定案，展開了全家第一次的出國旅行。第一次出國，面臨相當多新鮮事：台北往桃園的中興號，跟團的經驗，坐飛機的經驗，在飛機上使用英文，飛機廁所門反鎖的驚嚇，時差，房間門電腦卡，日本物價，二十四小時超市等等，四年級的阿媛擔任發問的角色，國中的哥哥擔任回應與介紹的角色，讓兒少讀者見識出國的知識與經驗。

到了迪士尼樂園，雖然在寒假，冬天，當小媛穿得圓鼓

---

94 楊小雲：《胖胖這一家》，頁36-40。

鼓，帶著手套，全副武裝，而日本人穿得少且輕巧，甚或短褲，讓小媛看到文化上的差異，為了表示「自己不是怕冷鬼」，「悄悄脫下了手套」[95]。當阿媛一行人進入日本東京迪士尼樂園，「一下子好像走進了卡通世界」：

> 迎面是一個巨大的草圃，上面種著黃色、紅色的花，再仔細一看，哇！原來是著名的米老鼠笑臉。走過長長的通道，就看見一大片廣場，四處立著一幢幢白雪公主、灰姑娘故事中的中世紀尖頂古堡，左邊是一排西部式木屋，好幾位穿著漂亮衣服的小姐在跳舞，右邊是娃娃兵世界……，我們站在廣場前，目瞪口呆地東張西望，像掉進夢境的愛麗絲一般。[96]

當阿媛一家進入遊戲內部，小女孩再次用自己的眼光描述：

> 這條船開得很慢，經過人工森林，水洞和小島，不時有各種動物鑽出，惹得遊客驚叫，在看清楚原來是假的之後，又笑了起來；經過瀑布時，水珠像是要濺到身上一般。雖然整個景觀是人工佈置出來的，但置身其中還真有恍入原始林的感覺呢！[97]

---

95 楊小雲：《胖胖這一家》，頁58。
96 楊小雲：《胖胖這一家》，頁58-59。
97 楊小雲：《胖胖這一家》，頁63。

如同阿媛對愛麗斯夢遊仙境的感受,迪士尼樂園的確像是引導觀者進入一種狄德波(Guy Debord, 1932-1994)奇觀的幻境,而這種幻境由日本做為東方國家,將西方的華德迪士尼媒體建構下的迪士尼樂園,以東方的符號再加以人工包裝,形成具有西方主題與東方建築風格元素的混融性符號。東方的迪士尼符號加上遊戲設施的如夢似真,「水珠像是要濺到身上一般」的驚叫,猶如布希亞(Jean Baudrillard)提出由媒體建構,比現實還要真實的擬像。而這些混融東西方符號的虛擬樂園,和日本歷史與在地深耕的日本文化無關,呈現後現代表淺化(詹明信〔Fredric Jameson〕),不具有日本歷史深意存在。然而,在觀光浪漫化與知識化之後,這些流動化的越界凝視,成為擬像與集各種混融展演的交集,對於觀光客而言,一次擁有各種全球化視覺上的蒐集,相當便利。[98]

《胖胖這一家》兒少小說的後現代展演,將兒少文學推到了現代之後的後現代潮流,進入當代都市與全球化的生活中。

另一方面,楊小雲做為當時暢銷作家,成人作品的熱銷與暢銷,似乎也帶起她同時期兒童文學作品市場?這種成名作家的市場機制從成人文學連結到兒童文學作品的現象,在九〇年代後的長銷作家張曼娟與希代叢書包裝作家黃秋芳經營兒童文學的影響,筆者將進行進一步的討論。

---

98 John Ury著,葉浩譯:《觀光客的凝視》(台北市:書林出版公司,2007年12月,2013年5月七刷),頁215-268。

## 第四節　小結

　　一九七〇～八〇年的台灣國際、國內社會面臨許多重大轉折,對台灣文學產生影響,對台灣文學女作家創作的兒童文學與兒童觀也形成轉折性意義。

　　就兒童文學作品來說,早期女作家的創作彌補了兒童文學創作人才的不足,七〇年代兒童文學領域逐漸形成自己的作者群,然而成人女作家透過各種合輯,寫作多元且成熟的文類,如現代主義、在地鄉土、族群衝突、後現代景觀等,再次為兒童閱讀產生貢獻,並呈現另一種不一定受教育政策控制下的書寫與觀察。然而,書寫現實生活的兒童生活,仍然反映出了台灣政治、經濟、教育面貌大幅變動下的孩子。

　　女作家除了合輯,單本小說創作幕後推手以九歌出版社最為重要。若以楊小雲及隨後的張曉風、周芬伶等單本創作,多可以在九歌找到這些女作家的童話合輯或者單本小說。楊小雲在七〇年代初期《水手之妻》第一版可到五十刷[99],再出新版,同時期創作的兒童文學作品,反映中產階級生活的情感面、幸福作品,在父母作為主要購買者的情況下,女作家兒童文學作品的開發與市場,成為另一股與兒童文學出版與創作者足以抗衡的力量。

　　作品兒童觀在這個時期也發生了轉化。從早期的苦兒與貧窮,必須做個懂事的「好孩子」,轉而開始書寫中產階級

---

99 楊小雲:〈寫在三十刷之前〉,《水手之妻》(台北市:九歌出版社。1979年10月〔1-50印〕,2003年1月重排),頁234-236。

孩子在青少年轉大人等各種面向的苦澀，或者反映台灣時事，社會變化，經濟等反差下，各種兒童形貌，以及逐漸抗衡教育體制的樣貌，有別於一般兒童文學領域作品的甜美。此外，廢墟兒童的提早出現，女作家書寫無疑帶給兒少文學較前衛的啟示。

　　逐漸被壓縮的童年，逐漸減少的自然／鄉下，無處遁逃的少年兒童，終於在九〇年代後進入另一階段，只為升學而忙／盲。

# 第六章
# 一九九〇年代到二十一世紀通俗文學與「女作家之名」的文化生產概念

　　學者陳國偉認為大眾／通俗文學類型的產生，背景在於教育普及後大眾讀者階級的興起，文學的主控權從小眾族群轉移到大眾市場法則，而且不需要再迎合菁英階級的品味。因此文學類型必然因為市場而走向類型化。陳國偉同時以西方學者詹明信與台灣主編「新世代小說大系」黃凡、林燿德觀點，提出菁英文學與大眾文學間其實互為「共生」的「鏡像」關係。詹明信認為，大眾文學以「遮蔽」的方式反映菁英文學表達的國家機器、政治體制等思考方略，傳達到大眾文化或讀者對象，兩者互為「鏡像」；黃凡及林燿德認為，菁英文學與大眾文學受到同樣的文學典律與文學觀支配，因此是一種「共生」關係。[1] 亞當斯（Hazard Adams）認為，文學作品本身不會使自己成為經典，是批評家和權力（抗衡於當道權力所否定的一切）運作使然。[2] 黃凡、林燿德與希

---

1　黃凡、林燿德：〈新世代小說大系總續〉，《新世代小說大系》，頁3-13。
2　Hazard Adams文，曾珍珍譯：〈經典：文學的準則／權力的準則〉，《中外文學》第23卷第2期（1994年7月），頁6-26。

代新小說大系具有文化權力,然而是否具備創作內容對當代社會的抵抗性的「抗衡於當道權力所否定」,或是一味迎合市場,成為下一文學輪動替換者,在各種角力下,是否能成為典律,或是一種時代性文類?尚有待觀察。

　　關於大眾文學類型化,陳國偉提出幾種類型,其中張曼娟、希代小說族劃歸為大眾「愛情」小說類型,從瓊瑤一九六三年皇冠出版的《窗外》談起。然而瓊瑤帶起的大眾文學通俗化,筆者認為值得關注的是陳國偉陳述新的書籍文化產業版圖擴大模式。一九七〇年代後,瓊瑤跨越多重大眾媒體,成為大眾小說家進入多種文化生產場域的第一人:一九七〇年代成為自己電影作品的編劇、撰寫主題曲歌詞、參與電影製作,一九九〇年代跨足電視圈,擔任自己作品的製作人。與文化產業密切綁在一起。這種方式在稍後張曼娟媒體間的跨域,黃秋芳在希代品牌的塑造下,成為大眾文學品牌包裝女作家的先驅。[3]

　　一九八三年,金石堂連鎖書局進入台灣,改變了台灣書店的人文消費空間,銷售排行榜的建立與店面特殊陳列,翻轉通路在書籍產銷的位置、書籍的流通與知名度、指名度、銷售、產品生命週期、讀者消費的想像,以及作者的明星品牌塑立。隨後誠品書店出現,不同取向的排行榜與空間設計,迎來強烈的消費社會性格。博客來則在書種分類,排行榜,即時的新書資訊更換,高度發揮網路即時時間效應。而

---

3　陳國偉:〈簾內幽夢影・窗外有情天——愛情小說〉,《類型風暴——戰後台灣大眾文學》(台南市:國立台灣文學館,2013年11月),頁85-95。

排行榜與書市行銷宣傳綁在一起，促使書市的市場化與大眾化。張曼娟透過全國學生文學獎，及隨後小說族作家，包括黃秋芳，透過各種文學獎項，被希代出版社網羅，以作家個人品牌包裝成為系列愛情文學作品，文學商品化、作家明星化，崛起關鍵在於商業包裝與行銷方式，成為大眾通俗文學暢銷作家。[4]

張曼娟同時經營成人與兒童讀者，初衷在於一九九六年到二〇〇六年成立作家經濟制度「紫石作坊」後期，發掘了許多有潛力的作家，卻沒有讀者。於是萌生經營下一代讀者的想法「沒有讀者，我們就自己創造」。[5]黃秋芳則在一九八九年希代短篇小說個人品牌包裝下，寫書、演講、採訪，隨後一九〇〇年黃秋芳創作坊成立作文教室。二〇〇一年夏天進入台東大學兒童文學研究所，和兒童文學邂逅，期間思考琢磨，透過成人到兒童文化位置的位移，將內在兒童文學解構與建構，[6]經過論文思考統整，形成兒童文學創作理念與實踐樣貌。

接下來，筆者將指出在九〇年代及之後，台灣兒童成為專職學生，減少了以往兼任家庭經濟勞動者身分，也不同於大家庭的人際緩衝；同時在社會學、哲學與人類學等各研究

---

4　陳國偉：〈簾內幽夢影・窗外有情天——愛情小說〉，《類型風暴——戰後台灣大眾文學》，頁95-99。

5　張曼娟：《教出孩子的中文力》（台北市：天下雜誌出版社，2009年5月，2010年11月一版四刷），影音資料，含CD、DVD。

6　黃秋芳：〈攀向喜悅與感謝的天梯〉，《兒童文學的遊戲性》（台北市：萬卷樓圖書公司，2005年1月），頁1-6。

領域，將兒童視為被建構與流動下的族群，而「被建構」指涉另一種掩蓋的身分──成人及成人政治。成人與兒童關係較以往密切，卻也將各種關係放大。兒童文學反映兒童生活，張曼娟與黃秋芳，兩位持續經營成人文學與兒童文學，走向體制外私塾教育，提出閱讀教養方法論的女作家作品，及其品牌理念，如何滿足新一代親子互動模式，又反射出了女作家透過多媒體，如何回應與形構兒童？以下將分三部份，分別討論兒童、張曼娟與黃秋芳作品。

## 第一節　九〇年代之後童年的重構與升學教育

二〇〇八年五月，屏東教育大學幼教系主辦「童年／社會／日常生活：兒童學的整合與在地性的轉向」研討會，論文就社會學、哲學、人類學、教育系統等，提出了多面向的兒童研究。蘇峰山〈童年的社會學想像：知識與權力的建構〉，爬梳社會學從西方中世紀開始對童年的各種想像，到一九八〇年代部分學者開始強調的童年社會建構論。他提出社會學家討論童年是一種由社會制度與論述傳遞出來的意象，晚近家庭型態改變，童年狀態也隨之變化。蘇峰山指出「童年」在當代社會不是一個固定的概念，同時家庭型態成為形塑當代兒童形貌的原因之一。[7]成人形塑兒童，不僅出現在家庭，還有學校中的老師與兒童相關的教育政策。錢清

---

[7] 蘇峰山：〈童年的社會學想像：知識與權力的建構〉，《兒童／童年研究的理論與實務》（台北市：學富文化，2009年6月），頁23-34。

泓〈學童體罰觀的啟示：師生書寫／對話「體罰」議題之初探〉，從教師角度回應成人與兒童的關係。錢清泓提出從一九五〇年代開始，兒童體罰討論就存在，對於九〇年代後的老師，從讓孩子恐懼來產生敬畏的順服，除了來自學業成就的迷思，可能還有複製成人小時候父親體罰孩子的圖像烙印的直覺，而反映出當代兒童的狀態可能也會誘發成人兒時教養經驗再次回返。同時，體罰無論在家庭或者聯繫到學校面，不一定是愛的欠缺，也可能是愛的過剩等愛的兩面性。然而在時代變化下，家長與老師的知識水平落差逐漸消失，多數父母童年不愉快的體罰回憶不想再被複製，對教師管教權的關注，讓教師處在良師與罪犯一線間。二〇〇六年，教育部正式立法通過，修法明定教師嚴禁體罰。[8]錢清泓的文章除了指出，教育政策對行之有年的兒童教養傳統的改變，影響教育端的成人與兒童的互動，同時也提出某些年代台灣孩子普遍的體罰經驗，而這些經驗不僅呈現在孩子身上，同時也是成人集體記憶與行為的回返，兒童與成人共同形塑童年世代形貌。劉育忠〈待實現的小大人或返璞歸真的赤子：試探哲學中的孩童圖像與主體修為〉從東西方哲學角度看童年。認為無論是西方哲學論述視兒童為「存有與認識的原初統一體」或「未受馴服與控管的慾望與意志」的兒童圖像，東方哲學論述：合「道」有「德」的赤子童心，或待「去人欲，存天理」的頑童等不同孩童的理解。兒童的形貌或者原

---

8 錢清泓：〈學童體罰觀的啟示：師生書寫／對話「體罰」議題之初探〉，《兒童／童年研究的理論與實務》，頁215-250。

初終極的完滿、或者未受馴服的頑童,劉育忠認為,多層次的兒童描繪,代表我們所理解的,不只是孩童,可能也正是我們自己,成人勾勒我們理想的人類圖像,提供出一套理想精神存在狀態的主體修為技藝。而我們所想像的兒童形象,究竟是對兒童本質抽離昇華的想像,或是現實的兒童,兒童概念仍在生理、心理、社會、倫理與主體存在、精神特質等多重概念間流轉,相互間可能對立、矛盾或互斥。[9]李舒中〈西方人類學研究中「兒童」概念與意涵的轉變〉,提出二十一世紀後,人類學對兒童理論的模糊地位有了明確轉變。相對於過去以「發展」、「社會化」作為兒童研究的中介,現階段的兒童理論強調兒童的主體性,兒童並非「不完整的成人」、階段性的社會存在,或者成人社會文化的受體形象出現;「兒童」視為一種具有自身文化、完備的社會人格、主體意識的行動者。同時,「兒童」介於「異己」與「自我」之間游移不定的範疇,一種成人世界「內部的他者」。當代人類學對於文化、能動性、自我與他者、集體與個體等議題的反思,「兒童」概念重構在當代人類學理論地位因此變動。[10]

　　當代社會學、東西方哲學、人類學強調「童年」能動性與重新被思考,隨時代而有不同的童年觀,無論是想像的或

---

9　劉育忠:〈待實現的小大人或返璞歸真的赤子:試探哲學中的孩童圖像與主體修為〉,《兒童/童年研究的理論與實務》,頁35-50。

10　李舒中:〈西方人類學研究中「兒童」概念與意涵的轉變〉,《兒童/童年研究的理論與實務》,頁51-92。

現實的,生理的或精神上的童年。這些領域的童年論述,標示著綜觀不同年代的建構論與游移不定,九〇年代及之後,兒童和成人的關係,如何建構當代兒童形貌?錢清泓在教育現場的論文正是學校教師形塑現代兒童的例子之一。

　　台灣在一九五〇年代之後到現在,台灣兒童受學校教師、家庭裡的父母、教育政策影響仍大。學校教育的四大惡習:惡補、體罰、教師課後補習收費、課後補習教材推銷,到八〇年代惡補、體罰與升學主義成為時代的「教育三惡」,再從二〇〇六年到現在的惡補與升學主義,[11]形成兒童的生活重心與學校場域與成人的扞格。兒童成為依順、頑劣兩極端或者兩者間光譜中的孩子。兒童也從被教師監看的孩子到教師自我監看的緊張關係。[12]依陳明仁研究,自一九四五年教育部頒布各種禁止教師施行體罰的行政命令[13],到一九五〇年代媒體討論「教育之惡」,八〇年代媒體討論教育問題,體罰與否成為焦點之一[14],直到二〇〇六年法律禁

---

11　陳明仁:〈該打?不該打?這確實是個問題!台灣校園體罰信念的轉變分析:以1950-1980年代報紙媒體的論述為例〉,《兒童／童年研究的理論與實務》,頁251-302。

12　錢清泓:〈學童體罰觀的啟示:師生書寫／對話「體罰」議題之初探〉,《兒童／童年研究的理論與實務》,頁219-224。

13　國民教育及中心國民學校規則(第50344號令),第七條第五項規定,「國民學校及中心國民學校訓育實施,不得施行體罰」。資料來源:陳明仁:〈該打?不該打?這確實是個問題!台灣校園體罰信念的轉變分析:以1950-1980年代報紙媒體的論述為例〉,《兒童／童年研究的理論與實務》,頁255。

14　陳明仁:〈該打?不該打?這確實是個問題!台灣校園體罰信念的轉變

止體罰。另一方面，學校教育長期關注的升學主義與體罰，類似的情景出現在家庭的父母與子女關係。台灣本土心理學也對父母的教養觀進行研究，學者林文瑛與王震武於一九九〇年代提出，「中國」古典核心家訓在於「嚴教觀」，而嚴教得以支撐的原因在於家庭家長制的尊卑地位。台灣現代的父母雖有嚴教的傳統，但是現代流行的親子地位處於「類平輩關係」，嚴教成為教育理想，缺乏現實基礎。另一方面，現代父母對子女的期望，雖仍重視能力成就，更為重視人格發展，也就是人格特質、人際關係、與處世方法等道德取向品行，如守本分、有原則、嚴以待己、品行端正、忠厚、待人誠懇、守信、守規矩、有責任心、做事光明磊落等等，如同古代的「君子教育」[15]。是否在此暗示，現代父母對於孩子品格教育的焦慮？也就是說，相對於父母期盼的標準，或者孩子初養成的待人接物教育，預設或已經出現孩子品格教育的不足？林文瑛與王震武提出，打罵觀的教育目的則在於抑制父母親認為不應該的行為，如犯法、不道德行為，或違規行為等。[16]打罵觀與嚴教觀同樣在意孩子的法律、道德、

---

分析：以1950-1980年代報紙媒體的論述為例〉，《兒童／童年研究的理論與實務》，頁251-302。

15 林文瑛、王震武：〈中國父母的教養觀：嚴教觀或打罵觀？〉，《本土心理學研究》第三期「親子關係與教化專輯」（1995年2月），頁2-92。

16 意指偷竊、賭博、吸毒等犯法行為，說謊、欺騙等反道德行為，其他相關行為如，違規行為：不聽話、違反校規、逃學、打架等。見林文瑛、王震武：〈中國父母的教養觀：嚴教觀或打罵觀？〉，《親子關係與教化》，頁42-52。

規定等行為,是否掀開家庭父母教養的難處在於現代兒童行為可能有的脫序?或者擔心脫序?也就是在家庭與學校教育下的現代兒童,面臨的反而是行為偏差以及升學主義下的生活?

論述對童年的想像,或者將童年拉到九〇年代現實的童年樣貌,透過八〇年代楊小雲對孩子生活描述的少年小說,例如《嘉嘉流浪記》隱約透露,理想童年與現實生活的陰影,在嘉嘉流浪期間,排除在台北城之外,以鄉下區域現身的違法扒手少年集團、山地少女家庭堪憂的品格教養方式現身。到了九〇年代後,這些被作家想像安排的現實,已經無法排除在台北城或者家庭之外,在外地展現,而是登堂入室了。

承續一九八七、八八年出生兒童,及其與家庭關係的研究,吳明燁提出父母責大權小的教養前提,以子女為中心立場的「協商的童年」,同時又殘留傳統家族主義教養與升學價值觀,目標在於將下一代教育投資視為確保在社會穩當立足的策略。父母在東西方文化教養觀「東張西望」之下,產生衝突,親子間的「親密情感」也成為一種取代傳統權威下控制機制的手段,靠著「撤回關愛」的威脅來控制子女。

吳明燁指出從二〇〇〇年以來,工業化改變傳統居住型態,從鄉下到都市,大家庭到核心家庭,形成父母靠自己養兒育女的生活型態。二〇〇〇年國民經濟所得成長至一萬四千五百美元以上,大專教育程度提升至百分之二十以上,服務業人口超過五成,經濟與教育能力提升,富裕以及解嚴後的開放自由,從社會到家庭,民主化取代權威,成為決策方

式。家庭形式的密集親職,成為現代父母的挑戰,同時也造成勞工階級兒童的弱勢。父母權威的角色在專家的指導下成為以子女為中心的溝通、說理等民主協商方式,父母兒童情感以協商方式產生,打破傳統父母權威與輩分的尊敬服從,子女為中心且細膩盡責的教養方式,成為跨階級的社會圖像,也是主流社會評斷父母的標準。然而傳統中國集體意識與道德能力的訓練,在擔心孩子是否與傳統文化脫節而不利發展,讓父母以西方方式教養同時,也不放棄東方「虎媽式」傳統教養。此外,二十世紀以來不斷擴展的教育體制,不但未能分擔親職義務,反而加重並延長父母的責任與義務。「稱職的父母」意味投入大量的金錢與時間投資孩子,同時達到孩子的社會成就目標,然而金錢與投入角色時間之間的對立,讓父母很難達到兩者,核心家庭的困境,因此也透過轉化後成為孩子的困境。父母子女的衝突,以情感作為控制雙方的籌碼。兒童成長至青少年自我概念形成的關鍵期間,許多情境式或偶發式的嘗試錯誤的冒險學習,也容易讓家長在預防青少年偏差行為與有效提升自尊,成為親子之間的功課。[17]

西方專業分科,中文也專科化,與傳統中文學習路徑不同。西方的教養方式與東方教養的衝突,核心家庭下父母子女關係的放大與緊張,確保子女成功的目標,這些現代父母形塑兒童教養的困境,從另一個角度來看,成為兒童文學／

---

17 吳明燁:《父母難為:台灣青少年教養的社會學分析》(台北市:五南圖書,2016年1月),頁10-109。

品牌的有利切入點。在父母跨越兒童文學或兒童閱讀領域不易的同時,父母熟知的女作家品牌,包括女作家創作及創作引導的教養觀,成為突破父母教養困境的可能方式之一。張曼娟與黃秋芳以中國古典文學傳統作為品牌塑造,成功進入兒童文學與教養領域。兩位女作家如何透過家庭外的第三者,迴避家庭內部的親子教養風暴,帶入西方協商與民主下的東方教養觀?這些東方教養觀又如何協商父母子女關係,讓兒童不僅學習東方知識,同時讓父母安心追隨,維持女作家在兒童文學品牌地位不墜?這些知名女作家為父母熟知,成人容易列入選擇對象,同時女作家的成功投射父母期待孩子成功的想望,然而女作家如何延續在新舊代父母心中品牌的不墜位置?接下來筆者以張曼娟小學堂及黃秋芳創作坊的複合媒體經營,作為例子。

## 第二節　張曼娟與張曼娟小學堂

　　二〇二〇年三月上市的《以我之名:寫給獨一無二的自己》[18],於該年六月,再次以新書之姿,登上台灣最大通路博客來「全館今日排行榜」第四十四名,位列百大之內。[19]

---

18　張曼娟:《以我之名:寫給獨一無二的自己》(台北市:遠見天下文化出版公司,2020年3月)。
19　博客來網站,網址:https://www.books.com.tw/web/sys_hourstop/home?gclid=CjwKCAjw8pH3BRAXEiwA1pvMsUMNZvl9wcooqa_xZvmg_PfZxnHOveTeZnoB4kXmfSEwqoTGkjCbnBoCoDUQAvD_BwE,閱覽日期:2020年6月13日。

二〇一八年《我輩中人：寫給中年人的情書》，同樣成為博客來、誠品、金石堂書店當年度十大新書，「引發4、5、6、7年級生熱烈討論」[20]。張曼娟創作不墜，作品長銷並總是位列大型書店排行榜之內，除了部分讀者隨著張曼娟的作品世代一起成長，在作品集結成書前，不同媒體的專欄發表，往往吸引不同於書籍媒體的閱聽人關注；同時張曼娟作為女性，身兼女性身份的生命歷程：愛情、親情、教育與職場兼顧，及兒童、樂齡家庭的照護責任，「我覺得我不只是用創作在描繪一個女人的形象，也是用生活，生命本身去活出一個女人的樣子。」張曼娟接受文訊雜誌林玉薇訪談時，認為長久以來，「女人」這一種身份已經失去很久了。我們有的是「女兒」的身份，一個「母親」的身份，一個「妻子」的身份，但很少會有一個真正屬於「女人」的身份。[21]一如四、五、六、七年級女性進入婚姻之後的生活，在忙碌得焦頭爛額的生活之際，還能享受生活，視忙碌與狼狽為「幸福」的張曼娟，感受張曼娟文章「書寫圓滿生命的缺口」[22]覆蓋勞苦上的溫暖，大概也是四年級到七年級現實生活情感的出口？

　　而這些女性，同時也擔任兒童文學的消費者：讀者為兒

---

20　博客來網站，網址：https://www.books.com.tw/products/0010782501?sl0c=main，閱覽日期：2020年6月13日。

21　林玉薇：〈指引幸福的精靈——專訪張曼娟女士〉，《文訊》總號217（1993年11月），頁116-119。

22　林玉薇：〈指引幸福的精靈——專訪張曼娟女士〉，《文訊》總號217，頁117。

少，擔任兒少照護與升學任務的母親，可能才是孩子忙於課業與補習時，購買異於孩子自己選擇的漫畫、輕小說或奇幻小說，成為張曼娟兒少小說的主要購買者[23]？

張曼娟於一九八三年創作親情短篇小說〈永恆的羽翼〉，得到全國學生文學獎大專組小說首獎，同年第二篇小說〈海水正藍〉也是家庭親情小說。一九八五年出版第一本書《海水正藍》，內容囊括愛情、親情、友情作品，創下五十萬本銷售紀錄，一九八七年第二本散文《笑拈梅花》也延續了成功與暢銷的趨勢；之後希代出版以張曼娟模式，將得到大專學生獎或各種代表性文學獎項年輕作家，以個別作家

---

[23] 台南誠品書店南紡夢時代店，兒童館活動負責工作員陳述，張曼娟小學堂兒少小說在誠品兒童館銷售，多為成人為孩子的選書，也多為成人購書。二〇二〇年一月十二日南紡分店說故事活動後簡短訪談。另一方面，張曼娟於訪談時自陳，三十多歲以前還是少女性格，某方面而言仍耽溺於單純的生活，之後才開始思考中年、老年、死亡以及其他。也就是說，張曼娟思考多種人生約在三十多歲以後，差不多與至今七年級以上女性生活感受相當，若博客來／天下雜誌宣傳詞目標對象放在七年級到四年級生做為目標群，可能並不誇大。另外，林燿德認為張曼娟擴大八〇年代文學人口而非侵蝕純文學讀者，林燿德提出一般國中生、上班族抽樣中約有三成比例看過或聽過《海水正藍》。若以張燿德觀察，則讀者人口族群可能在於六、五、四年級。惟仍應觀察張曼娟近來創作接連入排行榜的讀者年齡層以及報紙專欄、廣播媒體、視聽商品等閱聽人，以及持續大學教育授課的大學生、研究生直到二〇一四年，二〇一五年再次於大學校園擔任兼任教授。閱聽讀者是否隨教學再往下延伸至八年級，可待觀察。這些讀者群可能也是張曼娟小學堂系列書籍、影音創作的目標消費群。張曼娟資料，林玉薇：〈指引幸福的精靈──專訪張曼娟女士〉，《文訊》總號217，頁116-119；林燿德：〈從張曼娟現象談起〉，《自由青年》第81卷2期（1989年2月），頁20-23；張曼娟官網，網址：http://www.prock.com.tw/main.htm，閱覽日期：2020年6月14日。

作為品牌,包裝出版「小說族」系列作品,[24]也帶出了黃秋芳系列短篇小說合集的出版。隨後張曼娟作品版權轉移至皇冠出版社,皇冠雜誌以明星寫真集方式製作「純真張曼娟」專輯,以將近二分之一篇幅,照片與文字交錯的跨頁版面介紹張曼娟的生活與純真、優雅、幸福感。[25]

　　成人文學的創作成就外,張曼娟仍涉獵其他文化生產。一九九六年至二〇〇六年首創發掘年輕作家與文學經紀制度策劃工作室「紫石作坊」;二〇〇二年於中國時報人副刊開闢三少四壯專欄,同年參與張清芳專輯「等待」、「感情生活」,歌詞創作,及前者擔任文案統籌與企劃顧問;二〇〇五年七月「張曼娟小學堂」創立,帶領小朋友讀經、讀詩、寫作;二〇〇六年起,推出飛碟電台空中版「張曼娟小學堂」系列有聲書,登上當年度博客來華語音樂暢銷排行榜第一名;二〇〇九年,擔任九歌出版社《九八年散文選》主編;二〇一一年接任香港光華新聞文化中心主任;二〇一五年與一心戲劇團合作,改編創作劇本,以歌仔戲形式改編演出;並擔任電台主播,與馬來西亞、香港等華人區維持創作與交流等合作。[26]成人創作與專欄,穿插兒童文學創作,不斷推出新作。

---

24　陳國偉:〈簾內幽夢影・窗外有情天——愛情小說〉,《類型風景——戰後台灣大眾文學》,頁99-109。

25　皇冠雜誌企劃,「純真張曼娟系列」,皇冠雜誌580期(2002年6月),頁4-136。

26　陳國偉:〈簾內幽夢影・窗外有情天——愛情小說〉,《類型風景——戰後台灣大眾文學》,頁107-109。張曼娟官網,網址:http://www.prock.com.tw/main.htm,閱覽日期:2020年6月14日。

兒童文學出版，包括影音、小說書系企劃與創作、小學堂心得散文集、閱讀教育書籍企劃、兒童繪本、編輯書刊、線上影片等。影音如《張曼娟小學堂》（2006起）有聲書系列、有聲書《孔夫子大學堂》系列（2017）；小說如《張曼娟奇幻學堂》系列（2006）、《張曼娟成語學堂》系列（2008起）、《張曼娟唐詩學堂》系列（2010）、《張曼娟閱讀學堂》系列（親子共讀，2012）、《唐詩樂遊園》（2013）、《張曼娟論語學堂》系列（2017）；散文集《噹！我們同在一起》（2008），記錄「張曼娟小學堂」成立三年來的故事與心情；主編《晨讀10分鐘：成長故事集》（2010，親子天下）；文學繪本如，策畫出版《張曼娟文學繪本》系列（2018）；線上影片，如「品格力」（台灣三星電子和親子天下合作，2018）。以上創作多進入影音排行榜或者兒童文學優良讀物獎入選。[27]這些兒童多媒體的大量創作，除了有聲書、影片、奇幻學堂的《我家有個風火輪》、文學繪本《星星碼頭》由張曼娟親自書寫，其他為紫石作坊作家群班底，以及小學堂內教師創作，張曼娟策劃並使用「張曼娟小學堂」品牌。

接下來筆者透過張曼娟為兒童創作經典小說《我家有個風火輪》與有聲書《孔夫子大學堂》分析，提出張曼娟自詡為中國傳統經典的擺渡人，傳承東方文學經典、孔子儒家品德觀，並以改寫家庭的中國經典巧妙介入家庭觀在於「愛」的形塑。傳達給家長、兒童的方法包括有聲書的說故事技巧

---

27 張曼娟官網，網址：http://www.prock.com.tw/main.htm，閱覽日期：2020年6月14日。

與示範,與孩子現實生活的延伸連結與指導,傳遞作文教育的經驗等,明確的透過張曼娟作為資深教師的職業身分,補充了家長在於孩子升學、東方經典與品格教育、文化傳承與愛等教養的焦慮,提供國中小學生直接的教育,讓家長的教育矛盾,有舒展契機。

《我家有個風火輪》為張曼娟小學堂策劃的第一個套書,歸類在「張曼娟奇幻學堂」系列四本之一,取材明朝經典《封神演義》的李哪吒故事橋段。張曼娟表示,「奇幻」學堂的概念產生來自於當時《哈利波特》的流行,以及「奇幻故事那麼好看,我們為什麼沒有中文的書?」[28]。這套書的策劃,構想為每一本經典改寫,「各挑出一個主要人物,成為奇幻冒險故事的主角,重新改寫,讓孩子閱讀的時候,完全忘記他們讀的是幾百年或千年以上的老故事。這些嶄新的故事,……節奏感快速,感覺更現代,而在一個雲霄飛車似的轉折之後,滿懷著深深的感動。」[29]。二〇〇五年成立小學堂,二〇〇六年奇幻學堂已經深諳兒童對象的創作,例如貼近孩子的時代性,故事的節奏感以及雲霄飛車似的轉折。張曼娟認為小說反應時代[30],而《封神演義》中李哪吒的家庭故事,若含有改寫的感動,這應該是維持張曼娟創作

---

[28] 張曼娟:〈把故事還給孩子〉,《我家有個風火輪》(台北市:親子天下出版公司,2017年1月,2018年一版2刷),頁12。張曼娟小學堂二〇〇六年起創作系列作品,於二〇一七年全面重新設計,改版上市。

[29] 張曼娟:〈把故事還給孩子〉,《我家有個風火輪》,頁13-14。

[30] 張曼娟:《明清小說點評之研究》(台北市:東吳大學中國文學研究所博士論文,1990年5月),頁56-66。

一致的風格,及對應給這世代家長維持家庭溫暖與感動閱讀的需求吧?

張曼娟再次創作親情小說,閱讀對象為兒童少年,取材神通兒童哪吒的故事,台灣民間信仰熟悉的「三太子」為主角。故事以創造出來的人物花蕊兒視角來看哪吒這一家,為哪吒使用乾坤圈、混天綾等殘酷嗜血行為找到愛的合理理由,以及作為哪吒和父親李靖的中介。在不影響哪吒故事線主軸的方向上,調和李靖父子關係,讓家庭的破口中見到愛與圓滿。

花蕊兒是哪吒「花蕊般小巧、纖細而柔弱的姊姊」[31],這樣的小孩是對應小學堂中有些還沒有長高小孩的擔憂。花蕊兒角色的設定,也正好對照身形巨大,本領高強的哪吒。因此,花蕊兒「他看起來什麼本事也沒有,可是,他能敏感的體會愛,他能感受愛,也能付出愛,他以自己小小的身子護衛弟弟,堅強的意志力感動了巨鵬與逼水獸,是她纖細的小手,從冥界將哪吒牽引返回人間,滿身蓮花香。」[32]八歲大的花蕊兒和出生即快速長大的哪吒,兩人是關係密切的遊伴,哪吒為了跟姊姊遊戲,第一次擲乾坤圈差點打死大鵬鳥;使用渾天綾跟姊姊在水邊玩水,誤以為姊姊被龍王之子丟入水中溺死而打死敖丙,並將龍筋抽出為父親李靖做護甲,當作生日禮物;哪吒將龍王鱗片拔走等兒童頑劣的合理性都在於維護姊姊花蕊兒。而花蕊兒什麼本事都沒有,卻用

---

31 張曼娟:〈把故事還給孩子〉,《我家有個風火輪》,頁14。
32 張曼娟:〈把故事還給孩子〉,《我家有個風火輪》,頁14-15。

「心」、「愛」來維護哪吒。後來四海龍王到李靖家興師問罪，哪吒為救李靖而「割肉還母，剃骨還父」[33]以切斷家庭關係來免除父母的災難，將教養責任切割，行為過錯歸還在哪吒自己身上。哪吒肉身的死亡，讓花蕊兒無法言語，因為哪吒話題在家中成為禁忌，直到哪吒託夢，希望建哪吒行宮受民間膜拜三年，可恢復肉身，花蕊兒才再次發聲，引起母親注意，並為哪吒建立木像行宮，讓百姓香火奉祀。哪吒神靈因為護佑民眾，神宮香火鼎盛，也成為哪吒從調皮搗蛋孩子轉變成濟弱扶傾英雄的成長象徵。李靖發現行宮後，放火燒掉。花蕊兒為救哪吒，拖著巨大雕像，要在七日內上山找到哪吒師父太乙真人，將哪吒魂魄凝聚起來。花蕊兒歷盡千辛萬苦，將哪吒像送到太乙真人處後，太乙真人跟花蕊兒敘述哪吒背景，「哪吒原來是他的徒弟，本就是個神仙，法術高強，卻不受拘管，不通人情。」老爺爺接著表達「乾坤圈和混天綾，原本就是他的寶器，他的法術雖高，卻不懂得感情，沒有感情，有再大的本領也沒有意義啊。」[34]故事到這裡，哪吒與花蕊兒的對比，除了外型的大小，本領的高強或者沒有本領，都成為外在的現象了。花蕊兒與哪吒的對照，似是展現了道家的「無用之用」，以及儒家各種層次的「愛」：從自己到愛家人、愛家人之外的人、愛護書中的生物等等，將愛存在於心，外在的本領才有意義。因此，太乙真人再度

---

33 張曼娟：《我家有個風火輪》（台北市：親子天下出版公司，2017年1月，2018年一版二刷），頁108-111。
34 張曼娟：《我家有個風火輪》，頁136。

補充:「就是要讓他被所愛的人傷害,再被愛他的人救贖,他才能體會,愛,是怎麼一回事。」[35]「愛」的最高潮,張曼娟以哪吒肉身復活後,騎著風火輪,帶著火尖槍,找李靖算帳。兩人打鬥中,太乙真人以時空凝止,讓大家看到了仇恨掩藏下的一面:李靖的寶塔武器倒著拿,哪吒的火尖槍矛尖朝下,「他們根本就不想傷害彼此。」[36]張曼娟在《我家有個風火輪》設定的「雲霄飛車式」轉折之後,下了故事結論「他們倆也看見了。爹爹和哪吒,在最後一刻,用自己的性命,與對方和解了。」[37]

研究者楊雯妃碩論《兒童文學創意改寫中國經典研究——以《奇幻學堂》、《唐詩學堂》為例》從改寫中國經典方向切入閱讀《我家有個風火輪》,認為非直譯改寫經典方式為一種再創作,同時以許仲琳版本提出張曼娟改寫範圍包含〈陳塘關哪吒出世〉、〈太乙真人收石磯〉、〈哪吒現蓮花化身〉等三回,再創作的花蕊兒除了作為李哪吒這一家人對於「愛」的化身,同時也透過「愛」縫合了父親李靖和兒子哪吒的關係,烘托了教育的意義。[38]楊雯妃仔細的爬梳台灣、中國論文關於改寫、譯寫、再創作而推論張曼娟改寫作品的

---

35 張曼娟:《我家有個風火輪》,頁136-137。
36 張曼娟:《我家有個風火輪》,頁142。
37 張曼娟:《我家有個風火輪》,頁142。
38 楊雯妃:《兒童文學創意改寫中國經典研究——以《奇幻學堂》、《唐詩學堂》為例》(屏東縣:國立屏東大學中國語文學系碩士論文,2015年),頁1-122。研究《封神演義》為明朝許仲琳:《封神演義(上)》(台北市:桂冠圖書公司出版,2000年7月)。

再創作意義,與張曼娟在序文強調從經典中挑出一個主要人物,成為奇幻冒險主角,重新改寫讓孩子閱讀經典如同閱讀嶄新的故事,以及對於花蕊兒作為書中故事傳遞「愛」的角色一致,楊雯妃的研究貢獻除了《張曼娟小學堂》的《奇幻學堂》再創作定位的釐清,以及指出花蕊兒付出「愛」的意義。研究補充張曼娟序文對於哪吒的出現,經典小說父子關係緊張的哪吒與李靖,出現了新人物來緩頰,強調家庭關係裡「愛」的教育性。筆者認為,張曼娟創造一位新的女孩人物,以女孩的眼來看這一段哪吒的成長歷程,似乎符合張曼娟文學書寫中多以女性做為敘事的主體,以及女性細膩觀視角度表達家庭關係。女孩花蕊兒雖然個子小、能力小,在周朝與商代斡旋的大時代中,成為敘事主體,反轉原明小說的男性文人創作角度,以回歸現代兒童生活經驗小敘事,消解商周國家興替以及天上人間封神大敘事。另一方面,弔詭的是,女性仍作為一種中介與平台,中介哪吒與李靖的關係,以及哪吒肉身與靈魂變化的協助平台,隱藏著故事後的主體仍在於明朝原小說哪吒的故事與轉化,女性仍是家庭那不求回報的傳統犧牲與付出的角色。也就是說原小說的歷史、道家的時代劇大敘事,成為《我家有個風火輪》的家庭敘事,似乎再次落入台灣文學中男性／女性作家,大敘事／小敘事的書寫框架,同時又在框架中,放大小敘事,消解大敘事。

　　研究者蔡宜津亦從創意改寫的角度切入,提出張曼娟《我家有個風火輪》轉換故事主題、改編內容、加入新人物等,因而改寫程度較高。認為故事梗概與《封神演義》相

同,但情思與主題有很大差異。蔡宜津分析《我家有個風火輪》,先從書名「我家」開始,再由花蕊兒女性視角閱讀李家這個家庭,將花蕊兒的視角與作家張曼娟視角合一,看待李靖是個會土遁的奇怪父親、父親母親期待懷孕三年六個月的哪吒出生的親密家庭感情與關係,和原《封神演義》視為妖孽的創作觀點不同。哪吒在惹出龍王太子等一連串事端之後,和父親李靖關係才產生變化,但父子間仍充滿愛及重視家人關係。蔡宜津將原小說與張曼娟小說對照閱讀,張曼娟將哪吒寫成了一個如同一般淘氣孩子,為哪吒殺人找到親子關係的理由,淡化原小說哪吒的爆裂殺性。而花蕊兒拯救哪吒的歷程,類似一次女英雄的冒險歷程,而互相相愛的家人們,最後全部回歸家庭,和樂融融。在這樣的結局下,葉宜津提出張曼娟創作的二個變異,一方面置《封神演義》的大環境不顧,回歸家庭,另一方面強調以愛修復家庭關係。而這些變異直指:規訓教育意味濃厚,但仍不減哪吒在讀者心中叛逆形象,另一方面,張曼娟也藉著愛與李靖喜劇式的土遁風格,哪吒的反抗父親,消解《封神演義》或者生活中,傳統陽剛威猛的李靖父親／男性的形象。[39]筆者認為,葉宜津將原著與張曼娟再創作對照細讀,突顯張曼娟創作《我家有個風火輪》角色及敘事、主題特點,對閱讀改寫作品有不同視角的發現。然而異於明《封神演義》的寫作態度呈現當

---

39 蔡宜津:《兒童文學中古典小說創意改寫研究——以《奇幻學堂》、《古靈精怪》系列為例》(嘉義市:國立嘉義大學中國文學系研究所,2011年),頁1-92。

代的教育規訓與反抗父親權威形象，其實也在創作者張曼娟創作貼近孩子當代生活的主張之中，而研究者僅更細膩的舉出具體例子。有趣的是，父親威嚴的消解，或許也是當代改寫「規訓」方式之一，也就是說，父母威嚴的延續，也就是傳統的父母子女上下位置，透過愛的掩護，仍落入傳統教養觀。

另一方面，筆者對哪吒和花蕊兒兩位主要角色，在小說裡理解「愛」的塑造，有另一層面讀法：哪吒和花蕊兒兩個主要角色，哪吒為有愛的能力者，因為能力總用錯地方而惹事；花蕊兒為有愛的無能力者，因此不會造成麻煩。兩者在角色設定上，除了對照，哪吒的愛從俠義惹事到正確應用愛的能力來濟弱扶貧，表面上張曼娟設定花蕊兒為主角，孩子模範的學習對象，但真正多元性格的立體人物與當代兒童生活範型可能還是在於哪吒身上。張曼娟博士論文《明清小說點評之研究》讚賞俠義小說《兒女英雄傳》「英雄」與「兒女」截然不同性格融合的對照性書寫，讓主要人物有多重性格變化。[40]哪吒作為《封神演義》協助周文王伐商紂的忠義俠士，張曼娟濃縮賦予哪吒在家庭領域的「俠義」精神，並融合「英雄」與「兒女」的性格轉化，似乎在於哪吒英雄與居家的成長與變化。花蕊兒作為哪吒的對照性書寫與張曼娟對於女性引導故事意義的行進，似乎才是《我家有個風火輪》裡的作用。馬克夢在〈《兒女英雄傳》中的無為丈夫和

---

40 張曼娟：《明清小說點評之研究》（台北市：東吳大學中國文學研究所博士論文，1990年5月），頁388-394。

持家妻妾〉中分析《兒女英雄傳》中的人物角色，提出女性塑造成為原始女神的典型——女媧煉石補天，不讓天綱崩毀，維繫家庭甚至於社會的秩序，同時女性優越性是道德力量的標準，成為小說解放或者轉型的可能模式，且男人必須透過女性的引導，才能找到建立限制的原則。[41]《我家有個風火輪》兩對男女對照組中，母親引導父親李靖，維持家庭秩序，花蕊兒則引導哪吒，建立孩子間、孩子與家庭、孩子與社會的秩序。似乎具有新角色設定實質意義。

取自明代陸西星／許仲琳《封神演義》第十二到十四回的哪吒故事，透過張曼娟改寫，成為一齣溫馨幽默[42]的家庭通俗劇。學者王瓊玲在〈重寫文學史——「經典性」重構與明清文學之新詮釋〉認為對經典文學進行翻譯、戲擬、拼貼、改寫，使得文學經典追求文本的通俗性，逐漸成為消費文化對於文學經典採取的態度。此外，改編隨著現代性世俗化的需求，經過戲仿（parody）也不再是原初意義上的文學經典，而是保持著可辨識的互文性（intertextuality）關係。[43]然而，從兒童文學讀者接受理論來看，兒童閱讀有時需要填

---

41 Keith McMahon（馬克夢）：〈《兒女英雄傳》中的無為丈夫和持家妻妾〉，《經典轉化與明清敘事文學》（台北市：聯經出版事業公司，2009年8月），頁375-377。

42 最明顯的幽默，在於小說中父親李靖土遁常常處在灰頭土臉上。幽默的土遁消解了部分父親的嚴厲形象。

43 王瓊玲：〈重寫文學史——「經典性」重構與明清文學之新詮釋〉，《經典轉化與明清敘事文學》（台北市：聯經出版事業公司，2009年8月），頁2-3。

補「理解的縫隙」，互文性為方法之一。也就是說，有時成人文學作品對於兒少讀者指涉過多，需要互文彌補問題，激發兒少讀者閱讀興趣與經驗，然而互文文本同時也需要有足夠的挑戰性。因此兒童文學往往在互文彌補的空隙與閱讀的挑戰性間找出平衡。張曼娟的改寫，讓兒少讀者掌握部分經典而排除了文本和經典文學作者的專制，互文現象因此為兒童文學建立起一種勢力範圍。[44]

舉例說明，明代陸西星／許仲琳《封神演義》描寫哪吒行宮感應顯聖，香火不斷。與張曼娟兒少書寫互文的文本對照。

《封神演義》文字描述：

> 哪吒在此翠屏山顯聖，感動萬民，千請千靈，萬請萬應，因此廟宇軒昂，十分整齊。但見：（詩略）……，四方遠近居民，俱來進香，紛紛如蟻，日盛一日，往往不斷。祈福禳災，無不感應。[45]

張曼娟《我家有個風火輪》描述哪吒行宮「絡繹不絕，香火鼎盛。」對於兒少而言，成語寫作為張曼娟小學堂推廣方向，然而這二句成語，同樣濃縮太多訊息。於是張曼娟在書寫結論之前，先描述了一段故事，協助孩子理解文本：

---

[44] Christine Wilkie-stibbs文，郭建玲譯：〈互文性與兒少讀者〉，《理解兒童文學》（上海市：上海世紀出版公司，2010年4月），頁305-319。
[45] 陸西星：《封神演義》（台北市：佳禾圖書社，1982年1月），頁78。

第一次有人來行宮上香,是個瘦小的孩子,他帶來的祭品,是家裡做的雜糧饅頭。他的家裡很貧窮,給人家放牛討生活,奉養年老失明的奶奶,祖孫兩人就這麼相依為命。偏偏遇上一群不務正業的少年,整天吃飽了沒事幹,專門整這個孩子,不是搶走他的牛,就是打傷他的牛。最惡劣的一次,甚至還叫這孩子把臉趴進牛糞裡。惡少拍手大笑:「哈哈哈!牛糞洗臉,熱呼呼的,可舒服了吧?」哪吒聽著孩子哭訴,越聽越氣,於是整治了這群少年。他們起床時,發現自己是枕在牛糞上睡覺的;吃麵的時候,發現麵條全成了牛糞;鞋裡是牛糞,頭髮裡也是牛糞,牛糞無所不在。把少年們嚇得快崩潰了,只好乖乖到行宮裡上香。保證他們再也不欺負放牛的孩子了。哪吒甚至還醫好了瞎眼的奶奶,使她重見光明。從此以後,哪吒的行宮絡繹不絕,香火鼎盛。[46]

為了兒少讀者的閱讀,兒童文學於是有了自己的文本。

「張曼娟小學堂」成立後第一套出版品,即二〇〇六年開始發行的《張曼娟小學堂》有聲書,嘗試帶領孩子及閱聽人重溫中國經典文學,並從「讀唐詩學作文」、「讀《論語》學做人」、「《論語》與記敘文」、「《論語》與抒情文」、「《論語》與論說文」、「讀《世說》學寫人」等,從經典文學引

---

46 張曼娟:《我家有個風火輪》,頁117-118。

介,提升國語文程度:閱讀、文章的書寫、做人的方法、邏輯訓練等,最終目標在於克服孩子對國語文考試的害怕及提升國、高中學生考試的基礎。[47]小學堂線上開課,張曼娟與趙少康首先對談二○○八年國、高中孩子在升學考試的國文現象,以及國文成績往往成為大考的致命關鍵。進一步提到提升國文程度的重要性:一方面「國文是所有學問的根本」,即使社會、數學、自然等長題幹題目閱讀理解,也需要國語文能力;另一方面,「學習國文同時在訓練邏輯思考」,因為它是我們所使用的語言;第三,提升國文程度,有助於升學考試,國文的大考似乎走向考程度的趨勢,而非考課本,「程度好就考得好」。[48]張曼娟提升孩子國文經典程度,直接表達與孩子升學及能力的正向關係,加上儒家經典隱含著做人做事的「仁」、「愛」各種層次,對於家長而言,張曼娟的專業與小學堂定位方向「政治正確」,在升學教養下,相當讓家長安心。

　　有聲書《孔夫子大學堂》,由張曼娟述說孔子與論語的故事,以各五十分鐘的雙CD和全文導讀手冊兩種媒體為一組。有聲書中張曼娟以孔子、孔子和弟子互動,帶出中國文化教材內容、儒家思想,以及品格教育等。有聲書型式設計:一則,書中大多稱呼孔子與論語,然而有聲書名字不叫做「孔子學堂」或「論語學堂」,稱為「孔夫子學堂」。張曼

---

47 張曼娟主講:《張曼娟小學堂》第一集(台北市:飛碟聯播網,2006年)。
48 張曼娟主講:《張曼娟小學堂》第一集。

娟開宗明義解釋,「夫子」是古代「老師」的稱呼,孔夫子就是指「孔老師」,曼娟老師就是「張夫子」。有男女平權的意味,也有帶入孩子在小學堂生活連結的意味。二則,有聲書的書名,篇章名,都以群體童稚孩子的讀音作為開始,目標閱聽人定位及吸引目標閱聽人的動機明顯。內容表現部份:一則,仍以國語文經典傳承為本位,並以理解的方式作內容詮釋,貼近孩子並以現代孩子可以理解的語言與內容詮釋經典,勢必就會連結小學堂內孩子的生活,及與曼娟老師的互動,整堂經典課,似乎也成了小學堂的兒童現實人生道德指引課。二則,張曼娟以說故事的方式,並示範說經典故事的技巧,讓成人與孩子有實作的模仿與學習依歸。三則,張曼娟說故事的方法,內容具有層次與邏輯性:例如張曼娟在單元「君子國和小人國」講說「君子之道」。首先以《鏡花緣》有趣的奇幻國度「君子國」和「小人國」切入,扣合經典文學與孩子感興趣的奇幻故事,作為內容與孩子的連結點(暖場)。引起孩子興趣後,從孩子重視的朋友與同儕關係進入第二層次,講述孔子講交友的「益者三友」與「損者三友」典故、說明與理解,同時教化現代孩子怎麼應用孔子的教導來交朋友。第三階段,引導話題進入君子與小人,君子的特質是什麼?引導孩子從交友到自己的反省,例如,關於「義」這個字,張曼娟提出字的結構上為羊,下為我。意即,我的羊是我的,你的羊是你的,他的羊是他的,叫做「義」。我的羊是我的,你的羊也是我的,他的羊也是我的,就是「不義」了。「走進孔夫子大學堂,每個人都可以

成為快樂的君子」[49]。這也是現今台灣學歷越高的家長期望子女發展出的道德與「君子教育」等人格特質。[50]就兒童文學的雙重目標群：父母為購買者，兒少為閱讀者。張曼娟有聲書的定位抓住了購買者，而一旦進入故事內容裡，則透過校園互動故事抓住了讀者。

同樣重視傳統文學、理解傳統文學，並重視孩子從學習中產出作文的知名品牌女作家，除了張曼娟，接下來看看黃秋芳的品牌模式。

## 第三節　黃秋芳與黃秋芳創作坊

相對於張曼娟在學院教書，持續培養年輕一代的學子進入文學閱讀世界，報紙副刊、廣播、流行歌曲等媒體持續擴大成人文學知名度，以及張曼娟成人文學規律出版下的好成績，帶動較小眾的兒童文學系列市場。黃秋芳則選擇在進入兒童文學世界後，幾乎全心投入兒童文學各領域，包括兒童文學年度童話選集編輯，兒童文學獎評審、出版兒童文學論述、兒少寫作與經典文學應用書籍、童話與少年小說、在新冠病毒疫情期間的召集作家臉書線上童話創作與交流等等，直接以兒童文學領域巨人姿態出現。

---

49 張曼娟：封底簡介，《孔夫子大學堂：曼娟老師的十堂《論語》課》（台北市：親子天下出版公司出版，2017年8月）。
50 王文瑛、王震武：〈中國父母的教養觀：嚴教觀或打罵觀？〉，《親子關係與教化》，頁48-50。

黃秋芳，台大中文系畢業，早年從事《國文天地》雜誌社企畫編輯、採訪記者等工作，[51]作品有報導文學、短篇小說合輯，一九八九年五月希代《新世代小說大系》愛情卷入選作家。[52]希代時期創作女性與愛情小說的黃秋芳，在林燿德的序文〈你的故事我愛聽嗎？——序黃秋芳《你的故事我愛聽嗎？》〉評黃秋芳小說創作與其說是愛情小說，毋寧可能更接近女性小說。內容編織女性世界，評價以女性觀點為中心，女人的身世是一件大事，而男性為模糊、疏離、失焦的變數，愛情中以剪影、玻璃的隔離現身，同時也是女性不安的來源。[53]女性具有堅韌的個性，但不一定擁有理想結局，黃秋芳的愛情小說為女性發聲，小說內容接近思索與尋找答案的過程。

一九九〇年成立的「黃秋芳創作坊」，定期舉辦免費講座、讀書會、支持社區讀書會，編纂讀書會人才培訓手冊，致力文學創作及兒童文學教育系列相關書籍。[54]包括童詩、

---

51 台灣文學網，網址：https://tln.nmtl.gov.tw/ch/m2/nmtl_w1_m2_c_2.aspx?person_number=L45044，閱覽日期：2020年6月17日。

52 希代出版公司《新世代小說大系》愛情卷入選作品作家為：今靈、江離、李昂、吳淡如、林佩芬、林雯殿、林黛嫚、洪祖瓊、袁瓊瓊、陳彥、郭玉文、許振江、郭強生、張曼娟。陳嫁莉、黃子音、黃秋芳、廖輝英、劉君、鄭寶娟、簡媜、蘇菲、蘇偉貞等。黃凡、林燿德：《新世代小說大系》總序，頁10-11。

53 林燿德：〈你的故事我愛聽嗎？——序黃秋芳《你的故事我愛聽嗎？》〉，《我的故事你愛聽嗎？黃秋芳小說集》（台北市：希代出版社，1988年1月，1988年3月三刷），頁3-11。

54 林武憲：〈為喜歡的書寫再版序〉，《童詩導遊手冊》（台北縣：富春文化事業公司，2005年1月，2005年3月二刷），頁2-3。

兒童成語、少年小說、兒童作文與兒童閱讀等，以及兒童文學遊戲性論述。一九九五年四月～十二月，和朋友合開「要你好好看漫畫屋」，每二周找出不同專題讓各種背景、年齡的孩子們開座談會，探討漫畫的各種議題，如漫畫的閱讀策略、閱讀漫畫對新世代的意義、同人誌的現在和未來、推薦漫畫並說明理由、小學生不該讀但又常讀的作品、小學生適讀漫畫、怎樣指導小學生讀漫畫等等，各級老師等大人們亦參與其中討論，對於黃秋芳而言是具有意義與內容的活動與漫畫店，「不同背景的孩子和來自小學、國中、高中的老師坐在一起，反而更有見解。這是青少年國的『國策論壇』。常常，那些精彩的意見讓我們這些青少年國的『外國人』十分意外，青春、愛、夢想，在漫畫王國裡都被簡化了，所以可以理所當然地接受和信任。」[55]可以看見黃秋芳對於兒少讀物的閱讀，多元且沒有階級區分，並且在漫畫書裡被簡化了的內容，也可以透過有意義的活動形式，問對問題，讓孩子與成人們激盪出比漫畫更深入的想法，漫畫閱讀成為一種孩子思考與討論的媒介。

　　一九八五年黃秋芳為漢光文化書寫系列中國民間傳說故事，一九八九年前後，黃秋芳在希代文化出版多本短篇小說合輯，一九九〇年到二〇〇〇年間創作兒童閱讀讀物，並交錯書寫鍾肇政文學傳記、客家民族誌與少數文學作品等，二〇〇〇年之後幾乎投身兒童文學創作，二〇〇一年進入兒童

---

[55] 黃秋芳：〈青春，會被記得〉，《你快樂嗎？》（桃園縣：桃園縣立文化中心，1997年5月）。

文學所進修,開始在兒童文學領域積極創作。一九九〇年的「黃秋芳工作坊」應該是承襲積極創作希代叢書個人品牌包裝的小說族而來,卻也正好是一個小結,轉換成為兒童文學重心的黃秋芳。

若回到兒童文學創作,一九八五年漢光文化《中國孩子的故事》系列六冊,一九九〇年後《穿上文學的翅膀》(1990)、《童詩旅遊指南》(1994)、《看笑話學作文》(1996)、《大家來背詩》(1997)、《親愛的,作文把我們變快樂了》(1999)、《作文老師備忘錄》(2005)、《童詩導遊手冊》(2005)、《兒童文學的遊戲性——臺灣兒童文學初旅》(2005)等等,偏向於以文學的手法來呈現某些教育理念。林武憲認為「她並不以教學者自居,而是以親切的導遊面目出現」[56],黃秋芳對於與孩子的關係則在於,「我把玩著一疊又一疊孩子們的詩稿……。穿走在日以繼夜的疲憊裡的我,忽然,對這並不十分美麗的現實人間,增生起一種熱烈無償的飢餓。……,原來疲憊現世,還不足以飽饜。很想很想,對每一個孩子說聲謝謝,是孩子們的新鮮熱烈,讓我們跟著美麗起來。」[57] 黃秋芳作為一個教孩子寫詩、寫作文的老師,而成為具有發言能力的主體,然而因為孩子,教師也才能成為教師,擁有發言的位置,才有成為做為主體「說明我是誰」的機會。同時,孩子也餵養了成人的心靈與意志,作為給予成人身份的能力者,而成為互為主體的存在。這一

---

[56] 林武憲:〈為喜歡的書寫再版序〉,《童詩導遊手冊》,頁4-5。
[57] 黃秋芳:〈餓,讓我們更飽滿!〉,《童詩導遊手冊》,頁8。

年,黃秋芳已從台東大學兒文所畢業,出版論文的同一年。黃秋芳教學書籍主張理解,理解文字,理解歷史背景,也就能理解語文。二○一三年出版《輕鬆讀三國:對字多一點感覺!3》:

> 我們看「力」的古字,其實只是一個非常簡單的農具,有柄有尖,用來鬆土翻地,隨著汗水和力量,種下種子,等待發芽,同時也懷抱著「好好活著」的希望。這是力量的源頭,生命最初的簡單和美好,隨著文明發展,以及相伴而來的慾望和競爭,力量,竟成為現實生活裡最殘酷的角力。[58]

傳授知識,說明理解,並詮釋「字」或者教學專有名詞延伸意義的一體兩面,讓孩子深入體會。在中國文學知識、文化面的引導,以及樂觀和陰影的呈現,讓孩子自己選擇。或許對於愛護兒童的成人而言,黃秋芳看待孩子的態度,是相當讓大人與孩子感動的。

黃秋芳的書寫也相當逼近孩子,貼近孩子的高度讓孩子反思。一次她閱讀十歲孩子的作文,思考十歲的孩子,以及自己十歲時,在做些什麼。接著轉到三國人物的十歲:

> 十歲的曹操,應該還擁有非常幸福的童年吧?他那麼

---

58 黃秋芳:《輕鬆讀三國:對字多一點感覺!3》(台北市:九歌出版社,2013年1月),頁62。

聰明機靈，和堂兄弟們胡鬧時，總可以逃過「大人糾察隊」的各種約束和處罰。十歲的司馬懿，在嚴肅的父親教育下，博學多聞，此時正用孩子的眼睛，猜測大人們的十八路英雄伐董卓，究竟會形成什麼影響？孔融十歲時，早就靠著那齣「融四歲，能讓梨」的大戲，大大的出了鋒頭；他那可憐的兒子，來不及長到十歲，九歲就留下「覆巢之下無完卵」這句驚天動地的台詞，勇敢地面對死亡。十歲的劉備比較可憐，父親早逝，跟著媽媽學做草鞋，編草鞋，沿路兜售，……。十歲的孫策，跟著年輕英武的父親，這時，天下開始混亂，分不清亂紀的軍官是好是壞，……。十歲的周瑜，在詩歌、音樂、文武韜略中、醞釀著日後名動天下的儒雅風華。十歲的孫權，應該在無所不至的呵護和照顧中成長。六歲喪父的諸葛亮，十三歲才被叔父收養，十歲時，如果認識孫權，應該非常羨慕這種安定無愁的幸福吧？[59]

接近兒童角度書寫，不嘗試說教，清楚陳述一個轉化過且貼近孩子的歷史現場，讓孩子自己從閱讀中找到樂趣，思考自己，應該是黃秋芳看來無為，實則精心為孩子設計的，「請君入甕」式的教學閱讀。由孩子自動自發學習，因為，只要多一點感覺，閱讀其實並不難。

---

59 黃秋芳：《輕鬆讀三國：對字多一點感覺！3》，頁9-10。

文學性作品如少年小說《你快樂嗎？》（1997）、「光之三部曲」（2003-2010）、《逆天的騷動》（2017）、童話《床母娘珠珠》（2015）等。作品包含動畫的故事敘寫，克服人生的問題迎向光明，各種現實孩子生活的書寫，以及孩子神的傳說「床母娘」故事等。「光之三部曲」仍以女性做為主角，探索青春期女孩面對自己、家庭、人生淬鍊尋找生命答案，但仍偏向兒童讀物一貫的光明結尾，給與孩子希望。《逆天的騷動》則一反性別的反思，直接描寫現實生活中從小學到國中，各種孩子在成長、戀愛、升學等人生功課中，孩子的不同選擇與傳統父母思維間的角力。這本以「哪吒」作為書寫意象的現代少年生活小說，認為每一個孩子的人生都是「一場又一場找不到出路的生活掙扎」，在生命的路途中走走停停，「彷如哪吒，在母親肚子裡磨磨蹭蹭，足足坐滿三年六個月」，過渡到現實生活後，哪吒的進退失據「不是膽怯，而是還沒有做好準備面對人間考驗」，這些考驗充滿混亂競爭，活力充沛的在社會規則邊界瘋狂探險。[60] 於是李哪吒的象徵直接置換到現代各種國小升學到國中孩子的生活，這些現實中的孩子失落、失敗、失序，生活在掙扎、黑暗與磨蹭，或者社會邊緣，最後終於蛻變，成為如哪吒一般的英雄人物。

　　整本小說安排有各種不同的「我」的第一人稱敘事放在各章裡，包括各種升學的孩子、母親、孩子的朋友、孩子的

---

60 黃秋芳：〈自序：逆天還魂〉，《逆天的騷動》（台北市：幼獅文化事業公司，2017年11月），頁13-17。

女友、女友的妹妹等等,編排看似如哪吒性格般紛亂,但是整本書閱讀完,發現各種「我」其實互相有關連,類似一個「圓」的循環結構,但不規則,如同圓滿的生命觀,也總是流動而不是這麼規則的。孩子的角色包羅萬象,包括一般的孩子、優秀但溢出生活框架與規則的孩子、成績好但因為一次失戀而看清楚自己的孩子、單親孩子、經濟弱勢的邊緣孩子、在台北萬年大樓類似混混但善良的孩子等等,如同我們在現代生活中看到的多種因升學壓力擠壓,因家庭關係緊張,但仍藉由各種大人放心／不放心的生活方式沉潛著,而生命的曙光總會透過孩子自己的破蛹而綻放。

如同黃秋芳序言的破題:「我們一生的學習,是一次又一次『理性』和『秩序』的模擬考。……哪吒一出生,帶著神力,開啟了一長串挑戰父權、折磨母心的生命奮鬥,……當我們感受到哪吒嚮往的勇氣和自由,就可以看見『逆天的騷動』裡,所有驚心動魄的冒險,以及一個又一個逃出體制外的浮沉星子,掙脫讀書、考試、排行的各種侷限,透過詩、繪畫、音樂,記錄自己的憤怒、不安,以及各種與眾不同的摸索。」[61]

以現代孩子的聰明,已經有各種靈活應對大人的方式,然則大人需要給孩子一點時間、空間和包容,大人需要換個角度看,讓孩子自由的脫離或進出體制,孩子才有機會從家裡的舒適圈,慢慢以自己的方式成長與碰撞,然後找到生命的發展方向。

---

61 黃秋芳:〈自序:逆天還魂〉,《逆天的騷動》,頁14-15。

## 第四節　小結

　　通過八〇年代女作家對社會轉型期孩子也面臨生活轉型的書寫，到九〇年代，政治、經濟、各層面社會生活樣貌，讓孩子生活直接面對成人，教育現場或者家庭中的成人關係與升學競爭。心理學家河合隼雄《孩子與惡：看見孩子使壞背後的訊息》[62]提出孩子「惡」的行為背後，傳遞了更多大人與孩子之間的訊息與語言，而這正是協助孩子成長的契機。兒童文學大家五味太郎著作《孩子沒問題，大人有問題》，也以長期創作幼兒繪本的觀察提出小孩背後的大人問題，可能才是今日我們探討兒童問題背後的問題。[63]而解嚴前後的自由風氣，讓父母子女逐漸以協商方式協調，在西方的協商、教育書籍的教養方式，讓東方傳統教養下的品格與知識，家庭間關係的放大，成為父母既想疊加但可能力有未逮，並增加孩子教養困擾等問題。

　　張曼娟和黃秋芳以成人文學知名作家品牌之姿出現在兒童文學市場，並隨即造成效果。除了兩位女作家中文背景出身，強調中國傳統語文教學的重要，小學堂及工作坊以體制外的學習方式接觸孩子，提供東方的養分，協助語文教育，避免家庭教養衝突，順利進入父母建構期待的世代兒童教育。

---

62 河合隼雄著，林暉鈞譯：《孩子與惡：看見孩子使壞背後的訊息》（台北市：心靈工坊文化事業公司，2016年6月）。
63 五味太郎：《孩子沒問題，大人有問題》（海口市：南海出版社，2016年8月）。

兩位女作家以不同的方式帶領孩子進入中國傳統語文與品格教育。張曼娟以大學教師及小學堂教師身分，強調「教」與「學」[64]，老師是一種修行，提供各種孩子心靈的幸福與愛，同時教育小孩和大人。透過小學堂有聲書、閱讀教養書籍、文學著作策畫與創作，讓孩子透過愛、趣味與理解，進入古典文學世界，並直接切入考試所需的國語文程度。黃秋芳則不強調「教」與「考試」，用著作鋪排讓孩子自己學習的環境，讓孩子透過理解，自己選擇學習，同時透過小說創作「光的三部曲」、《逆天的騷動》書寫人生逆境與各種孩子樣貌，從小說中找到自己和自信，或許也是另類的品格教育？而孩子與黃秋芳的關係，在互為飢餓／飽足的狀態下，孩子透過黃秋芳學習，黃秋芳也從孩子身上學習，彼此提供心靈的養分，一種互為主體的關係。

　　至於品牌經營的延續，張曼娟以大學／研究所教書培養新一代學生，持續成人散文、小說創作，以及排行榜、廣播、線上課程、不同媒體專欄的能見度優勢，持續吸引同世代、新一代家長，以及未來的家長——大學生，關注「張曼娟」品牌現象應有足夠的延續力道。黃秋芳則積極投入兒童文學領域經營，在兒童文學多元創作、編輯、兒童文學專業及文友支持下，從希代小說族形成個人品牌到轉移成為兒童文學品牌的經營，接觸一代又一代關注兒童閱讀與教養的家長和孩子。黃秋芳對於孩子主體的教學觀，有西方的兒童主

---

64 張曼娟：《張曼娟談語文教育》DVD（台北市：親子天下出版公司，無日期標示）。

體、東方的教育內容，東西方的巧妙融合，調和了九〇年代後的教養矛盾。

另一方面，張曼娟和黃秋芳相當巧合的，以封神演義的哪吒作為創作兒童少年小說的主題。如果以弗萊（Northrop Fry, 1912-1991）文論《批評的剖析》，將文學分為虛構型（故事、人物為主）與主題型（作者向讀者傳達寓意），而這兩種類型都可以由上而下層次分為神話、浪漫故事、高模仿、低模仿、反諷與諷刺等類型，再由最下層次像神話回流，成為循環。弗萊的神話研究指出了「原型」的概念，原型把個別的作品納入文學體系，成為一個普遍性的整體，吸收了精神分析、榮格的集體潛意識及新批評等學說，反映了人類最普遍的經驗與夢想。[65]

若從弗萊的文論，封神演義李哪吒作為神話的一種原型人物，具有反應與釋放人心的內在深層意義，張曼娟的《我家有個風火輪》改寫成「家庭愛」主題小說，層次較為淺薄化了。黃秋芳《逆天的騷動》，似乎在於先詮釋哪吒故事，賦予內在意義，再透過象徵表達孩子的內在困境與破蛹而出，來傳達黃秋芳對於少年兒童的普遍性，與哪吒生命的觀察。美國精神病學與教育學教授貝特漢（Bruno Bettelheim, 1903-1990）提出兒童幻想性故事傳遞兒童自我（ego）發展的鼓勵，並解除兒童潛意識（unconscious）及前意識（preconscious）壓力的訊息，讓兒童在複雜社會中可以面對及處理

---

65 Northrop Fry著，陳慧、袁憲軍、吳偉仁譯：《批評的剖析》（天津市：百花文藝出版，1998年11月），頁1-8，143-302。

自己的內在世界,滿足自我與超我(super ego)的需求。[66]
《逆天的騷動》對應兒童少年的各種困境與正面回應,容易讓九〇年代之後各種樣貌的孩子有潛意識與前意識的困境與破蛹的期待回到意識層面,來面對自我的可能。

---

66 Bettelheim, Bruno, *The Uses of Enchantment: The Meaning and Importance of Fairy Tails.* New York: Penguin Putnam Inc., 1991, pp.5-6.

# 第七章
# 結論

　　筆者首先呼應緒論時談論的女作家作品與兒童文學作品對話研究之必要。二〇一九年出版編選鄉土文學論戰四十年選集《凝視人間回望現實》，第一篇文章選用郭松棻〈談談台灣的文學〉[1]。顯見郭松棻文章的重要性。文內談及一九四五年後二十年台灣文學的蒼白空虛，論述指陳當時的國軍文藝與現代主義文學橫的移植。而一九四五年其後的二十年間，正是台灣文學女作家大展身手，書寫台灣兒童文學「此時此地」，大張旗鼓創作與編輯女作家所見各種台灣兒童面貌故事，形塑大時代下的兒童樣貌，不論是台灣在地的或者懷鄉的，多帶有民族意識與台灣／大陸兩地兼容的文學特色。為能進入兒童閱讀的背景基礎，台灣兒童文學的創作特性無疑從兒童身邊事物開始書寫，具有在地的與時代下的民族特性。很遺憾的，女作家與台灣文學的兒童文學系統並未在「主流」文學的凝視範圍。

　　一九七九年楊小雲出版《水手之妻》講述台灣遠洋水手家庭的故事，一九六七年黃春明〈看海的日子〉在《文學季刊》發表，同為靠海吃飯的男人與女人間的故事，黃春明的

---

[1] 郭松棻：〈談談台灣的文學〉，《凝視人間回望現實》，頁28-43。

南方澳妓女與討海人的憨厚,以及台灣陸地與海洋孕育沒有名分的下一代孩子的故事,中立的筆觸寫出既像困境又孕育希望的這塊土地的故事與隱喻,成為台灣文學常被討論的作品。從另一方面來看,十年後楊小雲同樣以女性眼光出發,從水手妻子視角看向討海人家生活,反應十年後的遠洋從漁船到輪船,從水手到大副、二副的編制,並反映了時代變化下的台灣討海者生活、教育與經濟文化。從黃春明的自立堅韌妓女眼光出發,到楊小雲被豢養在家庭裡的外柔內韌妻子眼光出發描寫家庭生活,看似又落入了水手妻痴痴等待丈夫回家的私領域小情小愛與瑣碎的女性書寫政治。然而,若從讀者觀點來看,楊小雲身為水手妻貼近漁業書寫內容,書籍暢銷,成為海洋相關學校推薦的課外讀物,[2]同時反映女性社會位置、台灣水手生活樣貌、水手家庭內部與社會的關係。另一方面,從小說中的高離婚率與航海中的孤獨來看,七〇年代的水手雖因生產工具工業化而擁有較高收入,但仍抵不過家庭破碎致社會觀感邊緣化問題。台灣的在地書寫,反映邊緣族群的生活樣貌,水手家庭生活希望與失望的對照,楊小雲《水手之妻》五十刷的暢銷,隱含作品已然跨越小情小愛,書寫台灣在地非主流族群集體樣貌。從鄉土文學深入論辯來閱讀,王拓認為,是「現實主義」文學,不是「鄉土文學」,文學根植於時代性的社會,提出「現實主義」文學「是根植於我們所生長的土地上,描寫人們在現實

---

2 楊小雲:〈寫在三十印之前〉,《水手之妻》(台北市:九歌出版社,1979年10月〔50印〕,2003年1月重排),頁234-236。

生活中的種種奮鬥和掙扎，反應我們這個社會中的人的生活辛酸和願望」的文學。[3]葉石濤的台灣鄉土文學則有其地域與時代的侷限性。一九七七年葉石濤提出來的台灣鄉土文學是「以『台灣為中心』寫出來的作品」,「具有根深蒂固的『台灣意識』」,而所謂的「台灣意識」意指「跟廣大台灣人民的生活息息相關的事物反應出來的意識」,而這種意識在文學上反映出來的「一定是『反帝、反封建』的共通經驗,以及篳路藍縷,以啟山林的,跟大自然搏鬥的共通紀錄」。[4]拉回到楊小雲基於台灣土地水手生態意識創作的《水手之妻》,以離婚及家庭破碎議題反應台灣水手職業與生活,西化轉型期的困頓,成為王拓與葉石濤論述下的書寫例子。然而翻遍許多大家及正典文學史料關於鄉土文學或者斷代文獻,鮮少楊小雲作品的介紹或評論。楊小雲作品的難以歸類,如同張曼娟發跡在小說族通俗文學之前,屬非正典文學之難以書寫與歸類範疇。然而,是從誰的角度？怎樣的方法使得女作家作品難以歸類？若從女性視角書寫文學史或者為作家文本分類爬梳,會產生一樣的問題嗎？遑論在正史上難得記上一筆的兒童文學。[5]

　　台灣兒童文學創作,基於兒童對象的設定,具備「此時

---

[3] 王拓：〈是「現實主義」文學,不是「鄉土文學」——有關「鄉土文學」的史的分析〉,《凝視人間回望現實》,頁110-131。
[4] 葉石濤：〈台灣鄉土文學史導論〉,《凝視人間回望現實》,頁132-157。
[5] 國立台灣文學館成立後,二十一世紀已經開始從日治時期出生的兒童文學創作者及其創作文本,做有系統地蒐集。如林良、林鍾隆、華霞菱等。

此地」的特質,因此多為在地的一種表現,此為台灣兒少文學較翻譯文學閱讀與市場的優勢[6]。即使具隱含性或者象徵主義式的。五、六〇年代女作家創作大時代性的兒童國民形貌建構,也必須是台灣兒少背景知識範圍能夠閱讀與消化的讀物。這就牽涉到了兒童文學與成人文學的根本差異——兒童。創作者心中有兒童對象,兒童相對容易投射進入文本,品味閱讀樂趣;若兒童僅作為書寫角色的工具或者修辭,創作者意在表達其他意圖,大概兒童很難進入文本情境,作品也不一定為兒童文學。若以鍾梅音《泰國見聞》為例,作者仍先提出台灣的天氣與泰國氣候的類似性,將兩個地區拉在一起,然後再書寫泰國旅遊見聞,其中懷念家鄉念小學的場景,也將泰國孩子能直接看到自己的學校,和台灣孩子相似的經驗勾連,之後敘述再見自己家鄉小學已不可能。其中文字鋪排串連了台灣兒童讀者以及兒時回憶,如同一般創作。

---

[6] 台灣兒童文學創作者為台灣孩子的創作,文化上的接受性較翻譯文學為高,對於閱讀能力弱勢的兒童青少年,反應尤其明顯。甚至筆者在高雄市立國民中學教學現場,漢人孩子對漢人寫作的漢人中心觀點原住民小說,接受度也較原住民書寫本身族群的小說為高。若以布農族乜寇·索克魯曼於二〇一三年出版的《Ina Bunun！布農青春》(巴巴文化),筆者覺得近年來寫得最「原汁原味」的原住民少年小說之一。但從國一到國二孩子們反應故事並不容易進入,此外,家長們對「原」汁「原」味少年小說中原住民孩子對話語尾詞與句子使用,也頗有意見,認為會影響孩子書寫作文的表現方式,不利孩子閱讀。

# 第一節　女作家創作兒童文學的社會脈絡與兒童觀

其次，筆者將對於戰後到二十一世紀初期，女作家創作的社會脈絡與兒童觀做一爬梳。二戰後國民政府遷台，封德屏形容當時的社會與政治狀態只能以「危」與「亂」形容。外有中共武力威脅，內有教育、政治、金融等混亂。通貨膨脹，使得原來居住在台灣的家庭及二戰後移居台灣的一般人民及軍隊，處在貧窮與兒童參與家庭勞動力的時代。二戰後來台女作家，大約出生於一九〇〇到二〇年前後，經歷過五四或五四餘波，以及一連串的戰亂如北伐、日本佔領東北、二戰、國共內戰、移居台灣，以及台灣在二戰後的戰亂危機。在這樣的大時代下，台灣應該培養怎樣的下一代？下一代應該具有的國家民族意識與典範為何？當時潘人木作為中華兒童叢書編輯理念，思考應該給予孩子的，以及孩子應該要知道的，而不是百分之百迎合孩子興趣。[7]考量台灣兒童現況、女作家的時代經歷、國家社會的動盪，女作家們在兒童文學文本中提出的，一為以國族觀念取代東方傳統家族中心觀念，其次，以來自五四精神的教育政策及中華兒童叢書目標，倫理、民主、科學，做為為兒童書寫及形塑新國民兒童方向，第三，以國家一九三四年揭櫫的文化政策：既要西化但也不能全盤西化、區隔中共塑造之文化，作為中華民國

---

[7] 洪曉菁：〈兒童文學的長青樹——潘人木專訪〉，《兒童文學工作者訪問稿》，頁27-52。

在台灣應有的文化定位,即儒家思想與三民主義。其中,仍謹守中學為體,西學為用的精神。因此五、六〇年代女作家創作貧窮的台灣家庭孩子或者女作家自身家庭故事,多以倫理及儒家教養下的「好孩子」作為道德榜樣,謝冰瑩以女兵經歷創作戰時國族兒童的典範,以及鼓勵孩子求學,嘗試以學校教育完成儒家與學習西方科學,形塑新國民。而五、六〇年代女作家能為台灣兒童文學創造新一代的台灣兒童,應該來自於台灣文學對於女作家觀察:書寫身邊瑣碎事務與賢妻良母主義的影響。台灣正典文學看來私領域,書寫家台灣的女作家,換一個角度來看,成為兒童文學領域對於兒童的國家敘事與建構國家再生產者形貌的重要推手。

再者,以女作家之名,成人文學市場帶動兒童文學閱讀市場,在七〇、八〇知名女作家為兒童書寫合輯或單行本,未嘗不帶有市場策略性質。到九〇年代麥當勞等跨國企業及日本動漫影音全面進駐台灣,台灣進入詹明信所謂的全球資本主義經濟殖民時代,女作家之名直接品牌化,引起成人餵養兒童學習作文或閱讀,如朱天衣、張曼娟作品等等,品牌直接介入市場,成為文化商品。

七〇、八〇年代女作家在當時民間基金會基於「知名成人文學作家為兒童創作」觀念下,洪健全文教基金會與味全文教基金會廣邀知名作家為兒童書寫。洪健全文教基金會為推動兒童文學與閱讀重要單位,曾經舉辦兒童文學少年小說等相關文類比賽活動。基金會共蒐集一百二十位台灣文學作家為兒童書寫稿件,分別編輯成為《當代作家兒童文學之

旅》六輯。其中女作家數目較男作家少。洪健全基金會之外，「中華兒童叢書」也是兒童文學領域相當重要與龐大的「叢書合輯」，從一九六六年到二〇〇二年，共出版九百四十五本童書。中華兒童叢書在潘人木於一九八二年離開編輯工作後，台灣成人文學女作家創作數量逐漸減少，專業兒童文學工作者創作人數逐漸增加。對於中華兒童叢書的文本分析，筆者以叢書中台灣原住民、民族誌、地景議題、經濟動物「牛」與兒童生活等幾個切入方向來談，與五、六〇年代女作家建構新國民觀點下寫作中華兒童叢書分析，稍作區隔。

此外，由於九年國教政策以及台灣經濟起飛，引致兒童在家庭及升學問題，逐漸浮現。家長忙於經濟並重視升學成果，孩子開始面對升學壓力。身為中學教師的作家苦苓，從六八年到八二年，以教師與作家的視野，為兒童篩選成人文學作家作品，編選合輯。文章顯示台灣兒童在國小、國中及以上層級孩子，在不同學校學習階段，可能產生的心理與生活狀態等短篇問題小說。這些小說原不是為兒童書寫，而是女作家在成人文學脈絡中的創作，在苦苓作為文化權力者重新編選，將作品定位在兒童閱讀文學範疇下，賦予新的意義與位置。做為當時的教師與作家身分，如何看待校園圍牆內的孩子？苦苓編選作品特意在小學篇、中學篇、大學篇以不同教師書寫序文，加強了不同階段教師對升學環境下孩子生活選文的普遍性與可靠性。此為七〇、八〇年代女作家作品在兒童文學領域「增生」的另一個例子。

七〇、八〇年代仍有女作家創作單行本兒少作品。其中

以八○年代楊小雲成人文學與兒童文學持續交互出版,引人注目。楊小雲作品的寫實性,反應了台灣社會七○年到八○年代政治解嚴前後,台灣政治、經濟、教育對不同階級與城鄉孩子的影響,同時各種不同階級的孩子如何回應社會當下的家庭處境。

以上合輯與楊小雲的系列小說,呈現七○、八○年代社會與教育轉型期的兒童生活轉型面貌:兒童從五、六○年代的必須負擔家庭經濟的苦兒,轉變成為家庭經濟充裕,孩子因此可以接受教育,也有休閒玩樂的童年。童年狀態的轉變,使得兒童擁有多樣形貌:升學的兒童、情感萌芽的青澀兒童、關注生態教育的兒童、帶入台灣傳統民俗文化的兒童、以民族誌方式被記錄的兒童、族群矛盾顯現的兒童、西化(留學與第一次出國)與反西化奇觀式的兒童等等。其中女作家書寫下的兒童,具有兒童的抵抗、顛覆、提問等能動性,部份兒童不再被動被給予,而能提供自己的想法。

七○、八○年代也是台灣文學現代主義與鄉土文學深入討論的年代,女作家書寫文字反應時代性,將文字密度較高或者象徵性文學創作,例如鄉土文學、存在主義文學與象徵文學等帶給孩子,增添了兒童文學書寫的多元樣貌。

九○年代至二十一世紀,女作家同時在兒童文學與成人文學創作成果,百花齊放。如,張惠菁[8]、周芬伶、張曉

---

8　兒童文學著作:真實果子(張惠菁)文,萬歲少女圖:《月光下快樂魔法書》(台北市:方智出版社,2002年1月)。

風、郝譽翔[9]、蘇偉貞、施寄青、桂文亞、管家琪、嶺月、鄭如晴、薩芙[10]、劉臺痕[11]、紫石作坊作家等等作家及作品。而文化市場與通俗文學結合成為一種規模與範式。此時期，連鎖書店、網路書店的排行榜機制與暢銷書籍在店面的特殊陳列，影響書籍的銷售、知名度、易得性與產品生命週期。此時期的台灣文學對於通俗文學現象與正典文學，做了深入討論。正典文學有其對社會的抗辯與文學的權威，通俗文學則因為仍是同一個社會文化下的產物，有其對社會的遮蔽性，仍可以透過閱讀看到社會表面想要覆蓋的內容。另外，由於通俗文學的通路效應，往下擴大閱讀年齡層到學生族群，對於文學閱聽人並非完全是重疊效應，也正好與學生族群即兒少族群閱讀接軌。通俗文學市場化在於作家個人品牌的包裝與創作軟性文學浪漫風潮的再起。在這個時間點，張曼娟、黃秋芳現象成為一個轉折與示範。

九○年代仍有相當多成人文學女作家創作兒童文學，然

---

9 《初戀安妮》（台北市：聯合文學出版社，2003年）。

10 以愛情小說進入作家行列，後屢獲九歌少兒文學大獎，成為知名童話及少年小說作家。。

11 劉臺痕，祖籍江西，為家中在台灣生的第一個孩子，為名字由來，現為退休教師。師範學院開始創作舞台劇，一九九○年寫教學用電視劇。一九七八年前後為孩子說故事而開始創作兒童文學。一九九六年創作吸食毒品少年小說《閻王不要的孩子》（九歌）；一九九九年台灣原住民少年小說《鳳凰山傳奇》（九歌）。《五十一世紀》（九歌）、《地球闖入者》（紅番茄），為少年科幻小說。二○○九年創作藏傳佛教大師故事少年小說，如《神秘苦行僧：密勒日巴》（法鼓山文化）等。兒童文學創作範圍廣泛。

而相較於與品牌連結的張曼娟與黃秋芳，兩者專注兒童文學編輯和創作，並提出兒童創作或閱讀理念，對於兒童文學領域影響卓著。

張曼娟進入兒童文學的過程，首先在於張曼娟現象與品牌產生之後，張曼娟成立「紫石作坊」作家經濟工作室，協助年輕創作者進入市場，然而十年出了一百多本書籍之後，發現有好的創作者卻沒有讀者。基於自己創造讀者的想法，以及當時媒體報導教育亂象，於是張曼娟於二〇〇五年創立張曼娟小學堂。正式以私塾教育，中國經典文學擺渡人的角色，引介家長與孩子進入中國經典文學閱讀與寫作世界。此外，透過東吳大學中文系教學工作，及創作不輟，一屆屆年輕學子及讀者，將繼續維持張曼娟現象的品牌塑造。

黃秋芳對兒童文學亦著力甚深，同期間交互創作成人與兒童文學，直到二〇〇一年進入台東大學兒文所，碩士論文提出兒童文學的遊戲性，之後以兒童文學經營為主。同樣出身中國文學系，黃秋芳比較接近提供一個環境，讓大人和小孩互相對話，一種互為主體的學習方式。

一九九八年由行政院青輔會出版前一年（即九七年）《青少年白皮書》，報告中依年齡及各學校等級分析。發現國小升國中升學率逐年增高，接近百分之九十九，然而國中畢業升學率約百分之九十，高中升學率約百分之五十八，高職升學率約百分之十七。這些沒有升學的青少年也沒有完全轉移到就業勞動市場，部分女孩在家協助家庭事務，多數青少年則仍在各種補習班或讀書來等待再次進入升學管道的可能。

[12]升學率仍然是家庭與孩子重視的兒少生活目標。然而也可能因為孩子勞動力的延宕,而產生孩子對生活現況的困擾,「青少年對生活不滿的原因之主要程度依序為『家庭沒有足夠的收入』(26.4%)、『學校・課業的問題』(16.2%)、『找不到合適的工作』(15.28%)、『家人相處不融洽』(10.2%)」[13]等,青少年回饋在升學體制要求下,與社會、學校、家庭間的衝突。進入二十一世紀,台灣面臨相對停滯的本地經濟與薪資、全球資本主義更緊密連結與競爭,同時,科技與產業變化帶來潛在的機會和風險,不同階層的家庭如何認知當下的機會與與不確定,而影響看待孩子的方式[14]?文學與藝術創作等文化人士,又如何看待孩子?孩子在不確定的社會環境下,又如何回應社會?

女作家張曼娟與黃秋芳,分別以不同的教育態度,填補了孩子西式教育下的東方傳統內容的空缺。也成為家庭和孩子關係的中介。然而,孩子仍在升學主義體制下,為經濟生產而牽制,成為一個個升學模子擠壓印模下的產物。其他在升學主義下被擠出家庭或者教育界線的孩子,可能面臨各種失落,成為社會、家庭或學校無解的廢墟少年。兒童成為國

---

[12] 行政院青輔會:《青少年白皮書——一九九七年版》(台北市:行政院青年輔導委員會,1998年8月)。筆者引用資料包括:林勝義:《青少年的教育》、陳小紅:《青少年的經濟與工作》等,頁107-197。

[13] 行政院青輔會:《青少年白皮書——一九九七年版》(引用資料為張明正:《青少年人口與家庭》),頁29-65。

[14] 藍佩嘉:〈序文:從孩子成為父母〉,《拚教養——全球化、親職教育與不平等童年》,頁5-11。

家財富增加或者被擠出去失落兒童的兩極或期間的灰色兒童，成為政府亟須解決的問題。

## 第二節　研究發現：兒童為「富國強兵」的抽象存在

　　第三，筆者將就貫穿筆者研究的女作家創作兒童觀思想，作問題意識的發現與回應。以及貫穿本論文思想論之說明。一九七五到七六年日本思想家柄谷行人在美國耶魯大學講學明治文學時，在解構主義潮流下，柄谷認為寫作日本文學史反而成為對「日本文學史」自身的批判。在「序文亦成為論述的一部份」[15]以及一九八八年到二〇〇二年的各國翻譯版序言，包括一九九一年英文版的補遺：增加第七章「文類的消滅」，並仍於第七章強調富國強兵的想法。柄谷對於日本明治時期文學的思考即使到二十一世紀柄谷的諸多著作中，仍有其思想的一致性。

　　基於解構的思想，柄谷在「兒童的發現」一章，提出兒童並非實體的，而是一種方法的概念，在這樣的方法視線下，兒童才可能成為被觀察的對象。筆者亦在此觀念下從文學中提取與觀察「兒童」。柄谷認為，包括台灣的「兒童」，仍是近代國家制度的產物，帶有富國強兵的特質。

　　筆者研究發現，兒童作為「教育裝置」的一環，在五

---

15　柄谷行人：《日本近代文學的起源》，頁14。

〇、六〇年代兒童國民的建構，教育為國家政治（民族性）服務，七〇、八〇年代兒童逐漸轉為政治矛盾與經濟轉型下的兒童形貌，教育為政治（寫實與西化）及經濟（資本主義）服務，九〇年代及之後，升學與市場串聯的兒童，教育為國家經濟服務。亦即柄谷行人所謂兒童為「富國強兵」的抽象存在。

## 第三節　兒童文學研究對兒童文學及台灣女作家研究的貢獻

最後，對於提供這篇文章的養分之一的女作家作品及女性文學研究，兒童文學是否能帶來什麼樣的影響？

本文嘗試透過台灣文學女作家的兒童文學作品說明幾件事：一為台灣兒童文學作為文學的一支，如何跟台灣文學對話？二為女作家書寫兒童文學作品研究，以台灣文學女作家或許更容易讓擁有較大市場的成人文學理解兒童文學作品，並非童言童語，而同樣具有國族的與個人的雙重特徵。三為嘗試透過台灣文學的協助，同時以兒童文學自身研究的基礎，尋找女作家書寫兒童文學的系譜——這同時是台灣地理人文空間的、也是時間的辯證。

反過來思考，台灣兒童文學的研究是否提供成人文學女作家作品研究新的參考資料？

大陸學者張忠良提出文學史觀與史料的互動關係。材料早就存在，只是在文學史觀被遮蔽或者耽擱，以往用新材料

有機會看見新的史觀，反之，用新的史觀也會看到新材料。[16]台灣作家書寫的兒童文學作品，是否能成為被耽擱的史料？或者從兒童文學創作研究產生新的台灣文學史觀觀點？

同時，在兒童成為國家再生產對象，兒童文學是否可能作為在成人創作上，以個人的即國族文化的書寫，以兒童文學作為詹明信所言後現代全球資本主義殖民的抵抗？[17]

另一個角度來看，部份台灣兒童文學知名女作家同時也書寫成人文學，如林滿秋旅遊散文《漫走，在熊的國度裡》（野人出版）、陳郁如《追日燭光》[18]（親子天下）等。然而兒少文學女作家，可能因為寫作對象差異，產生的創作專注性，以及林良主張兒少書寫「淺語的藝術」文字風格，較為通俗淺顯，文字密度難以引起純文學讀者或者已經成名的大眾文學大家的注意，小眾文學創作者，似乎很難靠著作者書寫較無話題性的散文作品，進入成人文學市場的困境。

此外，女作家兒童文學作品，對兒童文學現象而言，是

---

16 張忠良：〈民國史料與民國文學──張忠良：史料再掘，意義重啟〉，《民國文學與文化研究》（台北市：秀威科技資訊公司，2016年6月），第二輯，頁318-322。

17 如楊小雲作品，豆豆對去美國的抗拒，以兒童性格的直率語言赤裸呈現；胖胖一家在日本迪士尼樂園看到的後現代虛擬景觀，以直言「假的」、「太貴」，以及對更早西化的日本居然遇見傳統儀式景觀，兄妹嚇得拔腿就跑。藉著兒童的「純真」，成人以既接近兒童生活，又虛擬的兒童圖像，建構了對文化殖民的抗拒。

18 《追日燭光》從內容文字與版面編排、推薦人等，並放在少年天下書系，推論設定閱讀對象為少年及以上成人讀者。陳郁如：《追日燭光》（台北市：親子天下出版公司，2020年3月）。

否如台灣兒童文學史般具有普遍性？筆者認為不盡然如此。五、六〇年代，現代型式開本與裝幀的兒童文學自製作品剛出現，此時期女作家成為兒童文學創作主力，對於培養與提攜後輩，也具有相當大的影響。七〇、八〇年代系列本土兒童文學創作者培訓班開班及民間團體成立，養成兒童文學專業創作者如趙國宗、洪義男、曹俊彥等等，[19]兒童文學逐漸形成自身的史觀與創作脈絡，台灣文學作家創作的兒童文學作品，成為兒童文學本位系統之一，從佔據主流位置到非主流，直至二十一世紀。然而筆者研究正是以女作家創作兒童文學脈絡為研究主體：五、六〇年代女作家創作居兒童文學主流，其後逐漸分流後，細究女作家創作現象作為兒童文學史的補遺。或許此亦為筆者對台灣兒童文學的貢獻之一。

## 第四節　對於台灣兒童文學專業書寫者的一些建議

對於台灣兒童文學專業書寫者提供一些建議。兒童文學在文學以及教育單位為相當重視的專業學門，然而在跨學科領域並不是這麼容易的情況下，常常引起教育單位長官的誤讀，而讓國中小各級學校及孩子再次誤解文學與科學文學（沈石溪的動物小說，為幻想小說非動物小說；部份漢人創

---

19 陳玉金：《台灣兒童圖畫書的興起與發展史論1945-2016》（台北市：萬卷樓圖書公司，2020年5月），頁65-107。

作原住民的圖畫書或小說為文學幻想小說，帶有漢人中心主義的誤識，而非民族誌小說等的辨識）的認知或應用。

筆者或許可以試著將台灣兒童文學書寫，與成人文學女作家書寫兒童文學作品，提出筆者概略性的觀察。兒童文學專業創作者可能基於育兒或者觀察兒童生活而開始創作兒童文學，然而，也因此囿限於兒童讀者的想像與市場，大多創作故事性強，文學文字密度或者繁複可討論性較弱的文學文本[20]，養成了兒童讀者的「壞」品味？另外，兒童作為書寫的對象，並不因閱歷少而比成人文學容易，也需要做足功課，才可能在兒童擁有閱讀樂趣上同時學習知識。然而，兒童文學創作者往往容易輕忽文學之外，如社會科學或者自然科學的求證，以致目前台灣兒童文學的動物、植物生態故事，多數仍缺乏自然科學實證[21]。

手機與 AI 主題少年小說，持續成為成人與兒童閱讀關注的主題。手機遊戲與 AI 虛擬創作猶如人類生活的夢境或者鏡像，以及 AI 世代兒童長時間處在虛擬空間中帶來的心理機轉等等。雖然類似兒童文學創作如雨後春筍出現，然而科技與兒童心理學的研究，仍需要兒童文學創作者努力專

---

20 這裡可以舉出國藝會補助幾本優良少年小說傑作，如林哲璋的《福爾摩沙惡靈王》（遠景）、張友漁《再見吧！橄欖樹》（親子天下），呂政達《錦囊》（小魯）等優質作品乏人問津現象。

21 如筆者參與獸醫作家或者動物專業作家的演講，演講者常提及「兒童文學中狗吃骨頭」等的謬誤，及動物兒童文學錯誤率高達八成或以上。文學文本需要辨識作者、譯者、審定者背景，及出版書系，才能確認閱讀科學文學或者是純幻想文學。

研。部分創作者對於兒童讀者透過文學教育與樂趣功能，常常忽略教育性，相對台灣成人文學創作者在背景知識研究略遜一籌。其他可以舉的例子還包括書寫不熟悉的族群生活作品的漢族中心主義的「原住民小說」。筆者認為在學科中歸入語文類尚可，甚至應以比較文學方式閱讀漢人與原住民思維在創作原住民少年小說的文化差異。從以上例子或許可以試著理解，台灣文學女作家創作兒童文學的優勢與貢獻。從台灣或者國外經典閱讀開始，從紮實田野基礎開始，描寫不同族群的故事，或者建立多種專長等等。知名成人文學作家初創作兒童文學作品可能需要文字與鋪排的斟酌，熟悉兒童的作家創作兒童文學可能更容易有專業的表現，端看我們要提供下一代什麼樣素養的兒童文學[22]。

---

22 近幾年流行的兒童文學滑稽美學也可能產生如巴赫汀的嘉年華等繁複論述，或許熟悉文學理論對於創作也會是一件加分的作工。

# 後記

　　筆者第一本論文集《兒童文學論文集：圖像・文創・女性研究的多元視野》（萬卷樓），透過網路的傳播，到達台灣七十多個研究單位、香港十多所大學、澳門、新加坡、馬來西亞、中華人民共和國等等華人地區，感謝這些地區的兒童文學研究者的支持，我們對於兒童閱讀的期待與研究交流，不分國界。

　　第二本兒童文學論述書籍，除感謝這十多年跟著筆者成長的實驗中學與市立中學學生們，以及來自台灣兒童文學研究重鎮台東大學兒文所師長的養分、指導教授游珮芸、台東大學教授林文寶、教授黃雅淳、成大台文所教授吳玫瑛，清華台文所教授王鈺婷給予的指導及提攜，以及曾經勉勵筆者的國科會藝術學門召集教授劉瑞琪：「持續精進研究，就是給老師最好的禮物。」這些都是促成筆者每年定期發表研究，持續書寫專欄與完成本書的動力。

　　長篇論述的完成，除了進入女作家作品的精神世界，運用文化研究與文藝社會學細細感受許多資料與作品建構下的女作家作品形貌，其中也投射自己的生命經驗。家父親歷戰爭，家屬作為軍眷，感受歷歷。促成筆者關注戰爭兒童文學。另一方面，釐清來自粵、客、河洛、西拉雅族群等等文

化混融的族群系譜，以及女性婚後某些共同結構的生命經驗，成為筆者透過閱讀、書寫專欄與研究，追尋生命史的一種方式。

在此感謝數十年如一日支持筆者研究的家人：家父家母國儀、香妹，兄弟姊妹蘭心、其文，家人宏哲、宣瑞和宣嘉，感謝你們成為筆者龐大女性研究網絡的支持和養分。

這本書僅作為筆者拋磚引玉，希冀深入兒文研究多元面向對話的基礎。

# 參考文獻

## 一 中文部份

### （一）研究文本

心　岱著：《恆春半島的故事》，台北市：台灣省政府教育廳兒童出版部，1993年10月。

王漢倬（潘人木）文，立玉圖：《關東三寶》，台中市：台灣省政府教育廳，1974年11月，1988年3月再版。

王漢倬（潘人木）文，立玉（曹俊彥）圖：《小紅與小綠》，台中市：台灣省政府教育廳，1980年11月，1988年3月再版。

王漢倬文，蘇新田圖：〈西紅柿〉，《看》，台中市：台灣省政府教育廳，1976年12月，1986年5月再版。

朱天心文：〈家寶與貓〉，《當代作家兒童文學之旅》第4冊，台北市：財團法人洪健全教育文化基金會，1983年10月，1984年6月再版。

李　昂文：〈冰箱裡的小毛蟲〉，《當代作家兒童文學之旅》第6冊，台北市：財團法人洪健全教育文化基金會，1991年7月三版。

李　昂文：〈花季〉，《翩翩少年時——學生之愛（中學篇）》，台中市：晨星出版社，1993年5月，第十版。

李　藍文：〈誰敢惹那個傢伙〉，《不識愁滋味──學生之愛（小學篇）》，台中市：晨星出版社，1989年4月，第八版。

李麗雯（潘人木）等文，周浩中等圖：《愛心信心決心》，台北市：台灣省政府教育廳兒童讀物出版部，1976年12月，1990年10月三版。

沙　漠（潘人木）文，唐圖圖：《放牛的孩子》，台中市：台灣省政府教育廳，1980年11月，1990年10月三版。

季　季文：〈木瓜樹〉，《青青草》，台中市：台灣省教育廳，1980年11月，1986年3月再版。

季　季文：〈逐漸亮起來的天光〉，《當代作家兒童文學之旅》第5冊，台北市：財團法人洪建全教育文化基金會，1991年7月三版。

謝冰瑩著：《林琳》，台北市：台灣省教育廳，1966年。

謝冰瑩著：《小冬流浪記》，台北市：國語日報，1966年11月，1968年10月二版。

苦　苓編選：《不識愁滋味──學生之愛（小學篇）》，台中市：晨星出版社，1989年4月八版。

徐薏藍文：〈樹林中的早晨〉，《當代作家兒童文學之旅》第3冊，台北市：財團法人洪健全教育文化基金會，1983年10月，1984年6月再版。

洪素麗文：〈掉了一顆大門牙〉，《當代作家兒童文學之旅》第3冊，台北市：財團法人洪健全教育文化基金會，1983年10月，1984年6月再版。

施懿琳著：《鹿港之旅》，台北市：台灣省政府教育廳兒童出版部，1988年6月，1993年10月出版二刷。

許漢章（潘人木）文，徐素霞圖：《水牛和稻草人》，台北市：台灣省政府教育廳兒童讀物出版部，1986年12月，1993年10月二刷。

張曼娟著：《我家有個風火輪》，台北市：親子天下公司，2017年1月，2018年二刷。

張曼娟主講：《張曼娟小學堂》第一集，台北市：飛碟聯播網，2006年。

張曼娟主講：《孔夫子大學堂：曼娟老師的十堂《論語》課》，台北市：親子天下公司出版，2017年8月。

琦　君著：《賣牛記》，台北市：台灣省教育廳，1966年9月。

潘琦君文，周春江圖：《老鞋匠和狗》，台中市：台灣省教育廳，1988年3月再版。

黃秋芳著：《輕鬆讀三國：對字多一點感覺！》系列，台北市：九歌出版社，2013年1月。

黃秋芳著：《你快樂嗎？》，桃園縣：桃園縣立文化中心，1997年5月。

黃秋芳著：《逆天的騷動》，台北市：幼獅文化事業公司，2017年11月。

黃秋芳著：《魔法雙眼皮》，台北市：九歌出版社，2003年1月，2009年11月二刷。

黃秋芳著：《不要說再見》，台北市：九歌出版社，2008年6月。

黃秋芳著：《向有光的地方走去》，台北市：九歌出版社，2010年9月。

黃秋芳著：《床母娘珠珠》，台北市：九歌出版社，2015年6月。

陳銘民編著：《中學之愛》，台中市：晨星出版社，1993年5月，第十版。

陳幸蕙文：〈青果〉，《翩翩少年時——學生之愛（中學篇）》，台中市：晨星出版，1993年5月十版。

路遙・曼怡（潘人木）文，徐秀美等圖：《金鈴兒》，台中市：台灣省政府教育廳，1979年1月，1986年5月再版。

楊小雲文：〈人為財死鳥為食亡〉，《當代作家兒童文學之旅4》，台北市：財團法人洪健全教育文化基金會，1983年10月，1984年6月再版。

楊小雲著：《水手之妻》，台北市：九歌出版社，1979年10月。

楊小雲文：〈寫在三十印之前〉，《水手之妻》，台北市：九歌出版社，1979年10月（50印），重排2003年1月。頁234-236。

楊小雲著：《小勇的故事》，台北市：九歌出版社，1983年3月，1989年9月七版。

楊小雲著：《豆豆的世界》，台北市：九歌出版社，1984年2月，1987年8月四版。

楊小雲著：《我愛丁小丙》，台北市：九歌出版社，1986年2月，1989年8月四版。

楊小雲著：《她的成長》，台北市：九歌出版社，1987年7月，1996年11月36刷。

楊小雲著：《嘉嘉流浪記》，台北市：九歌出版社，1989年7月，1990年11月三刷。
楊小雲著：《小瑩和她的朋友》，台北市：九歌出版社，1990年2月，1991年2月三刷。
楊小雲著：《胖胖這一家》，台北市：九歌出版社，1993年2月。
潘人木文，沈鎧圖：〈老冠軍〉，《花環集》，台中市：台灣省政府教育廳，1974年4月，1988年4月五版。
簡扶育文／攝影，《台灣小朋友的臉──35個照片的故事》，台北市：台灣省政府教育廳兒童出版部，1998年12月。
華霞菱著：《春暉》，台中市：台灣省教育廳，1971年10月，1986年5月三版。
謝冰瑩著：《小冬流浪記》，台北市：國語日報，1966年11月，1968年10月二版。
謝冰瑩著：《愛的故事》，台北市：正中書局，1955年1月。
蘇偉貞文：〈紅豆〉，《當代作家兒童文學之旅》第4冊，台北市：書評書目，1991年7月三版。
羅佳莉文：〈獎狀〉，《不識愁滋味──學生之愛（小學篇）》，台中市：晨星出版社，1989年4月八版。
嚴友梅文，徐素霞圖：《老牛山山》，台北市：台灣省政府教育廳兒童讀物出版部，1987年4月，1993年10月二刷。
鍾肇政文，郭東泰圖：《茶香滿地的龍潭》，台中市：台灣省教育廳，1982年12月，1993年10月三刷。

## （二）其他文學文本

心　岱著：《飛行貓奇幻之旅》，台北市：小魯文化事業公司，2013年12月。

艾　雯著：《森林裡的秘密》，台北市：台灣兒童，1962年。

孟　瑤著：《荊棘》，台北市：國語日報，1967年。

孟　瑤著：《忘恩負義的狼》，台北市：國語日報，1967年。

孟　瑤著：《楚漢相爭》，台中市：台灣省教育廳，1974年2月，1986年3月再版。

林滿秋著：《漫走，在熊的國度裡》，台北市：野人文化出版社，2013年4月。

施叔青著：《聖雄甘地》，台北市：台灣商務印書館，1969年4月。

張曉風文，貝果圖：《張曉風為孩子說故事——抽屜裡的秘密》，台北市：國語日報，2011年10月，2017年10月七刷。

張秀亞譯，《狐狸與金嗓子》，台北市：國語日報，1972年。

張愛玲文：〈弟弟〉，《中學生晨讀10分鐘——成長故事集》，台北市：天下雜誌出版社，2010年7月。

張愛玲文：〈秋雨〉，南一版五年級上學期國語課本，2016年。

張曼娟文，陳狐狸圖：《星星碼頭》，台北市：親子天下公司，2018年10月。

張曼娟著：《噹！我們同在一起》，台北市：皇冠文化出版公司，2008年9月。

張曼娟著:《以我之名:寫給獨一無二的自己》,台北市:遠見天下文化出版公司,2020年3月。

陸西星／許仲琳著:《封神演義》,台北市:桂冠圖書公司,2000年7月。

陸西星著:《封神演義》,台北市:佳禾圖書社,1982年1月。

琦　君:《琦君寄小讀者》,台北市:純文學出版社,1985年6月。

琦　君著:《鞋子告狀:琦君寄小讀者》,台北市:九歌出版社,2004年8月,2019年4月新版四版。

琦　君著:《桂花雨》,台北市:格林文化事業公司,2002年7月。

琦　君著:《玳瑁髮夾》,台北市:格林文化事業公司,2004年8月。

琦　君譯:《傻鵝皮杜尼》,台北市:國語日報,1965年。

琦　君譯:《好一個餿主意》,台北市:遠流出版事業公司,1992年。

琦　君譯:《涼風山莊》,台北市:純文學出版社,1988年4月。

琦　君譯:《比伯的手風琴》,台北市:漢藝社研文化事業公司,1989年7月。

琦　君譯:《愛吃糖的菲利》,台北市:九歌出版社,1992年2月,2001年五刷。

琦　君譯:《小偵探菲利》,台北市:九歌出版社,1995年2月,2003年二刷。

琦　君譯：《菲力的幸運符咒》，台北市：九歌出版社，1997年4月。
陳郁如著：《追日燭光》，台北市：親子天下公司，2020年3月。
黃春明著：《愛吃糖的皇帝》，台北市：聯合文學出版社，2011年3月。
黃春明著：《短鼻象》，台北市：聯合文學出版社，2011年3月。
黃春明著：《小駝背》，台北市：聯合文學出版社，2011年3月。
楊小雲著：《親密頻道——親親老媽小頑子》，台北市：健行文化出版事業公司，2001年7月。
楊小雲著：《幸福比完美重要》，台北市：九歌出版社，2006年2月。
謝冰瑩著：《太子歷險記》，台北市：正中書局，1955年。
謝冰瑩著：《動物的故事》，台北市：正中書局，1955年。
謝冰瑩著：《愛的故事》，台北市：正中書局，1955年。
謝冰瑩著：《南京與北平》，台北市：華國出版社，1964年。
謝冰瑩著：《小讀者與我》，香港：文化互助社，1984年。
謝冰瑩著：《仁慈的鹿王》，台中市：慈明月刊社，1963年。
謝冰瑩著：《善光公主》，台北市：慈航雜誌社，1969年。
鍾梅音著：《到巴黎去玩兒》，台北市：台灣省教育廳，1969年。
鍾梅音著：《燈》，台北市：台灣省教育廳，1970年。

鍾梅音著：《不知名的鳥兒》，台北市：台灣省教育廳，1971年。

鍾梅音文，郭玉吉圖：《泰國見聞》，台中市：台灣省政府教育廳，1971年10月，1986年5月三版。

鍾肇政著：《魯冰花》，台北：遠景出版事業公司，2004年12月。

鍾肇政文，曹俊彥圖：《姑媽做的布鞋》，台北市：台灣省教育廳，1983年4月，1987年3月再版。

蘇偉貞改寫：《醒世姻緣》，台北市：聯經出版事業公司，2002年2月三刷。

## （三）專書

王鈺婷著：《女聲合唱——戰後台灣女性作家群的崛起》，台南市：國立台灣文學館，2012年12月。

王浩威著：《台灣少年記事》，台北市：幼獅出版社，1998年2月。

王政忠著：《我的草根翻轉：MAPS 教學法》，台北市，親子天下公司，2016年5月。

石計生等著：《意識形態與台灣教科書》，台北市：前衛出版社，1993年5月。

五味太郎著：《孩子沒問題，大人有問題》，海口市：南海出版社，2016年8月。

羊憶蓉著：《教育與國家發展——台灣經驗》，台北市：桂冠圖書公司，1994年2月。

行政院青輔會：《青少年白皮書——一九九七年版》，台北市：行政院青年輔導委員會，1998年8月。

李瑞騰、莊宜文主編：《琦君書信集》，台南市：國立台灣文學館，2007年8月。

李雪莉、簡永達、余志偉著：《廢墟少年：被遺忘的高風險家庭孩子們》，台北市：衛城出版社，2018年9月。

吳玫瑛著：《主體、性別、地方論述與（後）現代童年想像：戰後台灣少年小說專論》，台南市：成大出版社，2017年4月，2017年9月增訂一版。

吳明燁著：《父母難為：台灣青少年教養的社會學分析》，台北市：五南圖書出版公司，2016年1月。

杜明城著：《兒童文學的邊陲、版圖與疆界——社會學與大眾文化觀點的探究》，台北市：書林出版公司，2017年3月。

周芬伶著：《小說與故事課》，台北市：九歌出版社，2019年7月。

林文寶著：《兒童文學與閱讀》，台北市：萬卷樓圖書公司，2011年11月。

林文寶、趙秀金著：《兒童讀物編輯小組的歷史與身影》，台東市：國立台東大學兒童文學研究所，2003年10月。

林海音著：《兩地》，台北市：三民書局，2005年1月重印二版。

林海音著：《作客美國》，台北市：遊目族文化出版社，2000年重印版。

林海音著:《寫在風中》,台北市:遊目族文化出版社,2000年重印版。

河合隼雄著:《童年之惡》,台北市:成陽出版社,2000年5月。

河合隼雄著,林暉鈞譯:《孩子與惡:看見孩子使壞背後的訊息》,台北市:心靈工坊文化事業公司,2016年6月。

拉黑子・達立夫著:《混濁》,台北市:麥田出版社,2006年10月。

夏祖麗著:《從城南走來——林海音傳》,台北市:遠見天下文化出版公司,2000年10月,2010年3月七刷。

胡錦媛著:《在此/在彼:旅行的辯證》,台北市:書林出版公司,2018年10月。

范銘如著:《眾裡尋她——台灣女性小說縱論》,台北市:麥田出版社,2008年9月二版。

柄谷行人著:《日本近代文學的起源》,台北市:麥田出版社,2017年12月。

洪國鈞著,何曉芙譯:《國族音影——書寫台灣・電影史》,新北市:聯經出版事業公司,2018年10月。

徐蘭君著:《兒童與戰爭——國族、教育及大眾文化》,北京市:北京大學出版社,2015年9月。

國立台灣文學館:《台灣現當代作家研究資料彙編:林鐘隆》,台南市:國立台灣文學館,2016年12月。

曹俊彥著:《雜繪》,台北市:信誼基金會、毛毛蟲兒童哲學基金會,2011年7月。

梅家玲著：《性別，還是家國？——五○與八、九○年代台灣小說論》，台北市：麥田出版社，2004年9月。

雅克・德里達、安娜・杜弗勒芒特爾著：《論好客》，桂林市：廣西師範大學出版社，2008年11月。

張瑞芬著：《台灣當代女性散文史論》，台北市：麥田出版社，2007年4月。

張瑞芬著：《五十年來台灣女性散文：評論篇》，台北市：麥田出版社，2006年2月。

張倩儀著：《另一種童年的告別》，台北市：台灣商務印書館，1998年11月。

張頌聖著：《現代主義・當代台灣》，台北市：聯經出版事業公司，2014年4月。

陳芳明著：《台灣新文學史》上下冊，台北市：聯經出版事業公司，2011年10月。

陳玉金著：《台灣兒童圖畫書的興起與發展史論1945-2016》，台北市：萬卷樓圖書公司，2020年5月。

陳建忠、應鳳凰、邱貴芬、張頌聖、劉亮雅等著：《台灣小說史論》，台北市：麥田出版社，2007年3月。

陳若曦著：《堅持・無悔——七十自述》，新北市：新地文化藝術公司，2016年5月。

黃秋芳著：《兒童文學的遊戲性：台灣兒童文學初旅》，台北市：萬卷樓圖書公司，2005年1月。

楊　照著：《霧與畫——戰後台灣文學史散論》，台北市：麥田出版社，2010年8月。

鍾思嘉編：《兒童心理診所》，台北市：桂冠圖書公司，1900年1月。

蔡美兒著，錢基蓮譯：《虎媽的戰歌》，台北市：遠見天下文化出版公司，2011年3月。

藍佩嘉著：《拚教養：全球化、親職焦慮與不平等童年》，台北市：春山出版公司，2019年6月。

謝冰瑩著：《我的回憶》，台北市：三民書局，1967年11月，2004年1月二版一刷。

謝冰瑩著：《女兵自傳》，台北市：東大圖書公司，1980年10月，1985年9月再版。

譚鳳霞著：《邊緣的詩性追尋——中國現代童年書寫現象研究》，北京市：人民出版社，2013年10月。

遲景德策畫，陳梅生口述：《陳梅生先生訪談錄》，台北縣：國史館，2000年12月。

Alphonse Daudet 著，陳麗譯：《最後一課》，台北縣：元麓書社，2009年7月。

Joanne P Sharp 著，司徒懿譯：《後殖民地理學》，新北市：國家教育研究院，2012年2月。

John Ury 著，葉浩譯：《觀光客的凝視》，台北市：書林出版公司，2007年12月，2013年5月七刷。

John Woods 著，魏宏晉等譯：《失落的童年：性侵害加害者相關的精神分析觀》，台北市：心靈工坊文化事業公司，2012年7月。

Neil Postman 著，蕭昭君譯：《童年的消逝》，台北市：遠流出版事業公司，2007年1月。

Richard W Wilson著,丁庭宇等譯:《中國兒童眼中的政治》,台北市:桂冠圖書公司,1989年7月四版。

## (四)碩博士論文

王淑美著:《鬼故事與現代兒童》,台東市:國立台東大學兒童文學研究所碩士論文,2004年。

余品慧著:《「中華兒童叢書」插畫中的兒童形象研究》,台南市:國立成功大學藝術研究所碩士論文,2013年6月。

施忻妤著:《台灣六〇、七〇年代女性作家童書寫作研究(1960-1979)》,台中市:東海大學中國文學系碩士論文,2009年。

張曼娟著:《明清小說點評之研究》,台北市:東吳大學中國文學研究所博士論文,1990年5月。

符玉梅著:《台灣抗戰背景少兒小說中兒童形象之研究》,台東市:國立台東大學兒童文學研究所碩士論文,2010年。

楊雯妃著:《兒童文學創意改寫中國經典研究──以《奇幻學堂》、《唐詩學堂》為例》,屏東市:國立屏東大學中國語文學系碩士論文,2015年。

蔡宜津著:《兒童文學中古典小說創意改寫研究──以《奇幻學堂》、《古靈精怪》系列為例》,嘉義市:國立嘉義大學中國文學系研究所,2011年。

蕭旭雯著:《「張曼娟現象」研究》,台北市:國立台北教育大學台灣文化研究所碩士論文,2010年。

## （五）專書論文

王瑷玲文：〈重寫文學史——「經典性」重構與明清文學之新詮釋〉，《經典轉化與明清敘事文學》，台北市：聯經出版事業公司，2009年8月，頁129-192。

王琰如文：〈左右開弓一能人——記手執兩隻彩筆的潘人木〉，《台灣現當代作家研究資料彙編——潘人木》，台南市：國立台灣文學館，2012年3月，頁119-124。

王鈺婷文：〈青春里程碑——艾雯研究評述〉，《台灣現當代作家研究資料彙編：艾雯》，台南市：國立台灣文學館，2013年12月，頁95-109。

王　拓文：〈是「現實主義」文學，不是「鄉土文學」——有關「鄉土文學」的史的分析〉，《凝視人間，回望現實——鄉土文學論戰四十年選集》，台北：聯合文學出版社，2019年3月，頁110-131。

王德威文：〈《漣漪表妹》——兼論1930-1950年代的政治小說〉，《台灣現當代作家研究資料彙編——潘人木》，台南市：國立台灣文學館，2012年3月，頁157-174。

呂正惠文：〈閨秀文學的社會問題〉，《小說與社會》，台北市：聯經出版事業公司，1988年5月，頁135-136。

何依霖文：〈國家寓言再探：當代台灣的公寓與私密書寫〉，《跨文化的想像主體性——台灣後殖民／女性研究論述》，台北市：國立台灣大學出版中心，2012年10月，2015年4月二刷，頁295-332。

李舒中文:〈西方人類學研究中「兒童」概念與意涵的轉變〉,《兒童／童年研究的理論與實務》,台北市:學富文化事業公司,2009年6月,頁51-92。

范銘如文:〈台灣新故鄉——五〇年代女性小說〉,《性別論述與台灣小說》,台北市:麥田出版社,2000年9月,頁35-65。

范銘如文:〈由愛出走——八、九〇年代女性小說〉,《眾裡尋她——台灣女性小說縱論》,台北市:麥田出版社,2008年9月二版一刷,頁151-188。

范銘如文:〈導論／看見空間〉,《文學地理——台灣小說的空間閱讀》,台北市:麥田出版社,2008年9月,頁15-40。

范銘如文:〈京派‧吳爾芙‧台灣首航〉,《台灣現當代作家研究資料彙編——林海音》,頁227-242。

封德屏文:〈國民黨來台後軍中文藝的推廣〉,《民國文學與文化研究》第三輯,台北市:秀威資訊科技公司,2017年1月,頁55-79。

周克勤文,林宛瑩譯:〈戰後國民政府與儒家思想:西學為體,中學為用?〉,《台灣的文化發展》,台北市:台灣大學出版中心,1997年12月,2002年3月修訂一版,頁59-90。

周芬伶文:〈女性自傳散文的開拓者——謝冰瑩的散文研究與歷史定位〉,《台灣現當代作家研究資料彙編——謝冰瑩》,台南市:國立台灣文學館,2014年12月,頁117-142。

林武憲文:〈縱橫於小說與兒童文學之間——潘人木研究資料綜述〉,《台灣現當代作家研究資料彙編——潘人木》,台南市:國立台灣文學館,2012年3月,頁91-108。

洪曉菁文:〈兒童文學的長青樹——潘人木專訪〉,《兒童文學工作者訪問稿》,台北市:萬卷樓圖書公司,2001年6月,頁27-52。

洪喜美文:〈五四前後婦女時尚的變革——以剪髮為例的探討〉,《五四運動八十周年學術研討會論文集》,台北市:國立政治大學,1999年4月,頁279-301。

胡忠信、封德屏對談,林佩蓉整理:〈知識女性的一片天〉,《從閨秀到摩登——台灣女性書寫》,台南市:國立台灣文學館,2012年9月,頁95-109。

馬　森文:〈在社會變遷中小人物的悲喜劇〉,《台灣現當代作家研究資料彙編:黃春明》,台南市:國立台灣文學館,2013年12月,頁95-109。

許俊雅文:〈論林海音在《文學雜誌》上的創作〉,《霜後的燦爛——林海音及其同輩女作家學術研討會論文集》,台南市:國立文化資產保存研究中心籌備處,2003年5月,頁55-77。

唐啟華文:〈五四運動與1919年中國外交之重估〉,《五四運動八十周年學術研討會論文集》,台北市:國立政治大學,1999年4月,頁63-84。

高永光文:〈從「五四」對德先生的追求論當代中國的民主

發展〉,《五四運動八十周年學術研討會論文集》,台北市:國立政治大學,1999年4月,頁15-33。

國立台灣文學館編:〈文學年表〉,《台灣現當代作家研究資料彙編:張曉風》,台南市:國立台灣文學館,2017年12月,頁63-116。

陳國偉文:〈簾內幽夢影・窗外有情天——愛情小說〉,《類型風暴——戰後台灣大眾文學》,台南市:國立台灣文學館,2013年11月,頁85-144。

陳明仁文:〈該打?不該打?這確實是個問題!台灣校園體罰信念的轉變分析:以1950-1980年代報紙媒體的論述為例〉,《兒童／童年研究的理論與實務》,台北市:學富文化事業公司,2009年6月,頁251-302。

張頌聖文:〈台灣女作家與當代主導文化〉,《文學場域的變遷》,台北市:聯合文學出版社,2001年6月,頁113-133。

張頌聖文:〈台灣七〇、八〇年代以副刊為核心的文學生態與中產階級文類〉,《台灣小說史論》,台北市:麥田出版社,2007年3月,頁275-316。

張秀亞文:〈抗戰時期中我的文藝生涯〉,《台灣現當代作家研究資料彙編:張秀亞》,台南市:國立台灣文學館,2013年12月,頁119-130。

張瑞芬文:〈心中永遠有隻自由鳥——論心岱散文〉,《五十年來台灣女性散文:評論篇》,台北市:麥田出版社,2006年2月,頁273-280。

張素貞文：〈人前亮三分的生命之歌——潘人木後期文藝創作〉，《台灣現當代作家研究資料彙編——潘人木》，台南市：國立台灣文學館，2012年3月，頁95-109。

梅家玲文：〈女性小說的都市想像與文化記憶——林海音與凌淑華的北京故事〉，《台灣現當代作家研究資料彙編——林海音》，台南市：國立台灣文學館，2011年3月，頁243-264。

陳芳明文：〈在母性與女性之間——五〇年代以降台灣女性散文的流變〉，《霜後的燦爛——林海音及其同輩女作家學術研討會論文集》，台南市：國立文化資產保存研究中心籌備處，2003年5月，頁295-311。

陳碧月文：〈林海音小說的女性自覺書寫〉，《霜後的燦爛——林海音及其同輩女作家學術研討會論文集》，台南市：國立文化資產保存研究中心籌備處，2003年5月，頁31-51。

彭小妍文：〈巧婦童心——承先啟後的林海音〉，《台灣現當代作家研究資料彙編——林海音》，台南市：國立台灣文學館，2011年3月，頁157-162。

黃逸民文：〈簡介生態女性論述〉，《生態人文主義——邁向一個人與自然共生共榮的社會》，台北市：書林出版公司，2002年11月，頁95-109。

黃宗潔文：〈同伴動物篇Ⅰ當人遇見狗〉，《牠鄉何處？——城市，動物與文學》，台北市：新學林出版社，2017年9月，頁93-126。

黃愛真文：〈台灣／北京書寫的猶疑與斷裂——林海音《蔡家老屋》兒童文學作品研究〉，《兒童文學論文集：圖像・文創・女性研究的多元視野》，台北市：萬卷樓圖書公司，2016年7月，2020年5月文章修改，頁165-186。

閻純德文：〈林海音的歷史地位——文學史的考察〉，《霜後的燦爛——林海音及其同輩女作家學術研討會論文集》，台南市：國立文化資產保存研究中心籌備處，2003年5月，頁135-148。

葉石濤文：〈林海音論〉，《台灣現當代作家研究資料彙編——林海音》，台南市：國立台灣文學館，2011年3月，頁137-156。

楊聯芬文：〈「新女性」的誕生〉，《五四@100——文化、思想、歷史》，新北市：聯經出版事業公司，2019年4月，2019年5月三刷，頁97-101。

楊銘塗文：〈生態女性主義評析〉，《生態人文主義》3，台北市：書林出版公司，2006年5月，頁95-109。

蔡詩萍文：〈小說族與都市浪漫小說——「嚴肅」與「通俗」的互相顛覆〉，《流行天下——當代台灣通俗文學論》，台北市：時報文化出版企業公司，1992年1月，頁163-192。

應鳳凰文：〈張秀亞——在文字草原裡尋夢的牧羊女〉，《文學風華——戰後初期13著名女作家》，台北市：秀威資訊科技公司，2007年5月，頁6。

劉育忠文：〈待實現的小大人或返璞歸真的赤子：試探哲學中的孩童圖像與主體修為〉，《兒童／童年研究的理論與實務》，台北市：學富文化事業公司，2009年6月，頁35-50。

蘇峰山文：〈童年的社會學想像：知識與權力的建構〉，《兒童／童年研究的理論與實務》，台北市：學富文化事業公司，2009年6月，頁23-34。

錢清泓文：〈學童體罰觀的啟示：師生書寫／對話「體罰」議題之初探〉，《兒童／童年研究的理論與實務》，台北市：學富文化事業公司，2009年6月，頁215-250。

嚴淑女文：〈論潘人木先生的編輯理念對台灣兒童文學發展的影響〉，《台灣現當代作家研究資料彙編：潘人木》，台南市：國立台灣文學館，2012年3月，頁338。

嚴昌洪文：〈五四運動與社會風俗變遷〉，《五四運動八十周年學術研討會論文集》，台北市：國立政治大學文學院，1999年4月，頁669-685。

Christine Wilkie-stibbs 文，郭建玲譯：〈互文性與兒少讀者〉，《理解兒童文學》，上海：上海世紀出版社，2010年4月，頁305-322。

Northrop Fry 文，陳慧、袁憲軍、吳偉仁譯著：《批評的剖析》，天津市：百花文藝出版社，1998年11月，頁305-322。

Keith McMahon（馬克夢）文：〈《兒女英雄傳》中的無為丈夫

和持家妻妾〉,《經典轉化與明清敘事文學》,台北市:聯經出版事業公司,2009年8月,頁375-388。

S Freud 文,宋文理譯:〈不可思議之事〉,《重讀佛洛伊德》,台北市:心靈工坊文化事業公司,2018年5月一刷,頁305-322。

## (六)期刊論文

周倩漪文:〈解讀流行音樂性別政治〉,《中外文學》第25卷第2期,1996年7月,頁33-34。

吳玫瑛文:〈言說「好孩子」與男童氣質建構——以《阿輝的心》和《小冬流浪記》為例〉,《中國現代文學》第13期,2008年。頁63-80。

林文瑛、王震武文:〈中國父母的教養觀:嚴教觀或打罵觀?〉,《本土心理學研究》第三期「親子關係與教化專輯」,1995年2月。頁2-92。

林玉薇文:〈指引幸福的精靈——專訪張曼娟女士〉,《文訊》總號217,1993年11月。頁116-119。

林燿德文:〈從張曼娟現象談起〉,《自由青年》第81卷2期,1989年2月,頁20-23。

林　良文:〈林海音先生和兒童文學〉,《中華民國兒童文學學會會訊》18卷1期,2001年,頁4-5。

林美容文:〈鬼的民俗學〉,《台灣文藝》新生版第3期,頁59-64。

林麗娟紀錄:〈兒童讀物民族風格的展現〉座談會,《中華民

國兒童文學學會會訊》4卷3期，1988年6月，頁19-33。

皇冠雜誌企劃：「純真張曼娟系列」，《皇冠雜誌》580期，2002年6月，頁4-136。

陳立夫文：〈中華文化復興運動推行委員會工作略述〉，《中央月刊》，1991年7月，頁38-40。

傅士珍文：〈德希達與「悅納異己」〉，《中外文學》第34卷第8期，2006年1月，頁87-106。

黃盛雄文：〈《聊齋》女性的主宰力〉，《台中師院學報》第11期，1997年，頁52-70。

彭富源文：〈台灣初等教育改革重點與省思〉，《教育資料集刊》第411輯，頁1-24。

張忠良文：〈民國史料與民國文學——張忠良：史料再掘，意義重啟〉，《民國文學與文化研究》第二輯，台北市：秀威資訊科技公司，2016年6月，頁318-322。

劉還月文：〈人鬼原是一家親〉，《台灣文藝》新生版第3期，1994年，頁45-51。

龔鵬程文：〈若有人兮山之阿〉，《聯合文學》16卷10期，2000年，頁39-42。

Hazard Adams 文，曾珍珍譯：〈經典：文學的準則／權力的準則〉，《中外文學》第23卷第2期，1994年7月，頁6-26。

## （七）一般文章

丘秀芷主編：〈老太遊上海：楊小雲〉，《風華50年——半世紀女作家精品》，台北市：九歌出版社，2006年12月。

邱淑女文：〈幸福女子張小雲〉，《誰領風騷一百年：女作家》，台北市：遠見天下文化出版公司，2011年9月。

向　陽文：〈酸甜苦辣看童年——「學生之愛」小學篇序〉，《不識愁滋味——學生之愛（小學篇）》。

林　良文：〈為孩子寫作〉，《當代作家兒童文學之旅》，台北市：財團法人洪健全教育文化基金會，1983年10月，1984年6月再版。

林　良文：〈值得珍惜的三篇兒童故事〉，《林海音童話故事》，台北市：遠見天下文化出版公司，2011年11月。

林　良文：〈活潑自然具風姿——談林海音的散文〉，《寫在風中》，台北市：遊目族文化出版社，2000年5月。

林海音文：〈書桌〉，《英子的鄉戀》，台北市：九歌出版社，2003年12月。

林武憲文：〈為喜歡的書寫再版序〉，《童詩導遊手冊》，台北縣：富春文化事業公司，2005年1月，2005年3月二刷。

林燿德文：〈你的故事我愛聽嗎？——序黃秋芳《我的故事你愛聽嗎？》〉，《我的故事你愛聽嗎？黃秋芳小說集》，台北市：希代書版公司，1988年1月，1988年3月三刷。

孫大川文：〈序文〉，《搖滾祖靈——台灣原住民藝術家群像》，台北市：藝術家出版社，1998年6月。

黃秋芳文：〈青春，會被記得〉，《你快樂嗎？》，桃園縣：桃園縣立文化中心，1997年5月。

黃秋芳文：〈餓，讓我們更飽滿！〉，《童詩導遊手冊》，台北縣：富春文化事業公司，2005年1月，2005年3月二刷。

黃愛真文：〈義大利國民教育經典書籍《愛的教育》〉推薦文，《愛的教育》，桃園市：目川文化數位公司，2020年4月。

黃　凡、林燿德文：〈總序——我們書寫當代也創造當代〉，《新世代小說大系》，台北市：希代書版公司，1989年5月。

鍾梅音文：〈裹傷而戰〉代序著：《天堂歲月》，台北市：皇冠文化出版公司，1980年6月。

楊小雲文：〈寫在三十刷之前〉，《水手之妻》，台北市：九歌出版社，1979年10月（1-50印），2003年1月重排。

簡靜惠文：〈序〉，《當代作家兒童文學之旅》，台北市：財團法人洪健全教育文化基金會，1983年10月，1984年6月再版。

謝冰瑩文：〈我愛作文〉，《女兵自傳》，台北市：東大圖書公司，1980年10月，1985年9月再版。

蕭　蕭文：〈怎麼了，是不是要記過——「學生之愛」中學篇序〉，《翩翩少年時——學生之愛（中學篇）》，台中市：晨星出版社。1984年9月，1989年11月十六版。

## （八）影音資料

張曼娟著：《教出孩子的中文力》影音資料，含 CD、DVD。台北市：天下雜誌出版社，2009年5月，2010年11月四刷。

張曼娟著：《孔夫子大學堂：曼娟老師的十堂《論語》課》，台北市：親子天下公司出版，2017年8月。

張曼娟、趙少康主講著：《張曼娟小學堂》系列有聲書，台北市：飛碟聯播網，2007年。

## （九）網路資料

YAHOO 新聞，網址：https://tw.news.yahoo.com/2016%E9%8D%BE%E8%82%87%E6%94%BF%E6%96%87%E5%AD%B8%E7%8D%8E-569%E4%BB%B6%E4%BD%9C%E5%93%81%E5%8F%83%E5%8A%A0%E8%A9%95%E9%81%B8-104715249.html。

九歌文學網，網址：http://www.chiuko.com.tw/author.php?au=detail&authorID=557#History。

台灣文學網，網址：http://www.taiwan2go.com/Article/D_LPChQEgJxHJRXBNuThDoLepLYNsaBRQzU，2020。

全國法規資料庫《兒童及少年福利與權益保障法》，網址：https://law.moj.gov.tw/LawClass/LawAll.aspx?PCode=D0050001。

「林鍾隆兒童文學推廣工作室」臉書，網址：https://www.facebook.com/LinZhongLongMemorial。

林則宏文：〈提醒戰爭不遠？央視推出十集金門砲戰紀錄片〉，聯合新聞網，網址：https://udn.com/news/story/7332/4599296，報導日期：2020年5月29日。

桃園市政府新聞處新聞稿，網址：https://news.tycg.gov.tw/home.jsp?id=9&parentpath=0%252C2&mcustomize=news_view.jsp&dataserno=201512060002&aplistdn=ou=news,ou=chinese,ou=ap_root,o=tycg,c=tw&toolsflag=Y。

〈張愛玲的〈秋雨〉，2016年五年級上學期南一書局版本國語課本選入課文〉，網址：https://blog.xuite.net/welkin1116/sunshine/378183288-%E4%BA%94%E4%B8%8A%E5%8D%97%E4%B8%80%E5%9C%8B%E8%AA%9E%E7%A7%8B%E9%9B%A1%E6%96%87%E6%9C%AC%E5%88%86%E6%9E%90。

陳靜瑜文：〈臺灣留美移民潮1949-1978〉，國立台灣圖書館網站，網址：https://www.ntl.edu.tw/public/Attachment/81181605782.pdf。

黃秋芳創作坊臉書，網址：https://www.facebook.com/DreamSector/。

張曼娟官網，網址：http://www.prock.com.tw/main.htm。

博客來網路書店〈2019年博客來報告〉，網址：https://okapi.books.com.tw/article/12695?fbclid=IwAR1zMmVDfA_-D4vg2xaLmQ7Nvun8mHWLJ8zo3BahH792Gk4F_HArYSW1jIw。

鄭仲嵐文：〈八二三炮戰60年：從血淚戰地到兩岸橋樑的金

門〉，BBC 新聞網，網址：https://www.bbc.com/zhongwen/trad/chinese-news-45296259。

應鳳凰、鄭秀婷文：〈會寫書的姥姥與歷久彌新的作家──潘人木〉，五〇年代文藝雜誌及作家影像資料庫網站，網址：http://tlm50.twl.ncku.edu.tw/wwprm1.html。

聯合新聞網，網址：https://udn.com/news/story/7332/4599296。

顛倒歌──華老師的花園網站，網址：https://blog.xuite.net/hua_garden/blog/346466713-%E8%8F%AF%E9%9C%9E%E8%8F%B1%E8%80%81%E5%B8%AB%E5%89%B5%E4%BD%9C%E5%B9%B4%E8%A1%A8%28+%E5%88%9D%E7%B7%A8%29+。

## 二　外文專書──英文日文

Bettelheim, Bruno: *The Uses of Enchantment: The Meaning and Importance of Fairy Tails*, New York: Penguin Putnam Inc, 1991.

吉田司雄文：〈起始〉（"はじめに"），飯田祐子、島村輝、高橋修、中山昭彥編著：《少女少年的政治性》（『少女少年のポリティクス』），東京都：青弓社，2009年2月。

久米依子著：《少女小說の生成》，東京都：青弓社，2013年6月。

# 附錄
# 少女與少女小說

## 「少女」的出現

　　台灣的兒童讀物中,「少女」處於一種性別與年齡模糊的位置。若依「兒童及少年福利與權益保障法」,「少年」（含少女）為十二歲以上未滿十八歲之人。兒童文學學者林文寶就台灣習稱分類,提出少年文學中的「少年」（含少女）為十到十五歲讀者。清領時期,有婦女、兒童的區別,沒有中間地帶的「少女」。

　　正如同文學評論者柄谷行人,認為兒童是一種等待被發現的「景觀」,而且往往因為進入「制度」,如教育制度而被「看見」。[1]「少女」亦如是。「少女」始於一八八七年（日本明治二十年）日本文部省中等教育令,從教育場域「少年」項目分別出女子[2]。同時也顯示了性別位階順序：男人、女人、少年、少女,隱含了「少女」的邊緣位置。一八

---

1　柄谷行人：《日本近代文學的起源》（台北市：心靈工坊文化事業公司,2021年5月）,頁213-217。
2　吉田司雄：〈起始〉（"はじめに"）,飯田祐子、島村輝、高橋修、中山昭彥編著：《少女少年的政治性》（『少女少年のポリティクス』）,頁11-17。文部科學省學制百年史網站,網址：https://www.mext.go.jp/b_menu/hakusho/html/others/detail/1317930.htm,閱覽日期：2024年10月23日。

九五年,台灣納入日本版圖。一八九九年,高等女學校令公布,一九〇五年前後,女學生人數大增,少女雜誌如「少女界」、「日本的少女」、「少女世界」[3]、「少女畫報」[4]等等應運而生,少女媒體讀者大幅增加而形成「讀者共同體」[5],少女文化於焉開展。「少女」在父親家長制的弱勢位階,使得「少女」小說在社會文化縫隙下,產生各種滿足與抵抗社會形象的表現。筆者將以文化研究的少女小說研究為例,爬梳日治開展的「少女」與該群體文化下的「少女」小說,如何迎合並抵抗父親家長秩序,以及處於日治與國民政府間大時代下,台灣少女小說敘事因應環境的政治性。

什麼是「少女」?須川亞紀子提出,就生理而言:女性、介於兒童和成人間的青春期與成長階段的女孩。日文辭典廣辭苑定義為「年輕的女性。處女[6]。女孩。」,日本文化意味著強調天真、純粹、無垢。外在特徵為制服、第二性徵。[7]此外,日本明治時期高等女學校制度,跟婚姻前的預備期間有關,台灣日治時期高等女校學習方向,也在於賢妻良母的養成。「少女」成為兒童和已婚婦女之間的中間位置。

---

3 九米依子:《少女小說的生成》(東京都:青弓社,2013年6月),頁45-46。

4 須川亞紀子:《少女和魔法》(『少女と魔法——ガールヒーローはいかに受容されたのか』)(青東京都:NTT出版,2013年4月),頁26-27。

5 須川亞紀子:《少女和魔法》,頁24-25。

6 須川亞紀子對於「處女」有更深一層的看法。「處女」強調少女們的天真、無垢、純粹與處女性。《少女和魔法》,頁21。

7 須川亞紀子:《少女和魔法》,頁19-22。

也就是說,「少女」逐漸由原來的「少年」、「女性」脈絡抽離,從學制、大眾媒體、社會文化等提取、從早已存在而不一定看見的「景觀」到「可視」,成為本文探索的對象。

## 古典少女小說

台灣小說《花開時節》[8]為女作家楊双子於二○一七年出版,講述現代大學生於二○一六年意外穿越到日治大正時代(1926年)成為少女楊雪泥(雪子),和日本籍同儕松崎早季子成為小時密友直至台中高女(小學畢業後升學至四年制學校,約14-17歲)學業完成(1938年)。之後,早季子回到日本繼續升學,雪子不得不考量戰爭下更為艱辛的家業和婚姻,放棄夢想。《花開時節》彷若一九一○年代,日本本格「少女小說」代表:吉田信子雜誌小說《花物語》(1916-1924年於「少女畫報」連載)。講述各種心靈貧瘠的少女,透過母女、姊妹、同儕間,女女相依如宗教般神聖或者戀慕的愛。這些擁有日本傳統或者類西方的浪漫愛,足以抵擋少女在現實父系家庭中的挫敗。書籍全篇以不同花名命名,花語或隱或顯表達故事角色、女女關係或記憶。

《花物語》以花名作為章節名稱,如詩一般、傷感、夢幻與揶揄文字[9],將耽美、華麗、女女戀愛幻想般凝結成為

---

8 楊双子:《花開時節》(台北市:奇異果文創事業公司,2017年10月)。一本向吉田信子《花物語》致敬的小說。楊双子代序:〈聽說花崗二郎也讀吉屋信子的少女小說〉,《花開少女華麗島》(台北市:九歌出版社,2018年6月)。

9 須川亞紀子:《少女和魔法》,頁26-27。

少女友愛小說。少女小說的類型化,在於當時法規下婚姻須由家長許可、與家長不認同異性見面的禁忌、少女雜誌不允許有年輕男性圖像,和父親家長制牴觸的疑似戀愛心情,轉而以女女友愛小說出現。少女友愛小說既是現實少女們友情的再現,也是少女清純的性與美的愛情替代與感官幻想,溢出社會束縛下的表現[10]。同時著重在少女同質的,展現鮮明的「少女」讀者的自有文化,男性被區隔在少女空間之外[11]。受到歡迎的《花物語》成為當時少女小說的代名詞。另一方面,當代台灣創作女女友愛風格《花開時節》少女角色,和《花物語》對比出「少女」間類似關係,卻又在不同社會處境的反差與批判敘事;即將繼承家業的「少女」雪子,處在家長制下,厭惡這樣的社會,卻也必須融入社會,成為「家長」。「成為家長」,對雪子而言,意味完全融入社會秩序,或者有翻轉性別既定秩序的可能?對於結構穩固的「家長制」裡隱含一種不穩定感。

　　台灣兒少文學作品,嶺月的《再見了老三甲》[12],則似乎延續了《花開時節》的少女友愛小說風格再轉向現實:少女們排除男性的自有文化發展,繼而展現戰時國家總動員政策後,少女由夢幻走向現實,在政治紊亂的大敘事,活出亮麗人生。

---

10 久米依子:《少女小說的生成》,頁27-29。
11 須川亞紀子:《少女和魔法》,頁21-27。
12 嶺月:《再見了老三甲》(新北市:字畝文化創意公司,2020年6月二刷)。

少女小說《再見了老三甲》講述少女惠子小學畢業後，進入三年制彰化女中生活，面對二戰後日本教師、台灣教師、國民政府來台教師，三者交錯替換在學校服務與教學，透過少女的眼看待台灣的教育與社會現象，以及少女們如何運用自身的感受與群體力量，在不同國族、身份教職員間的縫隙轉換大時代裡的小身份，靈巧適應社會，活出亮麗生命的小敘事。展現少女自有的、同質的文化。異於戰前少女小說，從幻想走向現實，在紊亂大時代下將家長制壓抑下少女現實生活內面的不可視成為可視？

　　同為「鹿港少女小說」系列，老三甲前傳《一年櫻班開學了》[13]，描述日治皇民化時期，小學女生校園與家族故事。父親家長制展現在二本小說裡鹿港大家族的日常家屋建築結構、家庭祭儀、男女分工，以及學校生活的具體描寫。此系列為嶺月一九九〇年代書寫一九四一～一九五〇年日治到光復後的傳記小說[14]。值得一提的是《一年櫻班開學了》以女童惠子的視角細細描繪小時候台灣鹿港大家庭與校園生活的觀察，與社會環境（日治皇民化時期漢人知識份子間的思想迎合或抗爭）。嶺月記憶中單純慧黠的童年小惠子，身處大人間對應複雜多變的時代糾葛與大家庭制度，以天真言語輕巧揭露複雜隱蔽的家族或者社會政治，猶如林海音以英

---

13　嶺月：《一年櫻班開學了》（新北市：字畝文化創意公司。2020年6月二刷）。在此之前版本為《聰明爸爸》（台北市：文經社。1993年）。

14　嶺月〈爸爸的角色扮演〉、林宜和〈六年之後〉、林武憲〈嶺月、教育、兒童文學〉，以上三篇收入林惟堯、林武憲、林宜和編：《嶺上的月光》（台北市：健行文化出版事業公司，2004年7月）。

子描寫北京的《城南舊事》；嶺月高女自傳《再見了老三甲》則多了戰後少女集體記憶的匯集：由嶺月召集班上同學各自寫出深刻記憶，再由嶺月整理、編寫成書[15]。

## 少女文化與戰爭

須川亞紀子提出一九二〇～一九三〇年代，日本少女文化，轉而以女校各自的，和外在區隔的世界為主要現象，此時期「少女」文化著重在少女同質的，與男性空間區隔開來的表現，展現鮮明的「少女」讀者自有文化，如「少女之友」雜誌。直至一九三八年日本國家總動員政策影響下，體會到浪漫式夢想般「少女」表現出來形象的不適切，而走向戰時「現實」的少女，「少女」字樣再度模糊不易辨識。如「寶塚少女歌劇養成會」於一九四〇年更名為「寶塚歌劇團」[16]。又如台灣作家嶺月著作鹿港少女系列，惠子經歷皇民化政策，描寫戰時國民學校戰爭儀式、年滿十六歲及以上未婚少女組織「愛國女子青年團」以女性全體動員而隱逸「少女」等。

川滿彰在《沖繩戰的孩子們──太平洋戰爭下少年少女成為士兵之路》，提出一九四一年太平洋戰爭爆發後，日本政府為確保兵源，除減少中學校修業年限，一九四三～一九四四年於沖繩、朝鮮，台灣實施十七歲及以上年齡強制徵

---

15 陳欣欣：〈一位最令人懷念的老三甲同學〉，《嶺上的月光》（台北市：健行文化出版事業公司，2004年7月）。
16 須川亞紀子：《少女和魔法》，頁21-22。

兵，一九四五年三月則全日本國徵召十四歲志願者，形成「國民皆兵」的基礎。十四歲以下學生，提供教育守則作為堅守後勤的精神教育，後方的士兵。

　　戰場上的學生兵稱為「學徒隊」，少女分工在於助理護士、炊事班、義勇隊、挺身隊。以上相關的醫院防空洞挖掘工事、搬運糧食與軍用物資、機場建築與戰爭壕溝貫通工程、挖掘防空洞、糧食增產等等[17]，成為少女參與戰爭的工作。另一方面，身為報效天皇的小學生，被視為未來的士兵，在學校與生活中從儀式與心靈進行效忠天皇，養成國家主義思想：送戰士出征作為修業旅行、體育課內容為戰時體操或活動、課程加入刺繡或者三角巾包紮、不適合使用的敵方語言受到禁止、音樂課教唱日本國歌，及戰時大量創作的愛國歌謠、教科書統一版本等等。學校中的孩子對著天皇天后照片鞠躬、唱頌「君之代」（日本國歌）、校長朗誦「教育敕語」，孩子回應感謝的儀式……。川滿彰的戰時少年少女生活描述，呼應也補充了嶺月《一年櫻班開學了》描述戰爭下的教育動員。

## 從現實到象徵面貌的少女小說

　　另一方面，作為文學象徵的「少女」。一九二三年日本作家芥川龍之介的〈雛偶〉[18]，以代表十五歲少女阿鶴幸福

---

17　川滿彰：《沖繩戰的孩子們——太平洋戰爭下少年少女成為士兵之路》（新北市：黑體文化，2023年10月出版），頁73-106。

18　日本目白大學教授久米依子，提出芥川龍之介作品〈雛〉（中文翻譯「雛偶」），為日本少女文化代表小說之一。〈雛〉（和服古裝人偶），一

成長的整組女兒節和服娃娃（雛偶），即將透過骨董仲介商賣給橫濱美國人，表達了處在傳統和西化間中落望族的處境。少女阿鶴與象徵一體的雛偶娃娃，作為抗拒西化卻又不得不順從家族及國家現代化的社會趨勢代表。雛偶即將送出家門前一日晚上，父親流著淚把雛偶華麗陣仗擺飾出來，再看一眼象徵家族華美的過去，對於保留女兒節的雛偶娃娃，或許不如換些錢，過著現代化便利生活活下去。芥川的書寫，成為文學家筆下對應逐漸逝去傳統抵抗的策略。小說中「少女」與少女的雛偶，成為一種符號，以女性雛偶的式微文化作為現代性父親系統的角力。

「少女」象徵面貌，還包括成為日本父系家庭制度下，「家庭的無垢天使」、未來「賢妻良母」般的存在。一九一〇～一九三〇年間日本少女雜誌大量引介西方少女時尚與小說，如英國《小公主》（1905）、瑞士的阿爾卑斯山《海蒂》（1880）、加拿大的《紅髮安妮》（1908）、美國《小婦人》（1868）、美國《長腿叔叔》（1912）等等，故事中少女作為父親、爺爺、被領養的孩子，天真、良善、堅毅，無不成為大人心目中無垢天使般，家庭心靈依靠的存在，未來婚姻理想對象的標準。[19]這些西方教養小說，成為日本少女窺見西方

---

九二三年（大正十二年3月1日《中央公論》）發表。中文版《芥川龍之介短篇選粹》輯二：小說（台北市：木馬文化事業公司，2016年5月）。
19 久米依子：《少女小說的生成》，頁36-44；須川亞紀子：《少女和魔法》，頁24-27。此部分內容的發想，來自於黃愛真：〈古典小說的「少女」與「少女力」〉，《夢想吧，戰鬥吧，前進吧，少女大進擊》，《皇冠雜誌》848期，2024年10月。

世界的遙想,道德的壓抑與複製。Rene Denfeld 對十八世紀中期到十九世紀初期的西方維多利亞時代女性地位,提供觀察:

> 女性的地位始終受限於社會習俗的框架,女性受人讚揚的美德不外乎謹守道德規範、貞節不二、保持精神上的純真,而且完全不涉及與性有關的事情……。女性被視為道德的典範,而女性的地位,就是要以這個典範,為男性提供精神上的導引。一旦女性接觸了投票、言論自由、性解放或政治等充滿罪惡的領域,就會玷汙她們的精緻、純潔、可愛的本質。……他們的地位永遠侷限在家庭裡,被排除在社會之外……。[20]

《小婦人》裡的喬,言論奔放自由,成為姊妹中最突出的一位,最後仍回歸家庭。《長腿叔叔》裡受資助就學的茱蒂,提出對於女性投票權的看法,最後仍回歸保守主流觀念的男性長腿叔叔婚姻裡。

然而日本「少女」媒體,擷取西方少女外貌與生活表象,走出一九二〇時期的女女友愛、少女象徵的轉譯,直到戰時(1938)日本國家總動員法頒布,媒體內容受到限制,[21]這些浪漫少女表現以不適切而暫時消失。

---

20 Rene Denfeld著,劉泗翰譯:《是誰背叛了女性主義:年輕女性對舊女性主義的挑戰》(*The New Victorians: A Young Woman's Challenge to the Old Feminist Order*)(台北市:足智文化,2020年8月),頁16。
21 山中恒:《戰時兒童文學論》(東京都:大月書店,2011年3月),頁50-55。

一九五〇年代之後，日本電視媒體開播、經濟高度成長，日本少女深受美國流行風潮、影視與現代化便利生活影響，日本媒體少女造型西洋化：捲髮、碧眼、大而圓的眼睛、長睫毛，手長腳長等，美國文化被大量引介。一九六六年動畫「魔法使莎莉」具有西方魔法少女的表徵：魔女、魔法、西式家宅、西方的生活型態等被表面化的挪用，內容仍擁有日本的價值觀。隨後理想化與神秘化西方的少女表象，結合日本傳統文化，形成獨一無二的審美觀，如「かわいい」[22]現象。一九六〇年代到二〇〇〇年日本的女權高漲，總是被定位在閉鎖空間的日本少女，探討母性利他主義、女性權利、性別等社會議題，蔚為風潮，也導致未婚少女對於戀愛、結婚、生育、家事及家庭牽絆等，產生諸多反思。[23]此外，少女媒體「女英雄」及生理性別相互轉換等題材出現，不再固守固有生理性別疆域界線或範圍。這些在於少女影視、魔法動漫與各媒體文本中表意，自由變化與揮灑，成為少女形象的嬗變，值得日後少女小說研究者關注。

## 古典之後，少女力量

再回頭看看當代西方全球化的另一種可能對「少女」文化產生的影響。施舜翔提出西方「少女（girl）」[24]有四波

---

[22] 須川亞紀子、四方田犬彥認為「かわいい」一般指稱：小的、還沒有成熟的對象物，無關性別和年齡。也是依存他者的媚態策略之一，以及親密共同體的表態方法之一。須川亞紀子：《少女和魔法》，頁31-34。

[23] 須川亞紀子：《少女和魔法》，頁38-47。

[24] 須川亞紀子認為日本的少女，大約可用英文的girl來思考。

革命：

　　一九二〇年代的摩登女子：穿著短裙，鮑伯頭，派對中與男性曖昧調情的女子；一九六〇年代的解放情慾，享受單身，如電影《第凡內早餐》的奧黛麗・赫本；一九九〇年代來自美國西岸華盛頓的龐克少女、音樂史中的咆哮女孩（Riot Grrrls），她們改寫女孩拼法，成為挑戰母親的壞女兒，創造出少女力（girl power）革命。二十一世紀後新一波少女偶像「反主流敘事，寫下自己少女時期失落的戀情、挫敗的身體、搞砸的性」等失敗敘事，以「失敗挑戰主流規訓的顛覆力量」，一種「反認同美學」[25]。[26]

　　《少女革命》中的少女（girl），大約指「女孩以上，女性未滿」階段的少女[27]，他們在意的可能在於「無薪實習、避孕策略、派對舞會、姊妹淘爭執、未完成的夢想，以及與不成熟男孩所談的不成熟戀情。」[28]。若正視這些二十一世紀後，美國主流的少女風潮，我們仍可以看到美國少女文本在其中顛覆、搞怪、戲耍「失敗」等醜的美學敘事。Reina Telgemele 二〇一〇年於美國紐約出版的《牙套微笑日記》[29] 圖像小說，女主角蕾娜從小學六年級甫出場，就以跑步跌

---

[25] 施舜翔：《少女革命》（新北市：八旗文化出版社，2016年6月）。這幾句話引用頁218-219。

[26] 施舜翔：《少女革命》，頁4-9、218-227。

[27] 施舜翔：《少女革命》，頁224。

[28] 施舜翔：《少女革命》，頁224。

[29] 中文版Reina Telgemeler著，韓書妍譯：《牙套微笑日記》（台北市：小麥田出版社，2021年10月）。

倒，牙齒斷裂、走位，滿嘴流血倒地的形象出現，接下來整個青春期，如同牙齒的受損與治療般，不斷的換裝與修補牙套，另一方面，日常生活中也不斷地由失敗、誤解（異性交友）、落選（籃球選拔）、尷尬（滿臉痘痘、除毛、裙裝脫落）等等「不正確」、「不正面」或者「難以啟齒」敘事，串聯成為少女成長記事。Megan Wagner Lloyd 的長篇圖像敘事《哈啾！過敏的時候》[30]，講述瑪姬十歲生日那天，開開心心的和家人領養她期待已久的寵物小狗，然而災難也由此開始，瑪姬開始發現自己具有過敏體質，不適合養寵物。一連串不斷找寵物，與治療過敏過程中，似乎也是瑪姬尋找、認識、療癒自己的過程。最後懷孕的母親生下妹妹，瑪姬和家人從陪伴妹妹中，找到「非主流」寵物「海洋生物」（以及妹妹？），在接納自己中找到另類的自己。幽默看待魯蛇少女的小說，還包括中英文圖對照小說《怪咖少女事件簿14——歡迎光臨夢幻舞台》[31]。故事講述少女「我」和「我」的樂團被著名流行歌手製作人邀請，暑假擔任著名男團「壞男孩」的開場嘉賓，然而因為手機電話陰錯陽差被其他人接走，讓製作人誤以為號碼錯誤，而展開「我」的一連串「釐清」與追尋製作人事件。另一方面，也開展少女「我」的暑假「災難」青春敘事，製作人度假不在、和「我」一起的樂團女孩們不斷

---

30 Megan Wagner Lloyd著，李貞慧譯：《哈啾！過敏的時候》（台北市：小麥田出版社，2023年9月）。
31 Rachel Renee Russell著，陳宏淑譯：《怪咖少女事件簿14：歡迎光臨夢幻舞台》（新北市：博識圖書出版公司，2022年9月）。

做夢並累積「壞男孩」樂團蒐集癖好，而「我」卻根本找不到製作人⋯⋯；暑假和家人被困在停滯的湖中小船裡，為了拯救小船，家人將瓶中信丟出時瓶子砸到父親頭上，「我」意外落水，小船底破了一個洞正在下沉⋯⋯，災難不斷降臨時，突然湖上出現另一艘遊艇，將濕淋淋又尷尬的「我」和家人從湖裡撈上來，救命恩人居然是「我」正在尋找的，度假中的知名製作人！「我」的暑假崩壞敘事，終於到此開始反轉⋯⋯。

當代日本少女多媒體作品的戲耍，與西方少女作品的顛覆與敗壞、搞怪，少女小說正以多元面貌展現當代性別與形象的多元拼貼、拼裝與「醜」的美學。

## 小結

從日系「少女」概念的生成為中心，探看古典日本少女小說可能的樣貌，簡要爬梳二十世紀上半期的少女文化，拉出日本少女小說、台灣少女小說、西方少女小說三大串，以及三者間借用，互文，各自發展、因文化來源不同而迥異的地方。

這些學者觀點和部分文本舉隅，讓現下台灣兒少文學中的「少女」面貌逐漸清晰，然而，以婚姻作為界線的少女，如同學者楊凱麟的「少女學」：

少女是一種正在變化，尚未定型或指定的生命，⋯⋯。

> 這樣的活體物質展現的並不只是正在發生變化與可指認的現在事物狀態，而且更反映著將臨未來所具有的不可知潛能，生命的可塑性……不可見的虛擬現實遠大於可見的實際現象。……整個不可預知的未來摺入現在所產生的高度虛擬性。[32]

以上為楊凱麟解讀普魯斯特文學作品的「少女學」。然而，「少女」也正如楊凱麟觀察，從立即存有到未來狀態，慣性尚未形成的人。隨著社會、制度、年齡、婚姻界線而滑動的陰性存有。若以楊双子《花開時節》為例，現於台南市立圖書館圖書分類，同時為成人與青少年圖書。台灣文學女作家作品，如，郝譽翔《初戀安妮》中十六歲頹敗少女安妮，或者林奕含《房思琪的初戀樂園》裡秀異少女房思琪故事，從知識或經濟上層與揭開下層被遮蔽「少女」作品，或可因為「少女」的可塑性與不確定，成為台灣成人作家文學與兒童文學持續交匯的可對話處。

---

[32] 楊凱麟：《成為書寫的人：普魯斯特與文學時間》（台北市：時報文化出版企業公司，2021年6月），頁77。

文學研究叢書・兒童文學叢刊 0809Z01

# 戰後台灣文學女作家書寫兒童文學作品研究

| 作　者 | 黃愛真 |
|---|---|
| 責任編輯 | 黃筠軒 |
| 特約校稿 | 黃佳宜 |
| 發 行 人 | 林慶彰 |
| 總 經 理 | 梁錦興 |
| 總 編 輯 | 張晏瑞 |
| 編 輯 所 | 萬卷樓圖書(股)公司 |

臺北市羅斯福路二段 41 號 6 樓之 3
電話 (02)23216565
傳真 (02)23218698

發　行　萬卷樓圖書(股)公司
臺北市羅斯福路二段 41 號 6 樓之 3
電話 (02)23216565
傳真 (02)23218698
電郵 SERVICE@WANJUAN.COM.TW
香港經銷
香港聯合書刊物流有限公司
電話 (852)21502100
傳真 (852)23560735

**ISBN 978-626-386-202-9**
2025 年 2 月初版
定價：新臺幣 460 元

如何購買本書：
1. 轉帳購書，請透過以下帳戶
　合作金庫銀行　古亭分行
　戶名：萬卷樓圖書股份有限公司
　帳號：0877717092596
2. 網路購書，請透過萬卷樓網站
　網址 WWW.WANJUAN.COM.TW

大量購書，請直接聯繫，將有專人為您服務。(02)23216565 分機 610

如有缺頁、破損或裝訂錯誤，請寄回更換

版權所有・翻印必究
Copyright©2025 by WanJuanLou Books
CO., Ltd. All Rights Reserved
**Printed in Taiwan**

國家圖書館出版品預行編目資料

戰後台灣文學女作家書寫兒童文學作品研究/黃愛真著. -- 初版. -- 臺北市：萬卷樓圖書股份有限公司, 2025.2
　面；　公分. -- (文學研究叢書. 兒童文學叢刊；809028)
ISBN 978-626-386-202-9(平裝)
1.CST: 兒童文學　2.CST: 文學評論
3.CST: 女作家　4.CST: 臺灣文學史
863.099　　　　　　　　113017681